ハヤカワ・ミステリ

ANE RIEL

樹　脂

HARPIKS

エーネ・リール
枇谷玲子訳

TOKYO
HAYAKAWA
BOOKS

A HAYAKAWA
POCKET MYSTERY BOOK

HARPIKS
by
ANE RIEL
Copyright © 2015 by
ANE RIEL
Translated by
REIKO HIDANI
First published 2017 in Japan by
HAYAKAWA PUBLISHING, INC.
This book is published in Japan by
arrangement with
COPENHAGEN LITERARY AGENCY APS
through JAPAN UNI AGENCY, INC., TOKYO.

装幀／水戸部 功

樹脂

登場人物

リウ…………………………………〈頭《ホーエド》〉に住む少女
イェンス・ホーダー…………………リウの父
マリア………………………………リウの母
カール………………………………リウの双子の弟
シーラス……………………………イェンスの父
エルセ………………………………イェンスの母
モーエンス…………………………イェンスの兄
ロアル・イェンセン…………………町の宿屋《イン》のオーナー。元高校教師

リウ

お父さんがおばあちゃんを殺したとき、白い部屋は真っ暗だった。私もその場にいた。カールもいたのに、お父さんもおばあちゃんも全然気づいていなかった。その日はクリスマスイブ。雪は朝少しちらついていたけど、ホワイト・クリスマスと呼べるほどではなかった。

何もかもが今とは違っていた。リビングがお父さんの物であふれ、足の踏み場がなくなる前の話だ。それにお母さんがベッドルームから出られなくなるほど巨体になる前の。でも私の死亡届が出され、学校に行かなくなったのよりはあとの話。

あれ、前だったっけ？　私は時系列に弱いほうだし、時間はいつだって、いつの間にか行き過ぎてしまう。小さいころ、一年は永遠みたいに長く感じられた。その理由を今、ある女の人から、聞かされたところだ。ちっちゃいときは、何もかもはじめて経験することばかりで、毎回、強烈な印象を受ける。それでその印象で心がいっぱいになるからなんだって。

たしかにそのころ、私の心はあふれかえりそうだった。次から次へと、飛びこんでくる印象で。たとえば、目の前でおばあちゃんが殺されたのだって、そう。

天井からクリスマスツリーがぶら下げられていたっけ。お父さんはリビングを広く使おうと、大量の物を天井に届くほど高々と積み上げていた。ツリーがぶら下げられていたのも、同じ理由からだった。プレゼントはクリスマスツリーの下に置くことになっていた。

だから私たちはいつも、お父さんが小さなツリーを持って帰ってきてくれますようにって願った。

その年のツリーは特に小さくなくちゃいけなかった。とびきり大きなプレゼントをもらうことになっていたから。ひとつは、作業場でいらなくなった木の板をお父さんが組み立てたやつに、お母さんが縫った赤いクッションを載せた、くらくらするほど素敵な車。お父さんとお母さんはいつも、プレゼントを手作りする。そのころの私は、ほかの家の子がプレゼントになぜお店で売られている物をお願いするのか、さっぱりわからなかった。うちの家族は既製品とは縁遠かった。カールと私はプレゼントを見ると、わーいと喜んだ。特にお父さんとお母さんの手前。でもカールは時々ふたりに少し怒っていたっけ。理由はうまく言葉にできないみたいだったけど。

その年のクリスマスが特別だったのは、おばあちゃんが死んだばかりってところだった。私たちにとってそれははじめての経験だったし、もちろんおばあちゃん本人も、死んだのははじめてだったはず。緑の肘掛け椅子でまばたきひとつせず、ツリーのほうを見てぎょっとした顔をしていた。私がツリーにぶら下げようと、茶色い紙で作ったハート形のオーナメントを見つめていたのかもしれない。おばあちゃんがお父さんに余計なことを言いだしたのは、私に作り方を教えたあとのことだった。

私たちはおばあちゃんを送りだす前に、一緒にクリスマスイブのお祝いをすることにした。おばあちゃんもプレゼントを受け取るべきだ、って考えたのだ。考えたのは家族全員じゃなくて、お父さんと私。特に私のほうだった。私がしつこくせがむもので、お母さんがしぶしぶ認めたのだ。

おばあちゃんはたしかスツールに脚を載せていたっけ。すぐ目の前に私が座っていて、脚を伸ばすスペースがなかったから。おばあちゃんの透明な紫色のストッキングの下のパンツは丸見えだった。茶色いひも靴からは、防水スプレーの甘い香りがほんのり漂っていた。真新しいその靴は、本島の店で買った物だと、前におばあちゃんが言っていた。グレーのスカート、赤いブラウス、白地にカモメ柄のスカーフ――すべておばあちゃんの鞄《かばん》から私が見つけた物だ。クリスマスイブらしく、おめかしさせてあげようと思って。寝間着の上に着せると、ちぐはぐでパッチワークみたいだった。

その夜以来、私たちが緑の肘掛け椅子に座ることはなくなった。座れなくなったのだ。

山のように物が載せられたから。

新聞紙の包みを破れなくなったおばあちゃんの代わりに、破ることにした。長方形の木箱に車輪がつけられているのを見た私は、お父さんが私のプレゼントに車を作ったのは、おばあちゃん用も作るためだったのかな、と思った。でもすぐにお父さんが作ったその車は、ハンドルと赤いクッションがついてはいても、実際は棺《ひつぎ》なんだ、と気づいた。蓋《ふた》のない棺。「蓋は必要ないさ」とお父さんは言っていた。棺に入れられていたのは、枕だけだった。その枕でおばあちゃんはその日の朝、窒息させられたのだ。

おばあちゃんの頭を枕にもたれさせると――正しくは、枕の上に置くと――お父さんがおばあちゃんを裏口から引きずり出し、壁の角を曲がり、積んであった薪《まき》の横を通り、薪小屋の裏の畑に運んだ。カールと私はそのあとをついていった。カールが乗っていたもう一台の木の車を押してやったのは、もちろん私だ。でないとカールは動きだせそうになかったから。お母さんもついて来た。お母さんはいつもほかの人より少しゆっくりだ。

真っ暗だったけど、私たちは暗闇を歩き回るのに慣れていた。闇は私たちの住《す》み処《か》だった。クリスマスイブのその夜は曇り空で、星がひとつも見えなかった。

周囲の森や畑も、ほとんど見えなかった。朝は少し風があったけど、今は全然。雪も溶けていた。クリスマスの妖精が、今年のイブは静かで暗くしようとでも決めたのかな。

それから私たちは着火剤と新聞紙と、ふだんいたずらするなと言われていた（それでもカールは遊んでいたけど）暖炉用の長いマッチで、おばあちゃんに火をつけた。もちろん先に靴を脱がせなくちゃいけなかった。防水スプレーのかかった真新しい靴を。

少しして私たちは熱さでわずかにあとずさった。炎があっという間に上がり、囲いの向こうの暗がりに家畜の水飲み場の桶《おけ》とその後ろの森の茂みが照らしだされた。振り返ると、家畜小屋の壁で私の影が踊っていた。それから炎を通して、お父さんとお母さんの姿がはっきりと見えた。ふたりは手をつないでいた。

横たわったおばあちゃんの白髪が燃えているのを見た私は、急にお腹がぎゅっとなった。

「おばあちゃん、本当に痛くないの？」と私が聞くと、「大丈夫。心配するな」とお父さんが答えた。「何も感じやしないさ。もうこの世にはいないんだから」

ヘンなの。箱のなかにおばあちゃんがいるのが、木の車の後ろに足をかけていた私から見えたのに。そう思いながらも私は、お父さんが言うことを信じこんでいた。お父さんは何だって知っている。暗闇のなかでは痛みをあまり感じないと教えてくれたのも、お父さんだった。たとえば海の底で釣り針に食いついた魚も、夜中、罠に引っかかったウサギも、いっさい痛みを感じないらしい。「闇は痛みを取り去るんだ」とお父さんは言っていた。「ウサギは必要以上に狩ってはならない」とも。だから私たちみたいに善良な人間は、夜中にしか狩りをしないんだって。

焼かれているのに、おばあちゃんがうんともすんとも言わないのも、その証拠だった。痛かったらふつう、叫ぶもの。前に、ツナ缶が詰まった段ボール箱が頭の上に落ちてきたときみたいに。人があんな大きな叫び声を上げるのを聞いたのは、あとにも先にもあのときだけだった。そんなおばあちゃんのことだ、燃やされて痛かったら、黙っているわけない。

次の日の朝、おばあちゃんの様子を見にいった。炎は上がっていなかったけれど、おばあちゃんは――うん、おばあちゃんの残骸は、って言うべきかな？　だって体は、ほとんど残っていなかったもの――まだ少し燃えていた。そんなわけで私はおばあちゃんがいなくなったのを、ちょっぴり悲しんでいた。おばあちゃんがいてよかったことも、ちょっとはあったから。おいしいパンケーキを焼いてくれたりね。

その後、もう一度見てみたけど、黒い土とちょっぴり焦げた草以外、何も見えなかった。お父さんが残骸を集めて土に埋めたと言ってた。どこに埋めたのかまでは教えてくれなかった。

あとになって私は、お父さんがおばあちゃんを枕で窒息させて本当によかったのかなと、考えこんだ。でもお父さんは、やるしかなかったんだと言う。殺さなければ、大変なことになっていたんだぞって。

おばあちゃんは殺されるとき、何も言わなかった。完全に息を引き取るまで、ベッドの上でただちょっとおかしな感じでもがいていただけ。釣り舟の底で口をぱくぱくさせながら跳ねる魚みたいに。私たちは魚が苦しまないよう、頭を切り落とす。苦しませることが目的じゃないから。

その年のクリスマスイブの朝、おばあちゃんの部屋は運よく真っ暗だった。こんなに暗ければ、痛みを感じない、とそのときの私は考えていた。お父さんが枕をぎゅっと強く押しつけたので、あっという間だった。モミの木を切ったり、木の板を運んだり、物を引きずったり、家具を作ったりしていると、人はたくましくなる。私もやればよかったのかもしれない。私は歳の割に信じられないぐらい力持ちだから。女の子にしておくのはもったいない、ってお父さんからいつも言われていた。

　実際、自分が何者なのか考えたことはなかった。誰かの目に映る私が、私なんだと思う。それに時々、私はほかの人たちが見ていない何かを見ていた。

＊

　私たちは本島の北にある〈頭《ホーエド》〉という名のちっぽけな島に住んでいた。そこに暮らしていたのは私たち一家だけ。自給自足の生活を送っていた。

〈頭《ホーエド》〉と本島は、〈首《ハルセン》〉と呼ばれる地峡で結ばれていた。今も私はあまり時間の感覚がないけど、私たちの家から〈首《ハルセン》〉を通って、いちばん近い集落まで行くのに、急いでも三十分はかかるとお父さんは言っていた。本島でいちばん大きな町、コーステッドまでは、さらに十五分。私はコーステッドをとてつもなく大きな町だと思っていたんだけど、おばあちゃんから本土の町に比べたらちっぽけなもんよ、と言われた。そんなにたくさん人がいるんだって想像すると、怖くなった。他人といて、落ち着くことはない。他人とは得体の知れないものだ、とお父さんは言っていた。笑顔にだまされてはいけない、と。

　本島の人たちのいいところは、私たちが必要とする物を何でも持っているところだった。本島の人たちなしに、私たちの暮らしは成り立たなかった。

　お父さんが夜中、本島にあまり行きたがらなくなってからというもの、色々な物を家に運ぶのはもっぱら私の役目になった。そのころには、とっくにお父さんから手順を叩きこまれていた。

　はじめのころ、私とお父さんは本島に軽トラックで通っていた。みんなが寝静まった深夜に。私たちは毎回、軽トラックの隠し場所を見つけ、納屋や離れに忍びこんだり、時にはうちのリビングやキッチンなんかに入りこんだりした。あるときなんか、ぐでんぐでんに酔っ払った女の人のベッドルームに入りこんで、布団を持ち去った。目を覚ましたときに布団がなくて、女の人はどう思ったんだろう？　お父さんは次の日、コーステッドの町中《まちなか》でその女の人を見たらしい。女の人は少し混乱した様子だったそう。グースダウンの羽毛布団がなくなったのだから無理もない。形見か何かだったのかもな、とお父さんが言っていた。いくら中身がガチョウの羽毛だからって、布団が飛んでいくわけがあるまいし。

グースダウンの羽毛布団はお母さんが使うことになり、私はお母さんが使っていた布団をお下がりにもらった。お父さんが同じ年のはじめ、それはそれは立派な自家製ハムのプレス器と交換してきた、アヒルの羽毛布団だ。その数カ月後、私たちは自家製ハムのプレス器を床屋さんのところに取り返しにいった。床屋さんがハムのプレス器を持っていたって仕方ないもの。ご主人と奥さんは三階で寝ていて、プレス器の置いてあるキッチンは、一階のリビングのすぐ隣にあった。勝手口は門を入ってすぐのところにあったのに、鍵が掛かっていなかったので、あっさりなかに入れた。床屋のおじさんは、私たちの物を――ううん、おじさんの物か――とにかくそれを、私たちが盗《と》っていくのを歓迎しているんじゃないかと思えるほどだった。奥さんからは、いつもひどいにおいがした。そのにおいはキッチンまで漂ってきた！　もしも私がおじさんだったら、ハムのプレス器よりむしろ、おばさんのほうを持っていってほしいと思うだろう。お父さんは香水のにおいさ、と言っていた。

アヒルの羽毛布団はお母さんが使っていたときには、床屋の奥さんのにおいがしていたけれど、ラッキーなことに、私がもらったときには、香水のにおいはほとんど抜けていて、ほぼお母さんのにおいになっていた。

アヒルのにおいはまったくしなかった。お母さんが使いだしたグースダウンの羽毛布団からは、お酒のにおいがした。お母さんは元々、ミルク入りのコーヒーより刺激の強い飲み物は一切受けつけず、井戸水ばかり飲んでいたぐらいだったのに。でもまあ、仕方がない。

お父さんはドアや窓をこじ開ける名人だった。おじいちゃんから教えこまれたのだそうだ。おじいちゃんに会ったことはないけど、シーラスって名前だったのは知っている。お父さんからやり方を教わった私は、作業場のドアや窓を片っ端から開けて腕を磨いた。ドアや窓は、南部のゴミ捨て場に山ほどあったので、軽トラックの荷台に積めるだけ積んで持ってきてあった。いったいどうしてこんな物を捨てるんだろう？　直せばまた開け閉めできるのに。

私たちはドアをつけ替えたばかりの家は避けるようにしていた。鍵の掛かった家は、入りづらいから。でも幸いこの島で、ドアに鍵を掛ける人は多くない。母《おも》屋《や》にはなかなか入れないので、たいてい納屋か離れに忍びこんだ。それでも何かしら盗っていける物はあった。一度、豚を持って帰ったことがある。私たちは豚に飢えていたし、その農家には本当にたくさん豚がいて、家の人だけじゃ、食べきれそうになかったから。お父さんに持ち上げられた豚が悲鳴を上げなかったのはなぜなんだろう？　お父さんが動物に優しいからかな？　お父さんはどの動物にも優しかった。おまけに動物を殺すのも得意で、お父さんが手をかけた動物たちは痛みを感じないみたいだった。それも動物愛護のひとつだそうだ。

はじめてひとりで行ったとき、不安がなかったわけじゃない。前回お父さんと行ったとき、ヘマをしかけたからなおさらだ。そのとき、私たちはさびた長い鉄《てっ》桁《げた》を道端で二本見つけ、軽トラックの荷台に何とか載せた。でも角を曲がるとき、そのうちの一本が壁にぶつかり、ガシャーンと音が響き渡った。一、二軒の家の明かりがつき、見つかりそうになったところでお父さんは急いで砂利道を曲がり、生け垣の陰に身を潜めた。次の日、とりあえず私たちは廊下に置いてあった鉄桁を二階に引きずり上げた。素足だったので、もちろん指をぶつけないように気をつけなくてはならなかった。

　ばれそうになったことはほかにもある。そのときは私のせいだった。配管工のおじさんの家のガレージで、ホイールキャップを踏んづけてしまったのだ。おじさんがガレージの扉を開ける音がしたので、私は隅に隠れ、息を潜めた。そのとき、おじさんの胸にネコが飛びこまなかったら、明かりがつけられ、気づかれていただろう。おじさんはネコに向かって怒鳴った。「こら、騒いでいたのはおまえか？　なかに入れ！」

　私がガレージから出てきたとき、お父さんは完全に頭のおかしい人みたいになっていた。お父さんは後ろですべて聞いていたらしいけど、ネコがいたのには気づいていなかった。

　でも私はその後間もなく、ひとりで行くことのいいところに気づいた。私のほうが小柄ですばしこいし、足音を忍ばせて歩き回るのにも慣れていた。車の運転はまだできる歳じゃなかったし、自転車も好きじゃなかったので、歩くか走るかしていった。私は暗闇でもよく目が見えたから、お父さんから、「おまえはフクロウみたいなやつだな」としょっちゅう言われていた。そう、私はフクロウ。飛べないし、首も後ろまで回せないけど。練習してみたものの、どっちもできっこないって気がついた。カールももちろんやってみた。私よりはましだった。

　お母さんは特に何も言わなかったけれど、本音じゃ私が夜中出ていくのを快く思っていなかったに違いない。でも私たちが持ち帰ってきた物は、気に入っていたみたい。特に宿屋《イン》のキッチンから取ってきた物は。

＊

〈頭《ホーエド》〉での日々に関するいちばん古い記憶は、新鮮な樹脂の香りだ。鼻が奇妙にうずく感覚や、手の平でべとつく感触。鼓膜を心地よく揺らすお父さんの声は、木の幹に流れこむ樹脂について私に教えてくれた。お父さんによると、樹脂は不思議な物らしい。怪我《けが》を防ぎ、傷を癒《いや》してくれるし、小動物の死骸を樹脂に浸すと、永久に保存できる。ほかに記憶に残っているのは、生きた小さなアリが樹皮を上り、そのべとべとした黄金色の滴《しずく》のまわりで道を探し、木の裂け目に消えたかと思うと、少し上でふたたび姿をあらわすことだった。そうして上へ、上へと移動していく。

それ以来、木が血を流しているのを見るたび、「じきに治るよ。樹脂があなたたちを守ってくれるから」とささやいた。木は私の友だった。

それにアリは木と私の共通の知り合いだった。いつだって道を見つける意志の固いその生き物は、常にそこにいた。木を上っては下り、草の上を進み、中庭やキッチンを通って、棚に這《は》い上がり、ハチミツに飛びこんで、リビングを通って巣に戻る。食べ物や役に立たない物、時に息絶えた家族を運んで。

私たちの家の裏の木々が森と言える物なのかは、私にはちっともわからなかった。森って呼ばれるには、木は何本必要なんだろう？　でもカールと私にとってそこは、まぎれもなく森だった。壮大な森。ううん、森どころじゃない。そこは無限の香りと音と生命に満ちた世界。それらは遠いどこかで、ヒバリの歌やヒースの草地やビーチグラスの景色と一体になる。そして砂と同化して水になり、さらにその水が広大な海に注ぐ。

でも私がヒースの草地や海に気づくまでには、少しかかった。はじめ、木しかなかった。血を流した木と、気道をふさぎかねない粘着質な黄金色の樹脂をよける賢いアリしか。

やがて私はある木に気づいた。モミの木は、土のささやきに耳を澄ますかのように、房状の雄花をお辞儀みたいに地面に垂らし、いつも悲しそうだ。でもそのモミの木は全然違っていた。尖《とが》った針や膨らんだ雄花をぶら下げて立つそのモミは、地面なんかどうでもよさそうに、凛《りん》とし、隔絶された場所に焦がれるように、上へ上へと伸びつづけていた。空を見上げていたに違いない。地面から根っこを自由に抜けるのであれば、喜んで空に浮かぶことだろう。モミも本当は戻りたいんだ、と信じることにした。でもモミは私と同じで、〈頭《ホーエド》〉に根を張ってしまっていた。

飛ぶところを想像するのもおもしろいけど、いちばん素敵なのはモミの木自体だ。

かさかさ音を立てる木もあった。細くてグレーの幹は、針葉樹林にまぎれていた。ぎざぎざのちっちゃい葉の緑の樹冠をかぶったその木はそよ風が吹き抜けるたび、音楽を奏でた。その歌が大好きな私は、木の下で風を待つ。ある日、秋の最初のため息で（春一番ならぬ秋一番だ）葉が急に落ちてきて、一面、落ち葉だらけになって驚いたのを、はっきり覚えてる。私は舞い落ちたハートの海に埋もれていた。私はハートたちを木に戻そうとした（いちばん低い木の枝に。だって私の背はあまり高くないから）。でも私は緊張で手が震えてしまって、さらに葉っぱを落としてしまった。私は何もわからなかった。お父さんを呼びにいって、すべてを話してもらうまでは。

森は世界でいちばん安全な場所なんだ。森の木々がいっせいに息を吹き返す。あせた世界が色を帯びていく。ライトグリーンが深緑に、深緑が炎のような赤に、赤が黄金色に、黄金色が限りなく真っ黒い土に。新しい芽を息吹《いぶ》かせるため、土には食べ物が必要だ。闇のあとに光が訪れ、光のあとに闇が訪れる。さらに広がるハートの葉。

　今日、そこにいられて、お父さんは幸せだったと思う。自然のなかに。そこならお父さんは息を吸える。私たちはそのときほど空気をいっぱい吸いこみ、日の光をたっぷり浴びたことはなかった。森で仰向けになり、木の上に鳥がいるのを見ていたお父さんは、私と同じく太陽の光で満腹だったことだろう。お母さんからＡＢＣの歌を習うまで、私はありとあらゆる鳥の声を出せた。お母さんがアルファベットの歌を教えてくれたとき、私は最後はØ《ウー》でしょ、と言った（デンマーク語のアルファベットにはÆエー、Øウー、Åオーという三つの英語にない文字がある。Øは島という意味も持つ）。島（Ø）で終えたいのに、と私は言った。川（Å）じゃなくて。

　その後、お父さんが生きられたのは、まさにそのとき吸った空気のおかげと、時々私は思うのだった。それに光のおかげ。きっと人間は光をためておけるんだろう。記憶をとどめておけるように——だったら食料貯蔵庫のクネッケ（ライ麦の粉や全粒粉で作る、薄くて平らなクラッカーに似た堅焼きパン）やビスケットの山や、キッチンに置いてある傘やホイールキャップや古い蓄音機、バスルームのホースの留め金や瓶詰めや、店から持ってきた測《はか》り売りの布や鉄桁、肥料やガソリンのタンクや新聞、カーペット、リビングにある機械の部品やスプリングマットや自転車や人形遊びの道具一式やヴァイオリンや鶏の飼料、ベッドルームのタオルや水槽、ミシンやキャンドルや本の山やクッキー、その隣のヘラジカの頭の剥製《はくせい》や、カセットテープや毛布や除湿剤、アルミホイルのケースや砂糖の入った袋、ペンキの缶やバケツ、古いコンテナのテディベアや子どもは？

　そうね、こんなふうに一気に言ったら、ヘンに思うよね。でも本当のことなんだもん。私たちはほかの人とすっかり同じじゃないって、途中で気づいたの。それはお母さんも知っていることだった。今、私はお母さんが私に宛てた手紙を読むところ。その手紙は薄い緑のファイルに隠してあった。

「リウへ」と書かれていた。

それは私の名前。私はリウ。

その手紙を一度に読んでしまいたくなかった。一気に読んだら、すぐに忘れてしまうかもしれないし。そこで一通ずつ、読むことにした。時間はいくらでもある。

お父さんはほかの人とはまったく違っていた。名前はイェンス。

イェンス・ホーダー。

リウへ

私はこの手紙を、ファイルのいちばん上に挟んでおいたわ。最初に読んでほしくて。でもここから先は、好きなのから読んでいってね。特に順番はないから。

あなたに何もかも打ち明ける勇気が湧いてこなかった。そうこうしているうちに声が出なくなってしまったの。でも読み書きならできる――やっとやっとだけど――。そしていつか、あなたはこの手紙に秘められた私の思いに気づくでしょう。きっと。私は自分がそう望んでいるのかわからない。でももしあなたが私の思いに気づく日が来るのであれば、耐えられるぐらい大きくなってからでありますように。

私はすでに二枚――これより長い手紙を二通、あなた宛てにしたためたわ。今あなたが読んでいるこれは、その二通よりずっと短いの。覚え書きと言ってもいいぐらいよ。全部で何枚になるかはわからない。最後、どんなふうに締めくくられるかも。

私はあなたのお父さんに見つからないよう、ファイルを隠した。そうするのがいちばんだと思ったの。ベッドの隅とマットレスのあいだに挟み、上から布団を掛ければ、見えなかった。あなたに伝えたいことができると、そこからファイルを取りだして書いたわ。

でも、実はお母さん、ファイルに手を伸ばすのもひと苦労なの。体が重くなりすぎて、寝返りひとつ打てないのだから。体のあちこちが痛むし。

手紙の内容がまとまっていなかったら、ごめんなさい。でも嵐のなかで舵《かじ》を切る術《すべ》を知る船乗りみたいなあなたのことだから、すべてわかってくれるでしょうね。お父さんの気持ちもわかるかしら?

あなたに知っていてほしいことがあるの、お母さんはお父さんのことを愛していた、ってこと。それにお父さんがいつか私の命を奪うかもしれない、ってことも。そのことを私はわかっていたいのよ、リウ。でも、あなたは?

愛をこめて、あなたの母より

追伸　私にはわからないの。私たちが過ごした日々を冒険と呼ぶべきか、ホラーと呼ぶべきか。ある意味、その両方なのかもね。あなたの視線の先にあるのがふたつのうち、冒険のほうでありますように。

イェンス・ホーダー

イェンス・ホーダーはかつて島いちばんの美男ともてはやされたが、今は見る影もなかった。理由のひとつは、髪と髭《ひげ》が伸び放題でぼさぼさなこと。物がこんなにもあふれかえった家で暮らすなんて、かつての彼からは想像がつかなかった。イェンスの身にあんなとんでもないことが巻き起こるとも、みな夢にも思っていなかっただろう。

イェンスは島中にその名を知られていた。古ぼけた軽トラックでコーステッドを走る彼の姿を見つめる人々。一定の年齢より上の人たち——とどのつまり、島のほとんどの人たちが、その軽トラックがかつて彼の父親が乗り回していたのとまったく同じ車だとよく知っていた。その車にはいつも修繕された木製家具や古ぼけたオーナメントがぶら下げられたクリスマスツリーが山と載っていた。それにイェンスも。髭やごたごた騒ぎとは無縁の美しく小さな少年が真ん中に腰掛けるなか、トラックはガタガタ揺れながらものどかに走りだした。

＊

はじめは万事順調だった。イェンスは兄のモーエンスと同じく愛情を注がれていた。ふたりの少年たちは〈頭《ホーエド》〉で、父と母の庇護《ひご》のもと、さまざまな面で何不自由ない暮らしを送っていた。ふたりは大の仲良しで、遊び場だった〈頭《ホーエド》〉の作業場は、父から大工仕事を教わってからは、仕事場をも兼ねるようになった。

ふたりの父、シーラスは何でも器用にこなす男だったが、何より彼は熟練の大工としての誇りをかけ、最高の仕事をしていた。それに切りだした木のことを、材木になり、板になり、家具やクリスマスツリーになり、使い古され、その一生を終えるときまで価値を失わない、自然が生みだした奇跡と見なしていた。いや、木が一生を終えるとは限らない。特別に選ばれた木は、美しく飾られた棺となって、土に還《かえ》り、時を超えたある日の朝、また切られ――そんなふうに、生きつづけるのだ。

子どもたちはどちらも、職人としての才能を父から受け継いでいたが、それ以外、ふたりに共通点はなかった。

イェンスのほうが見た目も幼く、目は黒々として、美しい――庭で遊ぶ子どもたちをキッチンから見つめながら、母親はそう考えたものだった。とはいえ、モーエンスのほうがずっと明るい表情をしていたし、そのことに母は安心していた。エルセ・ホーダーはモーエンスに商才があると信じており、父親より成功するだろうと密かに確信していた。

シーラスはたしかに世間から認められている大工だったが、金のことにはてんでうとかった。懐《ふところ》に入ってくるにはきたが、事業に必要なものよりも、必要ないものに消えてしまっているようだった。本島の商人ふたりの家に足繁く通う彼は、誰かの役に立ちそうなものを見つけるたぐい稀《まれ》な才能の持ち主だった。そんなふうにシーラスはいつも、見つけたものをうれしそうに家に持ち帰った。

妻が喜ぶことは滅多になかったが、それでもシーラスはやめなかった。しかも彼は持ち帰った物すべてに使い道が見つかるだろうと確信していた。大事なのは物を見る目があるかどうかだ、と彼は言っていた。可能性を見抜く目が！ この上なくくだらなさそうな物にだって無類の価値があることがある。古い馬蹄《ばてい》十二個で、こんなきらびやかなシャンデリアが作れるじゃないか、と。それはエルセも認めざるをえなかった。そのシャンデリアは独特の類を見ない美しさを備えていた。彼はそれを夏に島の南部を訪れていた人たちにまんまとふたつ売り、古い馬蹄を買い足す軍資金を得ることができた。

木に関わるシーラスの才能は、木工や修理の仕事だけでなく、鉋《かんな》をかける以前の木の扱いにも存分に発揮された。彼は実際、〈頭《ホーエド》〉中の木々を、実の子のように甲斐甲斐《かいがい》しく面倒をみた。実の息子と愛と知識を共有するある種の幸運にも恵まれていた。イェンスは森を心で、モーエンスは頭で愛していた。言い換えるなら、一本の木が切り倒されるのを目にしたとき、イェンスが喉元まで何かがこみ上げるのを感じるのに対し、モーエンスはどれぐらい価値があるだろうかと計算してみせるのだった。

シーラス・ホーダー自身はもちろん息子をふたりとも溺愛《できあい》していた。ただひょっとしたらイェンスへの愛情のほうが上だったかもしれない。

今ある雑木林を広げて小さなクリスマスツリーの木立《こだち》を加えようというのが、シーラスがそれまで考えついたうちで最もさえていて、何より最も合理的なアイディアだった。島の住民と、サマーハウスでクリスマスを過ごす旅行者のために持っていく、クリスマスツリーになる装飾用のモミの木のおかげで、ホーダー一家のクリスマスをちょっぴり楽しいものに変えてくれるごちそうを買うだけの余裕はあった。あれこれ無駄遣いされる前に、エルセ・ホーダーが金を夫から取り上げられたらの話だが。

〈頭《ホーエド》〉に住んでいたのは一家だけだったので、モミの木を植える土地は充分にあった。木や低木が伸び放題だし、家畜が牧草地を食い荒らすような、隔絶された暮らしに興味がある人などいなさそうなものだが、実際は、狭い地峡を通って遠路はるばるやって来て、シーラスに物を修理してもらいに、あるいはちょっとしたやぼ用で、〈頭《ホーエド》〉にやって来る人がいないわけではなかった。シーラスは島の住民とよく一緒にいた。住民たちはシーラスの腕を認めると同時に、その変人ぶりをおもしろがっていた。たとえばシーラスが木々に話しかけるのは有名な話で、彼のクリスマスツリーが人気なのは、ツリーを客に売る前に、彼がさよならとつぶやくのを聞いてみたいというよこしまな思いからでもあった。その後、妻が客から金を受け取っているあいだ、彼は十二月の寒空の下、手と手をこすり合わせ、少し憂《うれ》い顔で立っていた。

シーラスは平々凡々な男ではなかったが、彼の人のよさを疑う者はいなかったし、彼が作る棺はたいそう美しく、それで埋葬されるのはちょっとした特権と見なされていた。

シーラス・ホーダー当人と彼の下の息子イェンス以外には誰も、棺が注文した人のところに運ばれる前に一度試されているとは夢にも思っていなかった。ある棺が完成した次の日の夜、エルセ・ホーダーとモーエンスがぐっすりと眠るなか、シーラスとイェンスは作業場に忍びこんだ。それから父シーラスは息子を腹に乗せ、新鮮な木の香の漂う暗闇に包まれながら、棺に横になった。

イェンスは何て心地がよくて心安らぐのだろう、と思った。棺で過ごしたそのときの感覚は、子ども時代の記憶が色あせたあとも、彼のなかにあり続けた。暗闇は信頼できる友であり、愛情のこもった抱擁《ほうよう》でもあった。

亡くなって棺に入ろうとしている人が自転車屋であろうとパン屋であろうと、ふたりは何かしら人柄を語り合った。シーラスは本島の人の大半を知っていた。知り合いでない人でも、知り合いの知り合いだった。壁に耳があるのではと警戒して、歯の浮くようなことしか言わなかった。パン屋が店で飼っていたネズミを

（実際飼っていたのではなく、どこからかきただけだが）大事にしていたとか、郵便局長は妻ばかりでなく南の島の三人の女性までありあまるほどの愛情を注ぐ立派な人だった、とかそんなことを。

シーラスはまた下の息子に、コーステッドの市長は何年も屋敷のまわりに物を隠しているが、口をつぐみ、目立たないようにしさえすれば、それを懐におさめることができるのだと暴露した。それは市長のはじめた、ささやかでご機嫌な遊びなのだ、と。市長亡きあと、その遊びを継承したのは、島のほかの住人たちだったが、ひどく秘密めいた遊びだったので、イェンスはモーエンスやほかの人間と話すときにも、いつしかそのことに触れなくなった。ましてやその手の遊びをよしとしない母親の前ではいっさい話題に出さなかった。

棺のなかでの話は、棺で終える。それが彼らなりの不文律だった。

棺の外でする話もあった。パン屋の棺を用意する晩、父親のところに忍んでいく直前に、ふと思い立ったイェンスは方向転換し、作業台の陰で箱をあさった。

「イェンス、何をしている？」棺の底から声がした。

「パン屋さんにめん棒を持ってきたんだ」イェンスは戻ると、誇らしそうにささやいた。「棺にこれを入れてあげたら、パン屋さんは喜ばないかな？　持ち手が壊れてるけど」

めん棒の先が棺の底にぶつかって、ゴツンと小さく音がした。シーラスは少し間を置いて答えた。

「うーん、どうだかな。それにこのめん棒、今は俺のものだ、イェンス。やっと手になじんできたところだったのに。どうしておまえは俺がめん棒を持っていると思ったんだ？　まだ使える品を埋めちまうバカがいるか。それにこれがあると、昔のことを少しばかり思い出せる。そうだ。これは取っておこう。パン屋だって向こうじゃこんな物、使いやしないさ」

「向こうって、棺のなかって意味？」

イェンスが声を潜《ひそ》めて尋《たず》ねた。

「もっとあとのことさ」

「あと？　もっとあとに、どこへ行くの？」

「そうだなあ、どれだけいい人間かによるな」

「どれだけ腕のいいパン屋さんだったかってこと？」

「いいや。パン作りの腕は大して関係ない。この世で、他人にどれだけきちんとしたよい行ないをしてきたかだ」

「一度ぼくにホイップクリームの口金を投げつけてきたことがあるよ」

「本当か？」

「うん。ぼくがパン屋さんの入り口で立ち止まって、ドアの枠をいじったから。春にお父さんが作ったドアだよ」

「口金は持ってきたのか？」

「うん」

「それはよかった」

「それでパン屋さんはどこに行くの？　ぼくに口金を投げつけてきたけど」

「それは俺たちにはわからない。天が定めることなんだ。だが棺のなかでやつの体がとけてなくなるとき、魂は体から抜けでて、別の物になる。やつがなるのにふさわしいものに」

「ふさわしいものって？　蝶々《ちょう》？　原っぱの草？　馬車？　丸々太った豚？」イェンスが尋ねた。

イェンスは豚になったパン屋の姿をやすやすと想像できた。

「さあね」

「またパン屋さんになれるの？」

「別に好きこのんでパン屋になりはしないだろうよ」

「でもおじさん、島にはずっといるんでしょ？」

「さあね」

イェンスはあの夜、棺のなかで言われたことについて、よくよく考えてみた。死んだらすべておしまいってわけじゃないとわかってほっとした。一方で、死んだあと何になるのかわからないのは嫌だと思った。それならむしろありのままに生きてやろうと思った。たとえば、イェンスは自分が蚊《か》になるなんて想像つかなかった。蚊になるぐらいなら、アリになったほうがましだ。飛び回って人を刺すこともない。それか木。木はいつか立派な棺になれる。そうして誰かがなかで横になっておしゃべりする。

イェンスは死についてさまざまなことを考えた。特にあることについて考えたのを後悔した。自分だけは死にたくない、ということだ。お母さんやモーエンスだって、いつか死ぬだろう。お父さんだってそうだ。そして死んだあと何になるにしろ、死んだらお母さんでもモーエンスでもお父さんでもなくなる。そう考えると、何日もお腹が痛かった。残されるぐらいならみんなより先に死にたいと考えるようになった。そうすれば誰にも先立たれずに済むのだから。でも誰かがいなくなって悲しむのはそんなに恐れるべきことなのかな？　それにもしも今死んで、木や馬やかかしになったとしたら、誰かがいなくなったってことに、これっぽっちも気づかないんじゃないか？　かかしになって、誰にも気づかれずただ鳥を追い払うためだけに立っていること以上に、悲惨な運命なんてある？　そもそも人間がめん棒に生まれ代わることなんか、ありえるのかな？　それにそのめん棒が壊れたら？

イェンスの頭のなかをそんな思いがぐるぐる回った。ゴミ集積場に運ばれるという恐ろしい悪夢を見た。前におじいちゃんと南の島のゴミの集積場に、お母さんがもう目にするのも忌々《いまいま》しいと言っていたがらくたをいっぱい持っていったことがあった。家に帰ると、シーラスが森から戻ってきていた。お父さんがキレるのを見たのは、それがはじめてだった！　断りなく物を持ちだされたことに、怒り心頭だった。お母さんがお父さんを正気にさせるのに、その日の午後まるまるかかった。やがてふたりが手を取り合ってベンチに座ると、子どもたちはほっとしてボール遊びをはじめた。

そのあと少しして、おじいちゃんが死んだ。モーエンスとイェンスは、はじめは悲しまなくちゃ、と思ったけれど、おじいちゃんは大往生《だいおうじょう》だったからあまり悲しまないでいいと言われた。おじいちゃんはシュナビュというはずれの町に住んでいたため、〈頭《ホーエド》〉まで一家を訪ねてくることは稀で、来てもろくに口をきかなかったので（別にぼけているわけじゃなかった）、そんなに歳だとは知らなかった。イェンスはおじいちゃんの夢が何だったのか、考えずにはいられなかった。その夢が叶《かな》ったのかも。

おじいちゃんの棺ができ上がった日の夜、イェンスはようやくその考えから解放された。彼はシーラスの大きくてあたたかな手を胸に置き、その柔らかなお腹の上に体を横たえた。気持ちよかった。おでこに時折、シーラスの髭が触れた。ちょっぴり痛かったけど、それは心地よい痛みだった。ふたりは息をすーっと吸いこんだ。

「おじいちゃん、何になると思う？」

「じいさんは素敵な人だった。きっと何かいいものになると思うよ」

「蚊じゃなくて？」

「ううむ、蚊になるところは想像がつかないな」

「じゃあ、木は？」

「そうだな、木のほうがありえそうだ。大きくて、でんとした木」

「じゃあ間違って切らないようにしないとね！」

髭の上からでもお父さんが笑っているのが、イェンスにはわかった。

「その木が生きてきた価値を認めるのであれば、切り倒していいんだ。おまえのじいさんは、常に正しい決断をしてきたわけではないかもしれない。だがネコにいたずらして怪我をさせたりはしない、善良な愛すべき人だった。それは覚えておいてあげよう」

イェンスはシュナビュまでおじいちゃんを訪ねていったことが二度ほどあった。おじいちゃんがネコを飼っていたとは思いもよらなかった。どこに行くにもあとをついてきて、合図に従って死んだふりをする小さな犬を飼っていたということしか知らなかった。その犬は立てなくなるまでその芸をし続けた。それ以来島いちばんの従順な犬と呼ばれるようになった。やがてイェンスのおじいちゃんは話せなくなった。そして亡くなった。

「おじいちゃん、自分の犬をわざといじめたりしなかったよね？」イェンスが心配して尋ねた。

「おまえはいい子だな。ああ。おまえのじいさんは、犬をいじめはしなかったさ。じいさんの帽子が手に入ったよ。少し大きすぎるかもしれないが、使ったらいい。じいさんとの思い出に。な？」

イェンスは暗闇のなかでうなずくと、出し抜けに尋ねた。

「ぼくもいつか誰かのお父さんになるのかな？」

「ああ、恐らくな」

「男の子が生まれたら、カールって名前にしたい」

「カール？　どうしてカールなんだ？」

「ゴミ置き場でしゃべった詩人のおじいさんがカールって名前で、百歳を超えてるって言っていたから。二百歳まで生きるつもりなんだって」

「そんなこと言っていたのか？」シーラスが咳きこんだ。

「うん。皺《しわ》を数えてみたけど、本当っぽかったよ。すごい皺だった」

「ほう、次会うとき見てみるとするか。時間があったら」

「それと女の子が生まれたら、昨日見た生まれたての赤ん坊と同じ、命《リウ》って名前にするんだ」

「きれいな名前じゃないか」

シーラスが笑った。

「うん」

ふたりは少し横になり、窓のひびから吹きこむ森の風に耳を澄ました。棺の木の香りとモミと湿った苔《こけ》の香りもした。間もなく、ハニーサックルの香りもしてきた。

するとシーラス・ホーダーが、もぞもぞと動きだした。

「さあ、そろそろおじいさんの棺の用意ができたようだな。じゃあ、寝床に入ろう。布団の下に入るとき、モーエンスを起こすなよ」

「そんなヘマしたことないよ」

「ああ、たしかにな。おまけにモーエンスはいつも岩みたいに寝入ってるしな」

その日の夜、イェンスは一睡もできなかった。彼は考えた。岩っていうのは、本当は疲れすぎて岩以外何にもなれなかった人間なんじゃないかな？

コーステッドの教会から戻ってきたエルセ・ホーダーは、素晴らしい葬儀だったと告げた。モーエンスとイェンスは、父親と〈頭《ホーエド》〉に残った。シーラスは棺がとても好きだったが、葬儀はどうでもよさそうだった。息子たちが参列するかしないかということも。彼らが時々、作業場や森に手伝いに来てくれたり、動物の世話をしてくれたりすればよかった。ふたりにはすることが山ほどあった。シーラスは学校で習う知識ってやつをほとんど信用していなかった。モーエンスが話していた〝平方根〟というのが何かもちんぷんかんぷんだった。

その一方で、彼は息子ふたりが職人仕事に大いに才能を発揮する様子を見て、少なからず誇らしく思っているようだった。とりわけモーエンスのことを。

しかしイェンスにもシーラスが愛さずにはいられない、何とも言えない風変わりさがあった。最初に棺を作ったのは、単なる思いつきからだった。彼はただ子どもたちに彼自身がいつの日か熟達したいと思っている大工仕事と手仕事に没頭する喜びを味わわせてやりたいだけだった。曲線や大小のバランス、木材の香りを慈《いつく》しんでほしかった。それに死者のそばで木がどう生きつづけるのか伝えたかった。学校の先生にとってはどうでもいいことだろうが！

シーラスは息子と棺を作りつづけるべきとは思わなかったが、そうやってこっそり横になり、下の息子を抱き寄せ、息子の説明や告白、質問に耳を傾けることで、死者の人生に生前なかった意義を与えたかった。

シーラスは他人からどう言われようと気に留めなかった。シーラスはほかの人に少し妙に思われるんじゃないかなどと考えもしなかった。彼に興味があるのは、この――彼らだけの秘密の告白の場がずっとそのままであってほしいということだけだった。

イェンスは棺のなかで教えてもらった大切なことすべてを兄に言わないように充分気をつけていた。しかし彼の頭にはある疑問が浮かんでいた。

「モーエンスがいちばんなりたいのは何？」

「大きくなったら、ってこと？　発明家がいい、絶対、発明家になりたい！」

「そう。でも、死んだあとは？　死んだら何になりたいの？」

モーエンスはイェンスをしばらくじっと見つめていた。

「そんなこと考えても意味ないだろ。ぼくは死なないもん。永遠に生きられるようになる何かを発明する。それで大金持ちになって、一生そのお金で暮らしていくんだ。でもこのことは誰にも言っちゃ駄目だよ。おまえも永遠に生きられるようにしてやるから」

そうしてイェンスは、誰にも言ってはならないことについてさらに考えていた。

＊

ある秋の夜、部屋にいたイェンスとモーエンスは、屋根のタイルを引きはがしさまざまなものを吹き飛ばす激しい風に耳を澄ましていた。その長く、すさまじい北風は、やがて猛《たけ》る嵐と化した。家畜小屋の扉で蝶番《ちょうつがい》がきしり、突風で扉がバタンと開く音に続いて、ヒヒーンという馬のいななきと、牛がモー、羊がメーと鳴く声が、奇妙な不協和音を奏でていた。その直後、別の扉が閉まる音と、家畜に怒鳴《どな》る父の声がした。さらに音が続く。風見鶏だろうか、屋根から何か落ちる音が。砂利の上をころがり、何かほかのものにぶつかったようだった。モーエンスは魚を燻《いぶ》すのに使っていた樽《たる》じゃないかと考え、「南や西からの風だったら、もっと大変だったね」と言って、イェンスをなだめようとした。この日の夜のように、北風が吹く森はやっかいだ。だが木は家の遠くに立っていたので、倒れて激突することはなさそうで、その点、イェンスに心配すべきことはないはずだった。

しかしイェンスは安心するどころか、命をかけて家を守ろうとする哀れな木を思い、恐ろしくなった。耳をつんざくような轟音のあと、森からくぐもった爆発音がし、喉がきゅっと縮み上がった。イェンスは北風を効果的に静める機械を発明する研究室を作るなら、窓は西向きにしようという妄想にふけりながら、愛情深く自分を抱きしめる兄に身を寄せた。

翌朝、イェンスたちは父親と家や家畜小屋のまわりを歩き、損傷がないか調べた。建物に重大な損傷は見られなかったが、そこら中に落ちていたものをすべて集め、壁沿いに元どおり積むのにはある程度、時間がかかるに違いなかった。家畜はとうに落ち着きを取り戻し、簡素な小屋で餌《えさ》をもぐもぐと食べていた。

その後、イェンスたちは風で飛ばされ落ちたものを見に、森へ行った。最初にクリスマスツリーのモミの木立を通り抜けた。モミの木は驚くほどしぶとく生き延びていた。続いて、雑木林の曲がりくねった小道を進むと、霧のなかで息絶えた兵士のように、モミの木が何本も倒れていた。そのうち二、三本は、大量の土を地面から掘り起こしていた。深い穴を張りめぐる根を覆う土は、まるで分厚い盾のようだった。イェンスはそれらの穴のひとつに慎重に近づくと、目の前に広がっている地下世界を食い入るように見つめた。太さも長さもばらばらの根は、獲物を待ち構えるハンターのようにあちらこちらを向いて地面から顔を出していた。引き裂かれたものもあれば、残酷に引き抜かれ、先が干からびたものもあった。地下にまだしっかりと張っていて、苔の絨毯《じゅうたん》がまわりに広がっているさまは、落ちる途中で後悔して引き返そうとする滝のようだった。ここには森の土地の自然な秩序や、穏やかな和は存在せず、未知の混沌《こんとん》はイェンスの心にじわりじわりと染み入り、身の毛もよだつ恐怖を湧き上がらせた。

間もなく彼は、肩によく知った手の感触を覚えた。「そのままにしておこう」肩ごしにシーラスがささやいた。「キツネが来て、穴を掘るだろう。それにあの木は古いから。きっと死ねて本望さ」

イェンスがうなずいた。モーエンスは木の正確な長さを測った。

少年たちはモミの木やオークの木やカバノキ、アスペンの木のあいだをうねる森の小道を、父親のあとに続いて進んだ。枝をよけようとシーラスが屈むたび、モーエンスも屈んだ。イェンスのほうはあと二、三年、頭をぶつける心配はなさそうだったが。高い枝の下を通り、北へ北へと進むとき、イェンスのお腹がうっとなった。少年たちは子どもだけのときは、そこより先に行ってはならない、ときつく言われていた。その言いつけを破る勇気が湧いたことは一度たりとてなかった。彼は節くれだったトウヒの木が、モミの木に変わるのを見て心震えた。そのモミの木は彼に向かって枝を伸ばしているかのように見えた。抱きしめるためか、首を絞めるためかはわからなかったが。シーラスは一瞬、立ち止まり、小道のなかばまで伸びている長く曲がった腕みたいな枝に片手を置くイェンスを見て、下の息子は不安なのだと知った。

「イェンス、これを見ろ。ここにトロールの木があるぞ。親切な木だ。俺たちに挨拶《あいさつ》している」

イェンスは嬉々《きき》としてうなずくと、節くれだった枝に手を置き、礼儀正しく幹に挨拶した。

小道が弓なりにうねったかと思うと、突然、木と木のあいだの空気が濃くなった。一日中森に立ちこめていた白い靄《もや》が、ゆっくり南に引き寄せられた。その瞬間、トロールの木々が、お日さまに陣地を完全に譲り渡したのか、森に午後の日差しが射しこんで、無数の生命を照らしだした。蒸気の立ちのぼる草を這う、つやつやしたカブトムシ、茎と茎のあいだでダンスするやつや、昆虫、草のあいだを絶えずかさかさ動き回るトガリネズミ。そのとき急に、ウサギが背中に負った十字架の重みを微塵も感じる様子もなく、霞《かすみ》をつかまえようとするかのようにさっそうと草をかすめ、銀色の蜘蛛《くも》の糸を揺らし、駆けだした。

イェンスは木々の横を通り過ぎ、森と海を隔てる草原に足を踏み入れた。いや、牧草地だ。父と兄の話や、夜中自分が見た夢のなかでしか知らない、神秘的で広大な牧草地。

「見ろ、ヒースだ。花が咲いているぞ」とシーラスが言った。「においを嗅《か》いでみろ……」

シーラスが鼻から深く息を吸いこむ音が聞こえる。イェンスも目の前に広がる小さな絨毯を見つめながら、同じようにした。その香りは新鮮で魅惑的だった。潮の青臭さに、ヒースと硬い草のにおいが交じり合っている。ここはきっと世界一平和な場所だ、とイェンスは思った。ここでなら完全に穏やかな気持ちで横になり、父親と話せるかもしれない。

「見ろ、そこの……サクシサ・プラテンシスを」

長い茎と葉のあいだにバランスよく咲いている、丸くて青い数個の花を、シーラスは指差した。

「〝悪魔のひと噛み〟《サクシサ・プラテンシス》？」

イェンスは悪魔については、牧師の妻から郵便局長の家に居座っているとしか聞いたことがなかった。彼女の声の調子から判断するに、特別美しくはなさそうだった。イェンスはそのうち作業場に連れてきて見せてもらえないかと願っていた。

「ああ。夏には、ここに咲くほかの花もおまえたちに見せてやるよ。〝ミヤコグサ〟（kaellingetandはデンマーク語でミヤコグサのことだが、kaellingeとtandの各節はあばずれ、歯という意味を持つ）っていう名前の花があるんだ……」

それはまた別のお話だ。モーエンスに言わせれば、あばずれ《ビッチ》ならこの島にも腐るほどいる。でもイェンスはいまだに女の人がどうしたらメス犬《ビッチ》になるのか、よくわかっていなかった。

「それに〝聖母マリアが眠る藁《わら》〟……」

イェンスは驚いて父親に視線をやった。

「マリア様がここで寝ているの？」

イェンスは学校でマリア様の話を聞いたことがあり、彼女がロバを飼っていて、大工さんと結婚していると知っていた！　それ以上は思い出せなかったが、マリア様に共感を覚えるには、充分だった。

シーラスはほほ笑んだ。

「そんなことが言いたいんじゃないが、藁で寝られれば柔らかいだろうな」

シーラスがウィンクするのを見て、イェンスは目にゴミでも入ったのかと思った。

モーエンスは聞いていなかった。海に行こうとそわそわしていた彼の足音は、ドスドスというやかましい音に変わった。ヒースに隠れていかねないヘビを追い払うよう命じられたかのように。イェンスは父と兄のあいだで立ちすくんでいた。ヘビはイェンスが蚊以外で唯一、大嫌いな生き物だった。

「来い、イェンス、来いよ!」モーエンスは夢中で叫ぶと、海岸についた波の跡をたどって走った。彼はショートパンツから出たむき出しの脚の膝をつき、待った。一瞬すると、波が引き返してきて手と膝と靴の先に優しく打ち寄せ、思っていたよりも少し余計に水に深く浸り、濡《ぬ》れてしまった。モーエンスは幸せそうに笑った。

長い靴下を通して、テンキグサがイェンスの足にちくちく触れた。しかしイェンスはほとんど気にせず、兄と海を見つめていた。

砂浜に打ちつける海水は、光る薄っぺらな舌みたいだった。でもその舌に凶暴なところはまったくなく、愛くるしいネコがするようにモーエンスの膝をそっとなめていた。海って優しいんだな、とイェンスは思った。彼はわけあって、この土地の海を不気味なものだと思ってきた。だが今ではほっとすることに、海の向こうの北に何があるのか、すべて把握していた。

たしかにイェンスはしょっちゅう軽トラックの荷台に座り、本島に続く細い砂利道をガタガタ揺られながら、〈頭《ホーエド》〉の両端に広がる青い海を眺めていた。そしてコーステッドに赴《おもむ》いたり、修理した家具を載せ島の住民のところを回ったりするときにも、丘と丘のあいだに海を見た。海は、まわりの色や遠くから聞こえる音みたいに、常にそこにあった。でもイェンスが海水に触れたことはいまだかつてなかった。靴と靴下を勢いよく脱ぎ、海に足を踏み入れて、足首をそっと洗い流し、足元の砂をわずかにへこませ、また引いていく潮を感じたことはなかった。冷たくて柔らかなその水が指と指のあいだをすり抜けるのも。

それまでは。

少年たちは浅瀬で遊びながら、水と砂が優しくなで合う傾斜した砂浜を、父親が不規則なレースの紐のように広がる海藻や小石を凝視しながら歩く姿を見つめていた。シーラスはゆっくりその場を遠ざかりながら、両手を背中で組み、軽く屈んだ。父は時々、足を止め、石を探ると、また元のゆっくりしたペースで歩を進めるのだった。

「ひょっとしたらお父さん、金塊でも探しているのかな?」モーエンスがささやいた。

「おじいちゃんを探しているのかも」とイェンスは言った。

シーラスは琥珀《こはく》を探していた。そして見つけた。思っていた以上にたくさん。少年たちはお父さんが見せてくれた、黄褐色の小さい塊《かたまり》をまじまじと見つめた。お父さんは石と琥珀を見分ける方法を説明したあと、子どもたちに琥珀を軽く噛ませた。

「これ、価値あるの? 金《きん》みたいな?」モーエンスが尋ねた。

「大きな琥珀ならそうかもな。宝石にも使うんだ。だがいや、金ほどじゃない」

「だけど琥珀って何なの? どうやってできるの?」

イェンスの問いに、シーラスはほほ笑んだ。

「少ししたら見せてやろう。だがまず、これを見ろ」

父はポケットに手を突っこみ、さらにもう一個引っ張りだした。さっきのより少し大きかった。

「でもこれはこれである意味、金より価値があるんだよ。もう一度、そこに何が隠れているか見てごらん」

「これって……アリに似ていない?」

イェンスが小さな声で言った。

「これはアリさ。そして特別なのは、このアリがよぼよぼなところだ。数百万年も昔の動物が閉じこめられた琥珀が見つかったことがあるんだよ」

「大きな動物も?」

「いや、大半は小動物さ。だが琥珀はこんなふうに閉じこめておけるんだ。すごいだろ?」

尋ねられると同時に、少年たちはうなずいた。アリから視線をそらさずに。イェンスは目を丸くし、父親を見つめた。

「でも人間は? ちっちゃい人……子どもたちは? 古代人の子どもはこういう塊になって見つからないの?」

シーラスは首を横に振り、モーエンスがくすくす笑うのを無視した。「いや、聞いたことはないな」そうしておもしろいことを思いついたときいつもするように、髭をかいた。「だが」

モーエンスは一瞬、静かになった。

「ずっと前に……」シーラスが話しはじめた。「いや、待て。ついて来い。自分の目で確かめたほうがいい」

息子たちとヒースの草原を通って、ふたたび森に向かいながら、シーラスは何も言わなかった。少し涼しくなっていたものの、太陽が西の空にいまだ昇っていて、背の高いモミの森に長い光の筋を絞りだすように投げかけていた。

「傷ついた木を探さなくては」最後に父親は言うと、小道を離れ、モミの木立に入っていった。「樹皮に傷が入っている木を見つけよう」

モーエンスが数秒後にひとつ見つけた。

「ここだ!」

金塊でも見つけたかのような大きな声。

最高の木だった。シーラス・ホーダーはちょうど子どもの目の高さに傷が入ったトウヒの木があると知っていた。このあたりの木のことは、すべて把握していた。

「これはいい。よく見てみろ。金の滴《しずく》が見えるだろう？　木に流れこむ一種の果汁さ。樹皮についた傷にこの果汁が流れこんで、濃くなる。果汁は木を健康にするのと、害虫を防ぐというふたつの効果を持つんだ。触ってごらん……べとべとするだろう……？　指を嗅いでごらん」

「くさい」とモーエンスが言った。

「ぼくはいいくささだと思うな」とイェンスは言った。

「それを言うなら、いいにおい、だ」とシーラスが優しく言った。そうしてポケットからアリの入った琥珀の塊を取り出した。「樹脂って言うんだよ。そしてこの琥珀の小さな塊は、古代の木の、古代の樹脂なんだ」

「……古代につかまえられたアリなの？」

「そのとおり」

「でも子どもはどうなの？」水辺で聞いた父親の話を覚えていたイェンスが尋ねた。

「ああ、古代エジプトの人も、死者をミイラにするときに、樹脂を使ったんじゃなかったかな」

少年たちはわけがわからず、父親を見つめた。

「死体が朽《く》ちてしまわないようにすれば、そのなかで魂が生きつづけるとエジプトの人たちは考えたんだ。そのために樹脂を使った」

「じゃあ、腐らないの？」〈首《ハルセン》〉に入ってすぐの道端に落ちていた小ギツネの死体をモーエンスが引っくり返すのを、イェンスは興味津々、目で追った。時間が経っているらしく、黒くぺしゃんこになっていた。ハエもたかっていた。

「へえ、でもどうやったら腐らないの？」モーエンスが尋ねた。「具体的に何をしたの？」

「ちょっとややこしい話になるが」とシーラスが笑った。「だが、よし、話してやろう……最初に体から内臓を取りだすんだ。内臓っていうのは、肺や肝臓や腸なんかのことさ。俺が動物を解体するのを見たことがあるだろう」

少年たちは真剣にうなずいた。

「だが心臓は残しておくんだ。死人にも心臓はなくちゃならないからな。それから体を水でよく洗い流す。それから死体を塩風呂に入れ、乾燥させる。塩の効果で、あらゆる水分が外に出るんだ。すると体のいっさいの水分がなくなる。死体が腐るのは水分が残っているせいだ。その死体を液状の樹脂や油に浸したあと、包帯でぐるぐる巻きにする。顔や足の指まで」シーラスは息子たちが学校で習わなくてよかった、今教えられたから、と喜ばずにはいられなかった。

「包帯？」イェンスは言うと、言葉を噛みしめた。

「ああ。薄い生地をぐるぐると巻くのさ……おまえが腕を怪我したときに巻いてやったやつだよ。それから包帯の顔のところに、死人の肖像画を貼っておくんだ」

「でもそのあと、死体をどうするの？」モーエンスは作業のプロセスをすべて理解しようと、額に皺を寄せながら尋ねた。

「棺のようなものに入れるんだ。なかは乾燥していて、保存するのに最適なんだよ。そして実際、うまく保存できるのさ！　数千年も前のミイラが発見されているんだ」

「子どものミイラもいるの？」

「ああ。子どものミイラも見つかったはずだよ」

モーエンスは目の前の木が作り出した、わずかな樹脂を見つめた。

「だけど、どうやったらそんなにたくさん樹脂を手に入れられるの？」モーエンスはまだ髭は生えていなかったけれど、いつか生えるはずの箇所をかきながら聞いた。

「木から決まった方法でたくさん滴《したた》りださせることができるんだよ。いつか見せてやろう。さあ、帰るぞ！　そろそろお母さんが食事の支度を終えるころだろう」

「いったいお父さんから何を吹きこまれたの？」

この日の出来事をイェンスから聞いた母は、滅多にないほど、大きく目を見開いた。父とモーエンスは家畜のところに行っていた。イェンスは母が食卓に食事を並べるのを手伝っていた。母は樹脂に浸けられた子どものミイラについて、あまり快くは思っていないようだった。

その食事以来、イェンスは森のなかで聞いた話は森で終えようと、肝《きも》に銘じるようになった。

落雷

はじめは万事順調だった。悲劇が起きるまでは。シーラス・ホーダーは下の息子のイェンスにより発見された。イェンスはヒースの上で父の遺体を引きずり、森を抜け中庭にたどり着くと、昼間の日の光がじりじりと照りつけるなか、砂利の上に横たわらせた。

続いてイェンスは父の隣にばたりと倒れた。

そんな小さな子に大の大人を遠くまで引きずる力があったとは誰も信じまい。たしかに歳は十三になっていたが、四歳上の兄のモーエンスのように大柄でも強くもなかった。

くたくただったにもかかわらず、イェンスは遺体から離れるのを拒否した。父のシャツをひしとつかみ、誰かが近づこうものなら、わめき散らした。数時間後、兄のモーエンスが岩のように眠りこんでいた彼を抱え、ようやく家に連れ帰った。

シーラスの足と背中に火傷《やけど》の痕《あと》があったので、突然の雷《かみなり》に打たれたんだろうと騒ぎ立てられた。美しく細かく枝分かれしたその火傷の痕は、まるで芸術作品だった。その日の朝、雷はほんの短いあいだ鳴り、いつの間にかやんでいた。

数日後、シーラスは工場でこしらえられた棺に入れられ、コーステッド墓地に埋葬された。参列したのは、静まり返ったひと握りの島民と、深い悲しみに暮れた未亡人と、その長男だけだった。

次男は出ようとしなかった。

父の死以来、イェンスは寡黙になった。頻繁に学校を休むようになり、本島を歩き回り、密かに島民たちの離れや納屋を物色するようになった。できることなら、早朝、明るくなる前から作業場か森にひとりでいたかった。イェンスは学校に行っても行かなくても同じだと思い、しばらくのあいだまったく姿をあらわさなかった。彼は作業場でよく働き、家畜の面倒をよく見、木々の世話もちゃんとした。それが彼の礎《いしずえ》であり、最も重要なことだった。

父シーラスが死んだあと、大工仕事の主な責任者は長男のモーエンスになった。人々は子どもは父親の事業だけでなく、才能も受け継いだとよくわかっていたので、変わらず仕事の依頼をした。

ところが気軽に物を買い換えられるようになってからは、大工はほぼお払い箱になり、注文がこなくなった。しかし手を貸そうとはしてくれた。同じ理由からモーエンスがきちんと免許も取らずに軽トラックを運転するようになったのを、見て見ぬふりをした。運転の腕前はなかなかのものだった。あるとき、イェンスがウィンドウを新しくしてコーステッドのメイン・ストリートを走るのを見ても、気にも留めなかった。

そうしてあっという間に年が明けた。

エルセは下の息子のイェンスに常に夫の面影を感じていたが、大きくなるにつれいっそう似てきたように思えた。口の形は特に父とそっくり同じ。憂いを感じさせる輪郭《りんかく》をした唇の端は、笑うたびにくっと上がるのだった（なでられて幸せを感じると同時に、なで返せないことを悲しむテディベアのような表情で）。イェンスの瞳も父譲りだった。あたたかで灰黒色に近い彼の目は、父と同じく夢みるような輝きに満ちていた。

しかしイェンスはかつてのシーラス以上に、内にこもるようになっていった。彼のよそよそしさと、延々と続く沈黙は何かから逃げているかのようで、エルセを不安にさせた。エルセはイェンスの世界に招き入れられたかったし、かつて父親に示していたような信頼を、母である自分にも寄せてほしかった。親愛の情を示してほしかった。同時に彼女は奇妙にもそこで直面するであろう事柄を恐れていた。暗闇のなかで。イェンスのなかで何かが音を立てて崩れ落ちてしまったのだ。それが修復可能なものなのかどうか、彼女にはわからなかった。

モーエンスは父の死をイェンスと同じように感じてはいなかった。彼はかなり早い段階で悲しみと喪失を振り払い、先に進もうと決意したようだった。彼はイェンスとはまるで異なり、物事に合理的に対処するタイプだった。夢みることで満足はしなかった。よいアイディアを思いつくと、実行せずにいられなかった。

そしてまたイェンスと違うのは、物事の順序をわきまえている点だった。イェンスにそういう感覚はなかった。作業場でもモーエンスの持ち場は整理整頓《せいとん》されていた。一方、イェンスのまわりには物が散乱していた。

エルセ・ホーダーは、同じ兄弟なのになぜこんなに違うのだろう、といぶかしがるのはやめた。モーエンスが幼いときからその行動にいちいち翻弄《ほんろう》されてきた彼女は、枠を壊して広げる必要性を感じていた。彼は走り、ジャンプし、できるだけ明るい場所にいたがり、新しい冒険を常に求めていた。

イェンスはジャンプも、枠組みを壊しもしなかった。彼はただ今いる場所にいたいだけだった。できるならひとりで。仕事中、彼はひとつのことに集中した。暗闇が立ちこめ、続けられなくなってもなお手を止めないほど、作業にのめりこんだ。

ある夜遅く、エルセはイェンスがろくろの下のおがくずをベッドにし、ぐっすり寝ているのを見つけた。暗闇のなか、穏やかな寝息を立てて眠るイェンスは無邪気さを漂わせていた。その瞬間、下の息子は世界一穏やかな人間に違いないと思った。

シーラスが死んでからというもの、モーエンスが優秀で先見の明《めい》があるとわかり、エルセはふたりが将来の道を切り拓《ひら》いていけるという確信を強く抱くようになった。それゆえモーエンスが数年後、〈頭《ホーエド》〉にますますいたがらなくなると、エルセは不安に駆られるようになった。モーエンスはおかしな理由をあれこれつけて、ほぼ毎日、本島へと抜け出すのだった。車で行くことも徒歩で行くこともあったが、軽トラックのときはたいてい荷物は積まれていなかった。叱られたモーエンスはますます反抗的かつ留守がちになった。

ある日、彼女は軽トラックに乗りこもうとしたモーエンスをつかまえた。イェンスは作業場で、脚のつけ替えが必要なチェストにもたれながら、耳を澄ましていた。

母親がキッチンの窓をバンと開ける音がした。

「モーエンス！ また出かけるの？ 品物も持たずに？ そんなことより作業場でイェンスを手伝ったらどうなの。そんないそいそ何しに出かけるの？ 女の子に会うの？ それより家の手伝いをしてちょうだい。お父さんがあんたたちにモミの木を切ってきてほしいって言っていたでしょ。ひとりでやらせるつもりじゃないわよね？　前みたいに！」

イェンスはふたりのこのやりとりを、耳にたこができるくらい聞かされていた。そっくりそのまま同じ言葉を。でもこの日の響きは違っていた。軽トラックにたどり着く前、砂利の上でモーエンスの足が止まった。それから振り返った。

イェンスは顔を上げ、耳を澄ました。

「モーエンス」と叫ぶ声がする。「ここにいなさい。いったい何のつもり？　何をしているの？　その自転車をどうするつもりなの……？」

「やぶれかぶれさ！」

自転車が小さくバウンドする音が二度したのち、砂利の上をガタガタ走っていった。タイヤのきしみはやがてヒバリの歌に完全にかき消された。イェンスが外を眺めていると、照りつける日差しの下に停められた空っぽの軽トラック以外、目に映るものはなかった。


数ヵ月後、手紙を受け取った。現金とともに。裏面にMと書かれていた。一ヵ月後、さらに一通届き、翌月、翌々月と続いた。エルセ・ホーダーは期限までに請求書の支払いを終えていた。イェンスは何も言わなかった。誰も質問しなかった。郵便配達も。しかし配達員は密かに、未亡人と下の息子とMからの手紙について考えていた。

＊

エルセ・ホーダーの体に異変が生じた。痛みが出てきたのだ。医師の話によれば、直腸に。そう、彼女は突然、出血することが時々あったので、服の下に医療機器をつけて歩かなくてはならず、そのことを本人はもちろん誇らしく思ってはいなかった。彼女はそれまで家庭での責務を毎日進んでこなし、自分の生活を全部自分で管理していることを誇りに思っていたが、それも困難になった。そのことが苦々しくて、ますます痛みは増すばかりだった。ベッドから一歩も出られない日もあった。

人手が足りないのは明らかだったので、エルセは若い娘をひとり雇うことにした。イェンスがもろもろの修理の仕事でどうにか稼げるうちは、人を雇えるだけの余裕はあった。娘はモーエンスが作業場の裏に自分用に設けた部屋をあてがわれた。しかもその部屋には庭に直接出られる特別な出入り口が設けられていた。モーエンスがやかましく言うので、その部屋は「白い部屋」と呼ばれていた。

Mからの茶色い封筒は相変わらず毎月送られてくるだろうとエルセはにらんでいた。手紙が規則正しくやって来ることにエルセは驚かされた。長男に感謝すべきか、考える気力はなかった。

その仕事に申し込んできたのは、本島出身の美しくうら若い乙女だった。若い娘たちはみんなできれば本島で仕事を探したいと思っているのに。今どきの本島の娘といえば、たいていエルセがわずかに眉をひそめるような服装をしていた。ことに若い娘の多くがブラウスの下にブラジャーをつけず歩くのには頭が痛かった。エルセは自分を石頭だとは思っていなかったし、ショートパンツぐらいなら別に構わないと密かに思っていたぐらいだった。でもいくら何でもノーブラはやり過ぎに思えた。奔放《ほんぽう》でだらしないのにもほどがある!

だから天はマリア・スヴェンセンを送りこんだのだ。鉄のブラジャーとぴしっとしたスラックスに身を包んだ、マリアを。

＊

マリアは髪が邪魔になりそうなときは、首のあたりでひとつにまとめていた。しかしふだんは顔や首に金色の髪が柔らかな波のようにかかっていた。ある日、白い部屋の横を通り過ぎたイェンスは、窓から偶然その髪を見た。慌てて目をそらしたが、窓の向こうからほほ笑みかけるマリアの姿が頭に焼きついて離れなくなった。

時々マリアはイェンスの作業場にやって来て、天気や家具などについておしゃべりした。マリアはイェンスの母親についての話題はうまく避けていたものの、彼女が少なからず苦労しているのがイェンスにはわかっていた。

イェンスが成長するにつれ押し黙るようになった一方で、マリアはマリアで寡黙《かもく》だったので、はじめふたりはあまり多くを話さなかった。しかしマリアはだんだんあれこれしゃべる勇気が出てきて、気持ちも落ち着いてきた。その日の仕事で何が終わって、何が終わっていないのかというマリアの話に、イェンスは関心と感謝の意を示しながら、細かいところまで耳を傾けた。

やがて彼女の話は〈頭《ホーエド》〉の外へ広がっていった。そう、完全に島の外へ。彼女は子ども時代の本島での出来事や、働き者の両親について話した。嫌な子ばかりで好きじゃなかった学校についても。それでも彼女は地球上のあらゆることについて読み、書くのを愛していた。

彼女は読んだ本、読みたい本についても話した。ただつらつらと数ページ文章を書き連ねることや、書き上げた一節を削って短い詩にすることもあると話した。自分の考えから解放されたいがために、時々そうやって書き記すことも。においを嗅ぎたいがために、時々紙に鼻を埋めることも。

彼女が紙に鼻を埋めかけたところで、イェンスも気持ちが乗ってきて、こう尋ねた。

「紙が木でできているって知ってる?」

イェンスは日に日にマリアに夢中になっていった。

彼女の放つ空気は、それまで彼が誰にも感じたことのないほどなごやかだった。ひょっとしたら彼が本島の人間とあまり会ったことがなかったからかもしれない。本島の人間のほうが馬が合うのかもしれない、と彼は思った。

少ない言葉で多くを語るマリアの明るい声に、イェンスは耳を傾けた。ようやく何かひと言口にしたときの彼女の笑顔は、実に屈託がなかった。彼女があんまり深く穏やかに息を吸うもので、意識してやっているのではないかと疑ってしまいそうになった。実際そうではなかったのだが。やがてイェンスはマリアがその小さな鼻の穴から柔らかな体の奥深くまで息を吸いこむのを毎回意識するようになった。イェンスはブラウスの下で上下するマリアの胸を横目に見て、そこから聞こえる音に、午後遅くに父と兄と帰宅した際、北の海岸に穏やかに寄せていた海の波を思い出した。静かにスー、静かにごうごう、ふたたびスー。心なごむ断続音。

そう、マリアが息を吸うとき、まさにそんな音がしたのだ。イェンスは聞くのに夢中になって、自分が息をするのを忘れるときもあった。

それに彼女の唇は不可思議だった。鬱々《うつうつ》とした気持ちなど呼び起こしようのない柔らかな口の端に宿るほほ笑み。黒い鼻面に不可思議な笑みを常に隠した馬のごとく、マリアは泣きながらかすかに笑った。

イェンスは彼女の優しさの陰に強さを、慎重さの陰に決然とした落ち着きとひたむきさも感じていた。彼女が立ち止まって額の汗をぬぐうこともろくにせず、たらいや服やシーツ、薪、鍋や袋を引きずるのを見つめた。そしてそれが唯一すべきことであるかのように、家畜に近づくさまも。柔らかで力強い手と声で、恐れも躊躇《ちゆうちよ》もせず。家畜も彼女を愛していた。

イェンスにはその気持ちが理解できた。

九月の森を案内するイェンスの髪に樹脂がつくと、マリアは笑った。三月の海を彼女に見せる彼の靴下が濡れると、彼女は笑った。六月の島の美しさを見せようとする彼に、〝聖母マリアが眠る藁〟の上で彼女はキスをした。

リウへ

私は間違った選択をしてしまったのかもしれない。もしかしたら私はあなたのお父さんに出会うべきではなかったのかもね。本島に残って、あなたのおじいちゃんからやんわりと勧められた、政治議論好きのはとことの見合い話を受けたほうがよかったのかもしれない。家業のためにもなるって、おじいちゃんは言っていたわ。おじいちゃんは本屋をしていたの。

でもそのときの私は若かった。若すぎた。それにお母さんのはとこは、人の話を書き取り、伝票を書くぐらいしかしないのに、大きくてごつごつした手をしていたし、目もひどく不快にぎらぎらしていた。おじいちゃんは人情味のある男だから大丈夫と安心させようとしたけど——父にとって人情とは、切迫していた経営を救ってくれることだった——私は父を、父の大きな手を恐れていた。特に家族の絆《きずな》にひびが入りかねないときは。

そう、私のはとこは本屋の恥ずかしがり屋の娘に並々ならぬ関心を持つ「いい仲間」だった。自身の病気の父親の卵パック工場を乗っ取ろうと目論《もくろ》む、色狂いの拝金主義者。その手はつかむ卵をひとつ残らず握りつぶすはず。そして私は自分を産みたての卵ぐらい割れやすいと感じていたわ。信じてもらえるかわからないけど、当時の私は今のあなたぐらい細かったの。

もちろん私が嫌ならいいと、おじいちゃんは言っていたわ。でもその目は、ノーと言うのを許しそうになかった。それにおばあちゃんの目は、卵パック工場の主《あるじ》の手におさまる私を見るのに耐えられそうにない、と語っていた。おばあちゃんの目には私と同じものが映っていたの。

私が何を選ぼうが、おじいちゃんとおばあちゃんという卵のどちらかひとつは割れてしまう。

私はおばあちゃんのほうを選んだわ。悩みはしたの。私が家を出た翌年、おばあちゃんが肺炎で死んだという知らせを受けたわ。少なくとも私はおばあちゃんの心を引き裂きはしなかったのね。

あれから卵パック工場が倒産したことはどこかで読んだけど、本屋はまだやっているわ。あるとき私は事態を確認するために電話を借りて、家に連絡した。おじいちゃんが電話を取ったけど、私は何も言わなかった。歳をとったのが声でわかったわ。たしかにこう言っていた。「スヴェンセン書店です」

私は「本が卵パックに勝利したのね」と考え、ひとり笑った。

その後、私は小旅行に出て、女性探検家として二カ所ほど探検してみたものの、あまりおもしろくなかったの。ある日、誰かが私に、〈頭《ホーエド》〉に行ってみては、と言った。フェリー乗り場で、私はエルセ・ホーダーと彼女の息子イェンスがそこでお手伝いを探していると知った。

そうして私はここにやって来たの。あなたのお父さんとおばあちゃんのところに。

リウ、あなたに当時のお父さんが、それまで私が見たことがないほどの美男子だったと伝えておくわね。それに柔らかいけど油断のない手と、あたたかく暗い目をした、とても穏やかな人だった、とも。お父さんにはあくどさも、えぐさもなかったわ。ちっとも！　あの人のそばにいると気持ちが落ち着いて、自分のいるべき場所はここじゃないんじゃないかなんて迷うことは一瞬もなかった。

ああ、これはあなたに話すべきかわからないわ——あなたはまだほんの子どもだから。でも誰かに言いたくて仕方ないのよ。特にあなたに。

あなたのお父さんと私がはじめて愛し合ったのは、信じられないことに、黄色い花の上だったの。ふたりとも毒蛇に怯えながら、向こう見ずにも体を横たえた。想像できる？　お父さんが私に蝶の話をしてくれたのを覚えているわ。ヒバリに蜂《はち》。それに花……黄色い花の上で寝るのが大事だった。だってそれは自然が用意してくれたベッドなんだから、ってお父さんが言っていたわ。お父さんが言葉につかえるのを聞いたのはそれきりだったし、お父さんの手が震えているのを見たのもそれきりだったわ。毒蛇のせいじゃなかったの。それから起きることのせいだった。私も震えていた。

お父さんがどれほど慎重にその唇を私の唇に重ねたか、今でも思い出せるわ。彼は蝶のようにぷるぷると震えていて、私は自分のことを、花びらをそっと広げる花のように優美ではかなく感じていた。今でも私は心のなかで自分が優美ではかないって感じることがあるわ。

色恋のことはお父さんもお母さんもてんでわからなかったけど、私たちは同じことに気がついたの。そしてあなたがいつか誰かを愛するようになったら、あなたもあなたの蝶を見つけるよう願ってる。

お母さんはあなたのお父さんと会ったのを後悔していないわ。心から彼を愛していたし、今でも愛してる。ある意味、そのことがほかのすべての悲しみを忘れさせてくれるの。今、私がこうして大きな重たい体で横になっていることも。エルセおばあちゃんとのいざこざも。それにカールのことも。その他のささいなあれこれも。私が見て見ぬふりをしている家の汚れも。そう、すべての過ちを。あなたのことも。

どうなるか、私にはわからないわ。私はあなたが話してくれたことしか知らないし、あなたもすべて打ち明けてはくれていない気がするの。間違った方向に進んでいる予感も。このベッドルームの外で、知ってはならないことが起きているような気がする。この上なく誤った方向に物事が進んでいるような。それでも私はお父さんを愛したことを悔いてはいない。ひょっとしたら、病んでいるのはお父さんなんかでは全然なくて、私のほうなのかも。後悔を知らない私の心こそ、病んでいるのかもしれないわね。

私は時々、あなたのお父さんが、時の流れに抗《あらが》って蛹《さなぎ》に戻ろうとする蝶みたいに思えることがある。

でも、私も同じなのかもしれない。

愛をこめて、あなたの母より

幸福

エルセ・ホーダーとそのうら若き乙女は、はじめこそ意気投合していた。マリアは紅茶とお手製の焼き菓子であたたかく歓迎され、ホーダー夫人は私たちはうまくやっていけそうねと言った。マリアはその未亡人が心からそう言っていて、〈頭《ホーエド》〉の白い部屋にマリアが引っ越してきたときほど幸運と感じたことはなかったという未亡人の言葉を、まったく疑いもしなかった。

部屋は白く塗装された木製の壁で明るい色のカーテンがかかっていて、シンプルで素敵だった。マリアは本島の町のパン屋に勤めていたとき住んでいた小さな部屋のように、壁に亜麻布《あまぬの》、天井に自分が貼ったアイドルのポスターが貼られていないことに満足した。数日でその部屋に立ちこめる異臭を嗅ぐのはおろか、だらしなく長い髪の男たちを見るのも嫌になってしまったのだ。それはパン屋の香りとは似ても似つかなかったし、生家である本屋のにおいとも違っていた。彼女は亜麻布もユーロビートもあまり好きじゃなかったし、本島での暮らしが魅力的に思えなかったのかもしれない。

書きもの机に秋の花が飾られ、ベッドシーツから新鮮な空気とモミのいい香りがするその部屋で、彼女は仕事について一日目の晩、至福の眠りについた。

家具も気に入った。エルセ・ホーダーいわく、どれも熟練の大工の手仕事によるそうで、マリアは心から感動していた。長さはすべてきっちり測られ、鉋とやすりも念入りにかけられ、小さな書きもの机の引き出しも軽く引いただけで、すっと出せた。空《から》の引き出しにメモ帳やノートを入れると、残りの荷ほどきをした。

部屋に足りなかったのは、大量の本を納める棚だけだった。マリアは仕方なく本を壁沿いにきれいに積み上げた。箱も裁縫道具もすべてベッドの下にしまえた。

しかしマリアは片づいていること以外に、その小さな部屋に特徴がないことに気づいた。一階にキッチンと洗濯室、玄関、バスルーム、二階に小さな部屋とベッドルーム、広いリビングのある母屋は、そう乱雑ではなかったが、整理しなくてはならないもの、また少なくとも掃除しなくてはならないものがたくさんあって、その仕事をエルセ・ホーダーができないのは明らかだった。

でもさらに最悪だったのは、納屋と作業場と屋外だった。木材や家具、桶、トラクターのタイヤや馬車の部品らしきものや何かの液体がそこら中に落ちていた。大半が長期間、放置されていたらしく、ほとんど使えそうになかった。彼女は時々、遠くからこういうところを――がらくたに囲まれた家を見るたび、不思議に思った。こんな暮らしにいったい誰が耐えられるのかしら？

マリアはホーダー夫人にそれらの物をずっと始末していないのか、なかなか聞けなかった。がらくたを軽トラックに載せ、ゴミ捨て場を数往復すればいいだけのことなのに。数往復と言っても、それなりの回数だろうが。家族の一員に加わったことで、マリアはその場所に、また時々作業場にやって来るお客さんにまでも、一定の責任を負うようになったと感じていたので、がらくたを見るのは不快だった。

一方、ほぼ完全にイェンスの独占スペースだった作業場は、ほかの場所をどうにかしたところで意味がなく思えるほど物があふれていた。マリアはがらくたを手放せないのは、まぎれもなくイェンスなのだとだんだん気づいてきた。彼の母親はとっくに諦《あきら》めていたのだ。

そしてその点で、エルセ・ホーダーとマリア・スヴェンセンは少し似ていた。マリアは整理整頓が大好きだったが、幸い間もなくして、片づけ以上にイェンスのことを好きになった。

奇妙なことに、マリアはひと目見たときから彼に惹《ひ》かれていた。少し挨拶しただけで、内気な彼に親しみを覚え、一種の結束をすぐに感じた。自然に共感し合えたのだ。その暗い目が黒く見えるのは、瞳孔のせいだろうか？　髪と口髭は焦げ茶色。肌はつるつる、体は細く強靭《きょうじん》だった。彼にシャツを縫ってあげたいと願い、その肩や胸を自分の作ったシャツが包みこむさまを想像した。いつか聞けるかもしれない。必要に迫られれば。そうすれば彼女はすぐにその必要性を満たすだろう。

エルセ・ホーダーがふせっているなか、五日に一度、マリアは作業場にやって来た。未亡人は恐ろしいほど痛みを訴えていたが、どこが痛むのかは言わなかった。ガーガーいびきをかきながら、まったく目を覚まさなかったので、大した痛みではなさそうだった。マリアは当然表向きはイェンスの母は一種、耐えがたい痛みを感じているのだと言わざるをえなかった。それでも彼女はホーダー夫人の病《やまい》について若干《じゃっかん》いぶかしく思いはじめていた。

彼女はポット入りのコーヒーと焼きたてのお菓子をイェンスのところに持っていき、ことがうまくおさまりますように、と祈った。押しつけがましい世の中はやっかいだ。わずかに開いたドアをノックするには手が空いていなかったので、肩でそっと押し開けた。横のろくろ台に立つ彼は作業に夢中で、彼女に目もくれなかった。彼女はしばらくその場に立ち、彼を見つめていた。彼の手を。回そうとしていた椅子の脚をなでるその手は、職人というより芸術家の手だった。

その下には雲流柳の葉のように丸まったとげとげの

葉や木くずがたくさん落ちていた。

マリアは咳払いをした。さらにもう一度。イェンスは驚き、ようやく顔を上げた。マリアはすぐに後悔した。しかし彼はほほ笑み、手招きしてくれた。それからカップをもうひとつ持ってこようとキッチンへ駆けていった。砂利を踏む音が聞こえる。小走りで行ったり来たりしている。彼女の心臓の音がわずかに高まった。彼女はいくつか物を押しやると、テーブルとして使えそうな箱を出し、トレーをそこに載せて身じろぎもせずに立っていた。それから隅の袋の陰にスツールがあるのを見つけ、袖《そで》で拭いた。ふたりでそれに腰掛けたが、やはり低かった。でもコーヒーと新しいトウヒの木のにおいがした。ふたりは目を見開いて恥ずかしそうにお互いを見つめ合った。

その後の数カ月はマリアの人生でいちばん幸せだった。イェンスの母に何も気づかれず、ふたりも何も言わなかった。家畜小屋の雌牛の陰でキスしているところを見られるまでは。

＊

エルセ・ホーダーはいきりたっているだけではなかった。彼女は若者たちに、互いへの関心は間違いなく立場をわきまえていないと告げた。そしてほかの人たちはイェンスのことを年頃だと言うけれど、ガールフレンドを見つけるには早すぎるのではないかとぶつぶつ言った。

マリアとイェンスはそれももっともだとはこれっぽっちも思わなかった。そしてホーダー夫人はある程度は不満に思いながらも、マリアが家事にいっそう精を出すのを見ていた。彼女に落ち度はなかった。イェンスも同じで、夜、自由な時間を手に入れ、マリアの手を握れるよう、昼間は馬車馬のように働いた。ふたりはリビングでエルセとの夕食を終えたあとコーヒーを飲むや、すぐふたりで白い部屋にこもってしまうのだった。おまけにカップに注ぐコーヒーの量は、時が経つにつれ次第に減っていった。

ふたりの関係が深まるのを見つめていたエルセの心は痛んだ。

マリアが磨いたばかりの床にエルセが小さな埃《ほこり》をそっと落とすのも、洗濯したばかりのテーブルクロスに染みをつけるのも、作ったばかりの食事に顔をしかめるのも、意味があり、みんなのためになるのだ、とエルセは考えた。

「イェンス、ほかのお手伝いを何とかして探そう。マリアが仕事に手を抜くようになってきたからね」ある日、マリアが本島にお使いにいっているあいだに、エルセは息子にそう告げた。「未亡人のエンジェルさんに、声をかけてあるんだ。経験も充分だし、かなり前向きだったよ」

未亡人のエンジェルさんは実にふくよかで、天使《エンジェル》とはほど遠かった。男を奪い去る泥棒猫はこんな容貌はしていないものだろう。

イェンスがテーブルに握り拳《こぶし》をどんと叩きつけたので、彼の母親の病気は一瞬、わずかに悪化した。

「まっぴらごめんだ！　マリアがいなくなるぐらいなら、俺も家を出る」と彼は怒鳴った。その言葉は子どものものではなく、若い男のものだった。マリアが彼を男にしたのだ。声もずっと低くなっていた。

エルセは一瞬、言葉を失いつつも、ショックを振り払おうとした。息子の言葉に彼女の心は引き裂かれた。父親を失ったとき、イェンスが反抗的な態度をとったのは無理もないが、今のように母に歯向かったことは一度もなかった。彼を世界でいちばん愛する人間にそんな言葉を投げかけられるということが、彼女をおののかせ、かつての次男が懐かしかった。しかしこのことは何より、マリアが脅威であるというエルセの理論を立証するものだった。

その瞬間、砂利道を自転車のタイヤがころがる音が、エルセの耳に飛びこんできた。マリアが帰ってきたのだ。

「そう、あんたがどうしても嫌と言うのなら……」エルセはできるだけ優しく言った。「わかるでしょ、私はあんたにとっていちばんいいことしかしないのよ、イェンス。私たちは互いに愛し合っているんだから。あんたも病気の母親を残して行きたくないでしょう！」

イェンスはリビングに病気の母を残し、踵《きびす》を返した。彼女は座ったまま空を見上げ、今日は人生で最悪の日に違いないと考えた。

しかしほどなく、ふたたびリビングに足を踏み入れたとき、下の息子が穏やかな眼差しと穏やかな気質を取り戻して帰ってきたのを目にし、心のキャンドルにぱっと灯りがともるのを感じた。彼女の知るイェンスが今までずっとそうしてきたように、優しくほほ笑んでいる。輝く黒っぽい瞳。

「マリアが妊娠したんだ」彼はうれしそうに言った。

ふたりはすぐさまコーステッドの市長の元で愛情いっぱいに結婚の誓いをした。ひと握りの知人が祝福に駆けつけたが、実のところは〈頭《ホーエド》〉にホーダーの分身が生まれようとしているのか、と心中穏やかでなかった。だが人並みの礼儀をわきまえ、「花嫁のお腹が少し、ふっくらしていないかい？」と尋ねるにとどめた。いずれにしても人々は祝福した。なぜなら、イェンス・ホーダーが父の死に続き、兄が突然消えたことで、表には出さずともつらい思いをしてきただろうことは、想像に難くなかったからだ。イェンスは全般的に口数の少ない男だった。父親がそうだったように、彼も優しく親切だったが、必要最低限のことしか言わず、それゆえ普通の会話をするのはなかば不可能だった。彼が嫁を見つけたと信じる人は、実際のところわずかだった。だが、むしろ彼女のほうが彼を見つけたと言ったほうが正しいのかもしれない。人々はさまざまな可能性を考えた。娘は優しく美しかったが、やや臆病だった。結局、すべて彼の母親の差し金なのだろうか？

式のあと祝杯を交わし、『ともに歩むのは素晴らしい』を歌ったイェンスとマリアは、一時間後にはふたりの別れを願う新郎の母のいる家に戻るのだった。心を痛める母が母屋のダブルベッドでひとり寝る一方、イェンスと身重のマリアは、その夜も作業場の裏にある白い部屋のセミダブルのベッドをともにしたのだった。

＊

イェンスは心の内で男の子を願い、マリアは女の子を、エルセ・ホーダーは悲劇を願った。三人全員の願いがそれぞれ叶った。

マリアが双子を産んだのだ。

その子たちはカールとリウと名づけられた。母親に異存はなかった。祖母に提案があったとしても、何も差しだせはしなかった。

子どもたちが生まれるとまず、イェンスは母親を二階のベッドルームから移動させ、そこにマリアとともにおさまった。エルセはイェンスのかつての子ども部屋に移動することになって、全然不満がないわけではなかった。部屋はひどく狭かったし、そこの空気が気に入らなかった。しかし大人ふたりと二台のゆりかごのおさまるスペースがあるのは、家でいちばん広い部屋であるその主寝室しかなかったので、議論は断念せざるをえなかった。

イェンスが両親のベッドルームを使うと言い張ったのは、生まれてきた子どもたちとゆりかごのためだけではなかった。マリアは何か言える質《たち》ではなかったが、問題は彼女が妊娠中に大幅に増えた体重を一キロも落とせなかったことだった。イェンスは今までふたりで寝ていたベッドを、彼女が少し狭く感じていると察した。少なくとも彼には少し狭かった。

ゆりかごは子どもがふたり生まれるとわかった時点から、生まれるまでにイェンスが用意した。ゆりかごを作ったことはなかったが、イェンスの記憶にある最も美しいゆりかごを再現する妨《さまた》げにはならなかった。父親がかつて棺を作ったときのように、彼も細部までこだわった。ふたつ目のゆりかごを仕上げると、イェンスはゆりかごに顔をつけ、目を閉じて、その小さな空間で育《はぐく》むことになるであろう薔薇色《ばらいろ》の日々を思い浮かべた。

マリアの妊娠中、母に接するのはイェンスにとって容易ではなかった。パンの欠片《かけら》や洗いたての布巾《ふきん》のことでわめき散らす母エルセを見て、イェンスはホルモンのバランスが乱れているのは妻でなく母のほうじゃないかと疑いたくなった。残念なことに、子どもが生まれるとさらに悪化した。エルセは窮屈な自室にほとんどこもりきりになり、部屋に食事を持ってくるよう命令し、メニューが気に入らないとがなり立てるのだった。

マリアは相変わらずその能力の限りを尽くし、自身の義務を果たしていた。家族の平穏を保つため、姑《しゅうとめ》からの理不尽な要求に笑顔で応えようとしたが、心の内では時に怒り、ホーダー夫人がコショウの育つような僻地《へきち》にでも行ってしまえばいいのにと願った。彼女はひょっとしたらイェンスも同じように感じているのではないかと思っていたが、そのことには触れずにいた。マリアは彼が母親と特別な絆で結ばれていると知っていて、それが妻である自分との絆より強いかどうかを確かめる勇気はなかった。

イェンスも内心、母親に苛立《いらだ》ってはいた。根本的に彼は、妻の愛と、愛する彼女とともにこの世に産みだしたふたりの子どもに感謝していた。エルセの粘り強い牽制《けんせい》戦術も虚《むな》しく、彼の注意は何よりも、双子の子どもたちとマリアと、彼を日々圧倒する計り知れない幸福感に向けられていた。

しばらくのあいだは。

ある日、マリアが家畜小屋に行き、エルセ・ホーダーが部屋で眠りこけるあいだ、イェンスは昼間いつもしているように、子どもたちを見にいった。女の子のほうは祖母と同じく深い眠りについていた。男の子のほうはゆりかご近くの床に横たわっていた。血の海のなかに。

私のおばあちゃん

弟に何が起きたのか、誰もきちんと教えてくれなかった。あのときカールに何が起きたのか。私が知らされたのは、すごく小さいときに事故に遭《あ》い、その後、おばあちゃんのエルセが本島の従妹《いとこ》のところに移り住んだということだけだった。生き残った私たちは大きくなった。特にお母さんは。

おばあちゃんのことはあとではじめて聞かされた。おばあちゃん本人から。それまで私はおばあちゃんがいるなんて知らなかった。でもある日突然、おばあちゃんがあらわれて、作業場の裏の部屋に引っ越し、一カ月間、ほぼ毎朝パンケーキを焼いていた。十二月のことだった。

お父さんはおばあちゃんのことを話題に出そうとしなかった。おばあちゃんともほとんど口をきかなかった。何もかもがひどく奇妙だった。私はおばあちゃんのパンケーキが大好きだし、本島の話を聞くのも好きだったけど、おばあちゃんのせいでお父さんの様子がおかしくなったのは、ちょっぴり悲しかった。お母さんも、おばあちゃんを好きじゃないみたいだった。

おばあちゃんの、あのいびきのせいだけじゃなかった。それにしても、おばあちゃんのいびきのまあ大きいこと！　昼間でも母屋に響き渡っていた。

すべての歯車が狂いはじめたのは、おばあちゃんが引っ越してきてからだった。おばあちゃんが私を本島に連れていって学校にやろうとしたとき、お父さんの様子がたちまち変わった。おばあちゃんはそれが私にとっていちばんなのだと言っていた。大人たちは私がドアのすぐ前に立って全部聞いていたとは思っていないみたいだった。

リウへ

あなたのおばあちゃんは大きすぎたわ。私が大きいのとは違った意味で。あなたが赤ん坊のとき、おばあちゃんが家を出てくれて、本当にほっとした。その後、おばあちゃんが戻ってくるとは思わなかった。あなたが七歳の誕生日を迎える少し前に。

私はおばあちゃんのことを忘れかけていたの。

再会したときは、喉元をつかまれ、頭から空気が一気に抜けるような感じがしたわ。おばあちゃんは傷ついた肉食獣が最期《さいご》のときを迎える際ひっそり姿をくらますように、私たちの前から消えた。私は心のなかで、おばあちゃんなんて死んでくれたらいいと祈っていた。でも突如《とつじょ》としてあらわれ、歯をむき出しにして笑うその姿は、健康ではつらつとしていて、前よりパワーアップしていた。向かうところ敵なしだった！

あの女《ひと》の目的が、私にはわからなかった。おばあちゃんは、自分が何をしたかわかっていたのかも。おばあちゃんはあなたのお父さんに手紙を何通か送っていたけれど、お父さんは届くたび読まずに燃やしていた。何も言わず。

おばあちゃんがいなくなってから、私たちはおばあちゃんのことをいっさい話さなかった。例のことについてもいっさい。それが私たちの自己防衛だった。

そして、私の体にふたたび命が宿ったの。

愛をこめて、あなたの母より

再来

エルセ・ホーダーは息子から〈頭《ホーエド》〉を出ていくよう言われた際、恐ろしい裏切りを受けたように感じると同時に、すべてを察した。

それは命令だった。

はじめこそ、自分が家から追いだされるなんて！　家を出るべきなのは息子のほうだ！　と怒りに震えていたが、それを言葉に出すことはできなかった。彼女はシーラスもモーエンスもイェンスもいないなか……あらゆる思い出と痛みを胸に、ほぼ完全に孤立したまま、ひとりで暮らしていくのは耐えられなかったが、従妹が夫を亡くし、彼女に部屋を提供し助けてくれることになると、たちまち〈頭《ホーエド》〉を離れるのも悪くない気がしてきた。逃亡の果てには、救いの道が待っているかもしれない。

澄んだ空気の森と牧草地と、海に囲まれた開放的な神の楽園に暮らしながらも閉塞感を感じる一方、排気ガスで目の前がかすんで見えないようなコンクリート・ジャングルで、鳥のように自由になったと感じることほど奇妙なことはない、とエルセは考えた。実際、そう感じていたのだ。町で彼女はふたたび息を吸うことができた。病気の様相も変わっていた。痛みも出血も止まり、次第に彼女は自分を健康だと思うようになった。

従妹は看護師歴のある賢い女性で、エルセにとって彼女のところに身を寄せられるのは、あらゆる意味で安心だった。誰かと「外」で対話できるのは、彼女にとって救いだった。それに家まであるのだ。エルセは整理整頓された家に移り住めることがうれしかった！　時が経てば経つほど、亡くなった夫と下の息子が、あんな汚い家でよく暮らせたものだと思うようになった。エルセは惨事の前もあとも、自分が目も当てられない状況だったと認めざるをえない。イェンスとマリアが親になってからというもの、エルセは鉛《なまり》のような心と説明できない怒りと痛みにひどく悩まされ、自分自身を保つことができなかった。義理の娘を、新米ママを助けるどころか、理不尽な要求でぼろぼろにし、邪魔をし、監視の目を光らせ、自分自身の怒声で窒息しそうになるほど怒鳴り散らした。

そうして彼女は、若い人たちから幸せな姿を見せつけられ、あらゆる汚い感情と向き合わずに済むベッドのなかへ逃げこむようになった。双子があらわれたあとほど、孤独で自分など必要のない人間なのだと感じたことはなかった。母としての嫉妬心《しっとしん》を抱くのを、これほどまで嫌悪したことはなかった。がんじがらめで、身動きがとれなくなったかのよう。しかし許しと愛を求める思いには、嫌悪を感じるべくして感じなければ、という強迫観念が入り混じっていた。

四方から壁が迫ってきて、モルタルから男の子の泣き声が酸のように染みてくる、その小さな部屋に入れられたときには、薬と睡眠で感覚を麻痺《まひ》させ、悪夢を遠ざけようとした。彼女は愛するシーラスにあの世で出会い、ふたたび平穏を取り戻すことを望みはじめていた。

惨劇が起きたあの日、彼女はそのままひっそりと眠ってしまいたいと願った。そう告白すると従妹は、あなたは眠っているときだってひっそりなんてしてないじゃないと、冷静に言うのだった。

そんなエルセにも他人に決して告げていないことがひとつあった。事故について恐ろしい感覚を覚え、それにつきまとわれていたのだ。

マリアは女の子を熱望していた。そのことをエルセが知ったのは、マリアのベッドサイドのテーブルのいちばん下の引き出しにあったノートを読んだときだった。エルセは当然そういう個人的なものを読むべきでないとわかっていたものの、若者たちの排他的な世界に入りこみたいという衝動が、ついに良心の呵責《かしゃく》を上回ってしまったのだ。

マリアは女の子を欲していたようで、その願いは叶ったのだ。ノートにはほかに、エルセの心をざわつかせる記述があった。

「五体満足な子をふたり産めたことがとてもうれしいし、感謝している。ふたりは天からの授《さず》かり物だ。なのに私はフラストレーションを感じ、悩まされている。ふたりの命に責任を持つこと。ふたりで負うにしても、それは気の遠くなるような大きな責任だ。イェンスは素晴らしい人で、私は彼のことをどうしようもなく愛している。でもイェンスはああいう人だから……時々、内にこもってしまうのだ。それにあの人の母親は、何の役にも立たない人だし！

私たち、うまくやっていけるかしら？　私は？　坊やが不安そうに眠っている。この子はよく泣く。私はずっと起きていなくてはならなくて、もうおかしくなりそう。女の子だったらよかったのに、なんて黒い考えがふと頭をよぎることもある」

　エルセはその疑念を心のなかでも、従妹に対しても、言葉にすることができなかった。それでも時が経つにつれ、その疑念はいっそう彼女を苦しめた。

　彼女がふたたび舞い戻ってきたとき、六年以上の月日が過ぎていた。その期間、彼女は彼らの声をひと言だって聞いていなかった。手紙の返事は一度も来たことがなかったし、〈頭《ホーエド》〉にはまだ電話も通っていなかった。コーステッドのインに電話したが、息子夫婦はもうそこに来なくなっていたようだった。ある日、エルセがインに電話をすると、インの主人から、イェンス・ホーダーは滅多に町に来ないと言われた。エルセは心底不安になった。タクシーを降り、〈頭《ホーエド》〉の光景を目《ま》の当たりにした際にも、その不安に変わりはなかった。

　何てだらしない。建物のまわりには、前よりはるかに多くの物があふれかえっていた。しかし窮屈だったのは、ほかに理由があった。

　突然、誰が訪ねてきたのだろうと見にきた女性に、嫁のマリアの面影はほとんどなかった。

　かつてのかわいらしい姿はどこへやら、合う服などこの世にないのではないかと思わせるほど太ってしまって、動くのもひと苦労のようだった。玄関前の階段を二歩下りるのにも壁に寄りかからなくてはならず、かつての軽やかな足取りはのしのしという醜い音に変わっていた。

　エルセは驚きを隠そうとした。

「こんにちは、マリア」エルセは優しく言った。「久しぶりね」

マリアはうなずき、作り笑いを浮かべたが、顔はこわばっていた。エルセにはそれが義理の母を見たからか、自身の肉体的至難によるものか確信が持てなかった。

「こんにちは、お義母《かあ》さん。……驚いたわ。まさかあなたが……。今からイェンスを迎えにいかなくてはならなくて」

エルセをフェリー乗り場から〈頭《ホーエド》〉まで送り届けてくれたタクシーが、〈首《ハルセン》〉と本島へと続く砂利道をゆっくり曲がり、消えていった。マリアは一瞬それを目で追った。

「ここにはもうあまり人が来ないんです」とマリアは言った。

「でも手紙ぐらいは来るでしょう?」

どんな答えを自分が期待しているかわからず、エルセは尋ねた。

「ええ、手紙は時々」マリアはエルセのほうを見ずに答えた。

「時々、あれが届くんですよ……。まあ、お義母さんもご存じですよね。イェンスを迎えにいくわ」

エルセはモーエンスのことを考えた。長男からはまったく連絡はなかったが、彼がいまだに〈頭《ホーエド》〉に仕送りをしていると聞き、ほっとした。封筒にはいつも「〈頭《ホーエド》〉、ホーダー」としか書いていなかったけれど。〈頭《ホーエド》〉のどのホーダーに届くかわからないのに。母親のほうか、弟のほうか。

エルセは手紙を送るときはすべて、宛名に「イェンス・ホーダー」と書いていた。

マリアが作業場のドアを閉めると、なかから響いていた絶え間ない大きな打音が突然やんだ。

エルセの視線は、空中を揺れながら漂う孤独な雪片を追っていた。それが地面に落ち、消えるまで。中庭は何年も砂利が足されていないのか、砂利がほとんど土で隠れてしまっていた。枯れた草と折れた藁がところどころ顔を出し、夏にはきっと草でぼうぼうになるに違いない。彼女はあたりを見回し、建物と建物のあいだの空間にぎっしり詰まったがらくたの山を見つめ、冷たい空気に身震いした。一匹の黒いネコが機械の部品のあいだからあらわれた。そのネコはエルセに気づくと、またすぐに姿を消した。

エルセはわが家から追い出されたあの忌まわしい日ほどなくイェンスがあらわれた。

エルセはわが家から追い出されたあの忌まわしい日にフェリー乗り場に連れていかれて以来、息子を目にしていなかった。あのとき彼女は一瞬、息子が自分をフェリーで本島に運ぼうとしているのか、それともフェリー乗り場に着く寸前に、そこからそう遠くないところにあるゴミ捨て場に向かおうと目論んでいるのか考えた。彼がゴミ捨て場に何か持っていき、そこから別の物を家に持ち帰るのは、いずれにしろ何年ぶりかのことだった。

イェンスは妻のようになっていなかった。むしろ逆だった。しかし髭はかなり伸びていた。焦げ茶色の濃い口髭は口のまわりを覆うほど、髪は目にかかっていた。帽子は以前と同じものだった。記憶に残る父親そっくりで、子ども時代の面影がなくなった息子を見て、エルセは自身の心が奇妙に引き裂かれるのを感じた。

「お母さん、久しぶり」と彼は言うと、ぎこちなく頬にキスをした。彼女はしばらく彼を抱きしめていたかったが、すぐに身を離された。

「来るとは知らなかったよ」と彼は言うと、母親が置いた大きなふたつの鞄を見下ろした。彼女は息子が嘘をついているのか、それとも最後に送った二通の手紙を本当に見ていないのか、考えずにいられなかった。

「またすぐに帰るよ。でも少しのあいだだけ、ここにいさせておくれ……」彼女は一瞬、言いよどむと、ふたたび口を開いた。「あんたたちがどうしているか、こうして見にこなきゃならなかったんだよ」

「うまくやってるよ」イェンスはためらうことなく言

った。「……あの人は、元気？」

「従妹のカーレンね。ああ、あそこに暮らせて本当によかった。お母さんにはびっくりするぐらい町の暮らしが合っているようよ」

「町も……いいですよね……特に十二月は」とマリアに言われ、町に戻れと暗に言われているようにエルセは感じた。

「ここにどれぐらい、いるつもり？」

イェンスは作業場の奥にあるドアへと――白い部屋へ続くドアへと、一瞬、視線を滑らせた。外には肥料散布機の部品がいくつか置いてあった。

イェンスの母は肩をすくめた。

「そうだね、それは状況次第かな……」

同時に、家畜小屋の角で走り回っている者次第、という言葉がエルセの頭に浮かんでいた。エルセはすでに家の裏に足を運んでいた。

「お父さん、羊……」


女の子はそう言おうとしたが、エルセを見て、足を止めた。

「誰？」と尋ねると、疑念と好奇心の入り混じった様子で（疑念のほうがはるかにまさっているようだったが）、祖母とは知らぬ祖母を指差した。

エルセは答えようとしたが、息子に横槍《よこやり》を入れられてしまった。「何日かここに泊めてほしいんだってさ。羊がどうしたって？」

女の子は目を丸くした。家に誰かが泊まりにくるのに慣れていないのだろう。

「羊がどうしたんだ、リウ？」

「羊が倒れたの……。まあいいや。その人、どこに泊まるの、お父さん？」

リウは数日、家に泊まるというその女性から目をそらさなかった。そしてエルセは喉元に何かがつかえるのを感じながら、孫を見つめた。

少女は幸い、器量がよかった。母親よりも父親のほうに似ていた。体には一グラムも余計な脂肪はついておらず、髪は短く切りそろえられ、深い焦げ茶色の瞳には凜《りん》とした強さがあった。しかしその少女の動きや服装に女の子らしさはまったくなかったので、たいていの人から男の子と間違えられた。彼女はしばらく洗っていなさそうな、擦り切れたジーンズを着心地よさそうにはいていた。かつては白かったであろうキャンバス・シューズは薄汚れ、ブラウスは破れかけていた。彼女はそれが世界でいちばん自然なことであるかのように、ベルトからぶら下げた革の鞘《さや》に短剣をおさめていた。木の持ち手を見ると、使い込まれているのがわかった。

「その人は白い部屋に泊まるんだよ。荷物を運んできたら、羊を見にいこう。馬を裏に移動させて」

イェンスが母親の荷物を持ち上げ、木造建築の奥へつかつか進むなか、リウは一度振り返ってから、はずむような早足でその場を立ち去った。

エルセは息子の背中をじっと目で追っていた。

「コーヒーを淹《い》れてきます」

エルセの背後からマリアはそう言うと、重い足取りで母屋へ向かった。

エルセは部屋が物であふれかえっているんじゃないかという憶測が当たっているのでは、と不安だった。白い部屋には鞄の置き場もろくになく、壁沿いに物が延々と積み上げられていて、白い部屋のはずなのに、白いところはほとんど見られなかった。シーラスが作った立派なベッドは、作業場から持ってこられた作りかけの物と、ゴミ捨て場のがらくたの陰に隠れていた。ここにあるのはすべて、缶やシャンデリアからスキーやクッション、古い写真立てまで、どれも目も当てられない状態だった。なかには何に使うのかわからない物もあった。

エルセはかつて使っていた二階の部屋を使わせても

らえないか頼もうかと考えたが、ふたたび部屋を見て、すぐさま考えをあらためた。彼女は以前自分が使っていたベッドの脚側の壁からぎょっとしてこっちを見るヘラジカの剝製といったような物が、ジャングルみたいに鬱蒼と積み上げられたその白い部屋を、好きだと感じた。

ここ〈頭《ホーエド》〉に整然とした空間など少しも残っていそうになかった。

光と空気

ふだんなら、私はカールと一緒に家畜小屋に入れた馬をブラッシングし、かわいがる幸せな時間を長く過ごすところだったけれど、その日は馬が私から離れて歩き、地面を蹄《ひづめ》でかく様子を見つめるほかにすることがほとんどなかった。女の人のことが私の頭をぐるぐる回っていた。こんなふうに誰かがふらりとあらわれて移り住んでくるなんて、経験したことがなかった。本島から人が来ることは時々あったけれど、最近では滅多に来なくなってきていたし、来てもすぐに出ていった。お父さんは物はできるだけ自分で取りにいき、持ち帰ってきたいと言っていた。他人を信用していなかったのだ。

私もだ。お父さんのことは信じてたけど。

お父さんは家に人を招く代わりに、コーステッドの広場へクリスマスツリーを持っていき、売るようになった。お父さんがツリーなんか売るのは、今年が最後じゃないかと思う。そうしたら木もまた自由に枝を伸ばせるはず。

突然やって来たあの女の人は、手に小さな鞄を持ち、つるつるしたボタンのついた上着を羽織った、髪の白い、ひどく年老いた人だった。この手の女性は本島でしか見たことがなかった。髪が白すぎるとカールは少し怖がっていたけど、私にしかそうは言わなかった。私はカールをなだめ、お父さんの言葉を真似して言った。

「髪が白くなるのは、ごく自然なことだって。誰だっていつかは白髪《しらが》になるんだよ。若くして死なない限り」

カールと私はお父さんとお母さんの髪には少しも触れず、お互いの髪を厳しい目で見た。おばあちゃんだとのちに発覚するその女の人がやって来る以前、私たちは〈頭《ホーエド》〉で白い髪を見たことがなかった。家畜はもちろんのこと、自分の妻のために骨壺《こつぼ》を、自分自身のためにパイプを作ってもらおうと、三輪バイクでやって来たおじいさんを除いては。

白髪は雑草にちょっぴり似ている。ちょっと生えてきたと思ったら、いつの間にか頭が真っ白になっている。私たちはおばあちゃんが移り住んできて間もなく、お父さんに白髪が生えてきたことに気づいた。日一日とあっという間に増えていった。お父さんたちが私のことを話しているのを聞いてしまった翌朝、キッチンに立っていたお父さんの髪に白いものが目立っていた。髭にも。カールは少し怯えていた。

クリスマスの前のことだった。

今言ったことを除けば、これまでで最高の秋だった。

ある日、お父さんはヒラメ釣りに私を連れていってくれた。ついて来ていいと言われたのはそれがはじめてで、私は魚釣りをしにいく緊張で死にそうになった。ひょっとしたら私はその小さな釣り舟でお父さんとふたりきりになることにいちばん興奮していたのかもしれない。私たちは舟の上でありとあらゆる話をした。お父さんは私に、魚は水のなかでは溺《おぼ》れないけど、水面に顔を出すと窒息すると教えてくれた。

逆さまなんだな、と私は思った。

お父さんは、窒息する前に叩き殺すのは魚のためなんだとも言っていた。それからひどくおかしな位置に目がついている平らできれいなヒラメをつかまえると、私に手ほどきした。お父さんは魚を仕留めるための特別な棒でそのヒラメの頭を叩いた。はじめて見たとき、私はそれまで見たなかでいちばん恐ろしい光景だ、と思った。

「さあ、リウ。死んだぞ」

お父さんはヒラメに棒を振り下ろして言った。でも絶対死んでいなかった。だってまだビチビチいっていたもの。私はあんぐりと口を開け、ヒラメを指差した。

「今、ビチビチいっているのは、死んだって情報がまだ脳に伝わっていないからさ」とお父さんは言った。

「ごくごく自然なことなんだ。このヒラメが本当は死んでいて、もう痛みは感じていないと誓って言える。俺たちはこのヒラメのために最善を尽くしたんだ。夜、食べるときも、罪悪感を覚える必要などない」

「でもお父さん……」

「何だい？」

「じゃあヒラメは元どおりになるの？」

「元どおりになるって？」

「うん。葉っぱや……草みたいに。すべて元どおりになる、って言ったでしょう」

お父さんは水面を見つめた。口にパイプをくわえていて、釣り舟の上にいると煙と海のいいにおいがした。

「ああ、ヒラメも元どおりになるよ」

　私はお父さんのほうに這っていって、寄り添い、船底のお父さんの足と足のあいだにしゃがむと、タールのにおいを嗅ぎ、まわりで木がミシミシいう音に耳を澄ました。釣り舟の縁から、びくとも動かない房状の雲が浮かぶ青い空が見えた。海は見えなかったけど、きしむ木板の向こうに海を感じることができた。

「新しいヒラメになって？」私は尋ねた。

「たぶんね。それか何か別のものに姿を変えるんだ」

「別のもの？　アカガレイかな？」

「そうだな、そうかもしれない」

「それかウサギかな？　それとも……人間？」

　私は顔を上げ、お父さんの瞳を探ったけど、見えたのはもじゃもじゃの髭と丸いパイプだけだった。お父さんは肩をすくめていたのかもしれない。わからないけど。何にせよ、何だか奇妙なことを言っていた。

「リウ、いつか誰かがおまえに、神様の話をするだろう」

「神様？　蜘蛛魚に似た？」

「いいや、魚じゃない。神様っていうのはね……何と言えばいいんだろう？　神様が空にいて、すべてを決めているって信じる人がたくさんいるんだ」

「お空に？」私は髭から雲へとすぐさま視線を移した。

「見た目はどんななの？」私は尋ねると、遠くにその姿を探そうとした。

「ううむ、それはお父さんも知らないのさ。きっと長くて白い髭を生やしているんじゃないか」

　カールが聞いたら、少し心配になるかもしれない。

「長くて白い髭が……お空の上に？」私は不思議に思いながら言った。

「ああ。ちゃんと説明できないがな。だが父さんが言いたいのは、神が正しいとは限らない、ってことだ。父さんは神を信じていないんだ」

「神様って、嘘をつくの？」

私はそのころにはもう、嘘をつくのはいけないことだと完全に認識していた。必要な場合を除いては。

「いいや、父さんが言いたいのはただ、空の上に神なんかいやしないってことさ」

「私も空の上に誰かがいるのを見たことないよ。だから神様が空の上にいるなんて思わない」と私はきっぱり言った。「でもすぐそこにカモメが飛んでいるのは信じる！」

髭が風に一瞬持ち上げられ、また完全に下りると私はお父さんの目を見ることができた。

「そうだ。俺たちは信じているよな」

私はほほ笑んだ。それから革の鞘から短剣を抜き、かざした。日の光で短剣が光っている。そこには私が気に入っていつも眺めている溝があった。私たちはその短剣を自転車屋さんの離れで見つけた。ほかに使えそうないくつかの物と一緒に――タイヤとか、懐中電灯や折れた傘、リコリスキャンディとか。


私たちは座って少し待った。

「お母さんもその人を信じていないの？」

答えは返ってこなかった。質問した次の瞬間、魚がまた掛かって、釣り竿《ざお》を引っ張るのに必死だったから。今回は魚を殺すのを私も手伝った。とっても上手だと褒《ほ》められた。さらに二匹釣ると、お父さんは釣り竿をしまってしまい、私はすごくがっかりした。

「必要以上に自然から搾取《さくしゅ》してはいけないよ」とお父さんは説明した。「魚を根こそぎつかまえてしまったら、次来たとき釣れなくなってしまうだろう？」

私はお父さんの言っている意味を理解すると、つかまえた魚に目をやった。

「一匹、二匹、三匹……ヒラメは四匹。ひとり一匹ずつだね」

お父さんがにっこりした。それから釣り糸の先の針を見せてきた。細長い浮きひとつとカラフルな玉がいくつかぶら下がっていた。

「ごらん、リュウ。明日、浮きの作り方を教えてやろう。おまえならできるさ」

実際、できた。さらに間もなく、私はヒラメの頭に落として瞬殺する、完全に自分流の棒の振り方まで編み出したのだった。

釣り舟に乗ったその日は、私の記憶に残るうちでいちばん明るい日だった。その後、私はコンテナにいるようになると、時折完全なる静寂のなかでその一日を思い返すようになった。真っ暗ななかで明るいことを思い浮かべるのは心地よかった。

ウサギ用の罠を仕掛けていいと言われて間もなくのことだ。ウサギの通り道は森の端で簡単に見つけられた。お父さんはその道に小さなモミの木を置き、木を切りだしてウサギがのこのこ入ってくる門を作る方法を教えてくれた。そのあと私たちは有刺鉄線で輪っかを作り、木の幹から吊した。翌朝、お父さんと罠を見にいくと、自分から絞首台へ飛びこんだウサギの死体を見つけた。鉄線で首が絞めつけられ、毛皮は目も当てられないありさまだった。

その夜、お母さんは牛から採った生クリームと、荒れ地に生えたタイムと家庭菜園の野菜で、ウサギの煮込みを作った。お父さんはいつも、どうして家にある物を食料品店で買わなきゃならないんだと言っていた。お父さんはいちばん必要なものだけに、できるだけお金を使いたいみたいだった。たとえば家畜の餌とか。私たちはそれをヴェスタビュに取りにいき、たいていは支払った分よりもまんまと多めに持ち帰ってきた。それでいいんだとお父さんは言っていた。ヴェスタビュの人たちはたくさん餌を持っていたし、私たちも自分たちの家畜に優しくしたかった。食料品店の倉庫でも、要領はだいたい同じだった。お父さんがお店の人と天気の話をしているあいだに私が忍びこんで缶詰をふたつばかり盗ったところで、気づかれやしなかった。

やがて私は皮の剝ぎ方や解体の方法も習った。そういうウサギは毛皮を剝ぐと、ひどく貧相に見える。でもいちばん信じられない気分になるのは、ウサギのお腹に隠されているものを見たときだった。ピンク色の肺、どす黒い紫色の腎臓やそのほかいろんなもの。それに長くてくねくねした腸！　私はお母さんがその手のものに実は目がないんじゃないかと考えるようになった。

私が本島でヤギ狩りをするようになったのも、その秋だった。お父さんは広い農場の近くか畑か、どちらかの暗がりに、ヤギを頻繁《ひんぱん》に見つけられる場所があるのを知っていた。お父さんはヤギに火薬が飛ぶのが好きじゃなかったし、火薬が何だかわからなかった私ですら、ヤギに火薬をかけたくないと思った。お父さんは、銃というのは無意味にやかましいし、破壊力がありすぎるうえ高いと言っていた。そのとおりだと思った。私たちは騒がしくするのも、お金を浪費するのも好きではなかった。

だから私たちは弓を使った。お父さんの弓はとても大きく、重かった。私の弓もそっくりだったけれど、サイズは子ども向けだった。お父さんが作業場で私用に作ってくれたのだ。矢は、お父さんの助けを借りながら自分でモミの木やガチョウの羽で作った。上等な矢を作るにはちょうどいい厚さと弾力の木の棒が必要だとお父さんが説明してくれて、私が実感するまで、触ったり、曲げたり、ねじったりさせてくれた。私たちが集会所と呼んでいたがらくたの山で私が見つけた、ひびの入った水差しの真鍮《しんちゅう》を鏃《やじり》にした。がらくたの山から私が何か見つけてくるたび、お父さんは「これでわかるだろう」と言った。「物にはすべて価値があるんだ」って。

私は缶や薪を的にして射《い》る練習を何週間もしてから、夕暮れにネズミを狙っていいと許してもらえた。ようやく仕留めたネズミが倒れ、のたうちまわっているのを見て、私は泣きだしてしまった。尻尾《しっぽ》のすぐ上のお尻の部分を貫《つらぬ》いた矢とその先についたガチョウの羽は、ネズミが動くたび地面にこすれてわずかに震えた。少しするとお父さんは棒でネズミの息の根を完全に止めた。お父さんは私に泣く必要はない、キツネが食事にありつけたことを大いに喜ぶべきだと言っていた。

月明かりの下、私たちはヤギ狩りに行った。月が出ている夜は、暗くもあり明るくもあるからだ。私たちは目がきくし、ヤギも痛くない。闇は痛みを取り除いてくれる。

私がはじめてヤギ狩りについていったとき、ヤギは満月の下、畑に立っていた。脇を向けて立っていたそのヤギの心臓に、お父さんの射た矢が命中した。でもすぐに倒れはしなかった。ヤギは首をひねって私たちを見て、こっちへ数歩近づくと、私たちの前に横たわった。動きはゆっくりで、完全に落ち着いているように見えた。実際、そのヤギの死にざまは、この上なく穏やかだった。ヤギが私の目をまっすぐ見ているのに気づき、怒っていなかったのだと確信した。

「あのヤギは年寄りだ」とお父さんは言っていた。「いちばん幼いヤギならスペースもいらないし、エサも何日分もある。だからあいつを選んだんだ」

「でもその年寄りヤギにも、世話をしなくちゃいけない子ヤギがいるんじゃないの？」

「もう大きいから、自分たちでどうにかやるさ」

「いつになったら私もひとりでどうにかできるぐらい大きくなれるの？」

「それだけ達者に弓を射られれば、もうすぐさ」とお父さんが笑うと、私は一瞬、すごく誇らしく、うれしい気持ちになった。だけどそれも一瞬だけだった。

「でも、お父さんはどうなの？」

「俺かい？」お父さんが妙な間を置いた。「おまえが大きくなって、ひとりでやっていけるようになってからも、俺はおまえのそばにいるよ。まだしばらくはくたばらないさ」

「白髪になる前に死にやしないのね？」

「ああ、少なくとも白髪になるまでは生きるさ」

その時点で、私はおじいちゃんと雷については知らなかった。

お父さんと私が知っていた最高のことといえば、お母さんのために本を見つけることだった。本の山を持って帰ると、お母さんはすごく喜んでくれた。納屋のまわりに積まれた段ボール箱に、あんなにたくさん本を隠しているなんてほんとに信じられなかったし、その本が読まれることはなかったし、自分たちだって読もうと考えていないのではないかという気がしていた。けれど、本の大海原《おおうなばら》に打ちだされたお母さんは、全部読もうと考えたに違いなかった。大半の本はベッドルームか、お父さんが本を納めるのに作った大きくて素敵な棚のある白い部屋に置かれていた。やがて棚の前には、たくさんの本やそのほかの物が積み上げられ、棚が見えなくなるほどだったけど、たしかにそこに棚はあると私たちは知っていたし、棚は私たちの大切なものだった。

私も本が好きだった。おばあちゃんが〈頭《ホーエド》〉に移り住んできたときにはもう、お母さんから読み書きを教わるようになってずいぶん経っていた。お母さんは私が生まれる前から読み書きを知っていたみたいと言っていた。今しなくちゃいけないのは、記憶を呼び覚ますことだけだなとお父さんは言っていた。それは簡単なことだったけど、私が読み上げるとお母さんが幸せそうな顔をするのに気づくと、ますます簡単になった。

だから鉛筆の持ち方が多少ヘンでも、大した問題じゃなかった。私は弓を射るかのように鉛筆を持ち、お母さんが見せてくれたように指を丸めて持つことは単純に苦手だった。そうして最終的には、間違った持ち方をしたほうが、正しい持ち方をするよりもうまく書けるというので意見が一致した。鉛筆を持つように矢を構えなかったのは幸運だった。そんな構え方じゃ、滅多に命中しないだろうから。

私が朝、家の裏でおもちゃの弓を射る練習をしていると、お母さんが洗濯物を干しながらじっと見ていた。

「次にどの話を読むかわかるわ」

お母さんはふいに言った。

本を読み終わって、その内容を私に説明しようとするとき以外、お母さんが何か言うことは滅多になかった。お母さんは話をするのは特に好きじゃなくても、読むのは好きに違いなかった。お母さんが選んだ本を、ベッドに腰掛けて読んでくれるのを聞くのが好きだった。そう、実際のところ私は、いちばん好きなのはお話なのか、お母さんの声なのか、わからなかった。

声のことを忘れて話に聞き入ることもあれば、声に魅せられ、話について考えるのを忘れてしまうこともあった。お母さんの声はあまり大きくなかったけど、聞き入るぐらいには大きかった。その声は空気を帯びていた。そのころは。

しばらくして私は、お母さんの声から空気が消えたことに気づいた。声はだんだんと小さくなり、子音の破裂音みたいに聞こえるか聞こえないかぐらいの音になった。たとえばLやVみたいな。

私はお母さんが母音しか出せなくなる前に文字を教えてもらえたことをうれしく思った。最後にお母さんが私を呼んだとき「あ」と言った。私はお母さんが出られなくなったベッドルームへ入っていき、私が選んだ本をお母さんに読んであげた。

やがて母音までも完全に出なくなった。

私はお母さんの声についてよく考えた。お母さんは私に、言葉を呑みこんではいけないと教えてくれた。でもそれはお母さん自身がやっていることなのかもしれない。ひょっとしたらお母さんは、自分自身の声を食べるようになったのかも。最初に空気を、それから音を。お母さんはとにかくいっぱい食べた。

お母さんが洗濯物の陰で考えていたのは、ロビン・フッドの本だった。

リウへ

あなたは私の声について、不思議に思っていることでしょう。でも言葉が喉に引っかかっているって以外、説明のしようがないの。途中で空気が抜けるみたいに、声を押し出す力が出なくなってしまって。最後には声を出すのをやめるのがいちばん手っ取り早く思えるようになった。

気管支炎を治すために常に白湯《さゆ》か柔らかな食べものを喉に通しつづけるところを想像してみて。そういう感覚よ。私はしゃべれなくなるほどたくさん食べなくてはならなくなった。そうすることで気管が完全にふさがるのを防ごうとしたわ。

時が経つにつれ、喉に詰まって失われた文はひとつの塊になった。行き場をなくしたばらばらの言葉。中断された導入部、終わらない末尾、息継ぎなしの一文、滅茶苦茶な構造、うまく発せない口蓋音。

喉につかえていたのは、私の悲しみ。そんな悲しみをあなたは抱いちゃ駄目よ。あなたのお父さんも。お父さんにはお父さんの悲しみがあるのだから。そうして私はその悲しみを自分のなかで抱きつづける。私は私なりに、あなたを守るわ。あなたのお父さんは、お父さんなりのやり方で。

愛をこめて、あなたの母より

闇と混沌

イェンス・ホーダーは自然から必要以上に搾取しない。しかし樹脂に関しては完全に当てはまらなかった。いや、少しは当てはまると言えようか。

きっかけは好奇心だった。木から採れる黄金色の樹脂とその効用について父親から聞かされたのだ。シーラス・ホーダーは突然の死を迎える直前、息子にトウヒの幹の皮を少し剝がして樹脂をゆっくりゆっくり抜き取るのを実際にやってみせた。その下に掘ったV字形の溝にコップを傾け、樹脂を流しこめるようにした。

イェンスはどの木からたくさん樹脂が採れるかすぐにわかるようになり、木を見ては、軽く叩いてみるようになった。木が苦しまないように、常に慎重に。牛の乳を搾《しぼ》るときみたいに、そっと扱わなくてはならない。

理由はうまく説明できないが、木に傷がつくのは致し方ないと感じていた。ひょっとしたら樹脂はトウヒの香りのする一種の麻薬、欠かすことのできない芳香興奮剤なのかもしれない。またイェンスは実は作業場に保存している固まった樹脂の塊――互いに離れることのない不規則な大きな黒い塊がくっついたものの使い道が、いつか見つかるだろうと考えていた。その光景は、ある夜、父親と分け合った、溶けてくっついたリコリスキャンディを思い起こさせた。あんなにおいしいお菓子は、あとにも先にも味わったことはなかった。

イェンスは事前の実験で、樹脂から不純物を取り除く技を習得した。イェンスは金属の缶にアルミ箔《はく》を張り、小さな穴を開けた上に、樹脂を置いた。それから樹脂を炎で溶かした。この目的のために彼は鉄の棒と蹄鉄《ていてつ》を使い、しっかりとした缶置き台を作った。缶の底に純粋な樹脂がたまる一方、アルミ箔の上には不純物が残る。ふたたび固化した樹脂は別々に格納できる――純粋な樹脂はひとつの樽に、残りは別の樽に。そうすることでイェンスは、常にどちらかを選んで、必要な形態にすることができた。その形態はさまざまだった。樹脂には抗菌性があり、正しく処理することで、石鹸《せっけん》もしくは強い接着剤にも使えた。燃料源としても。彼は棒の上部に不純な樹脂を塗り、それはよく燃えるたいまつをこしらえた。

ポケットには、琥珀色の宇宙に閉じこめられた小さなアリを入れていた。シーラスが北岸ではじめてそれを息子たちに見せた何年も前から閉じこめられたアリ。それより前の数百万年のあいだずっと閉じこめられていたのかもしれない。乾燥した樹脂の欠片を巣に運ぶのは、アリの仕事だ。乾燥した樹脂には病気を防ぐ効果がある。しかしべとべとした樹脂で動けなくなり、窒息するのがアリの運命だ。とはいえ命を失おうと、肉体を失いはしない。

樹脂は治癒《ちゆ》効果だけでなく、殺戮《さつりく》したものを封じこめる効果があり、そのことにイェンスは魅了された。

樹脂の樽は、彼の作業場にきれいに並べられた唯一のものであり、台風の目のような存在だった。それらは木のゴミバケツみたいに並べられていたが、中身は何があっても欠かすことができなかった。段ボール箱や袋、工具、機械の部品、生地、配線、残飯、新聞、ビニール袋、その他、種類も材料もばらばらに見える物があったが、よくよく考えると、どれもかつては木だったのだ。木に脈々と宿る命。

時が経つにつれ、部屋は目も当てられないほど樽でいっぱいになった。しかしイェンスはいつも樽までの道を見つけることができた。なぜなら彼はあらゆる物のあいだをすいすいと縫って進めたからだ。秩序というものについての彼の解釈は、作業場のドアを開けてなかをのぞく数少ない人たちが考える解釈とは異なっていた。やがて彼の娘以外は誰もそこに入ることを許されなくなった。

ただし彼女の母は入ってもよかった。入ればの話だが。

イェンス・ホーダーの世界は、人間が通常支えられているのと同じ秩序に支配されてはいなかった。彼は細分化だとか組織化という言葉とは無縁な男だった。彼が知るのは、感情と記憶。あるファイルと別のファイルを必ずしも一緒にする必要はない。そのファイルがかつてゴミ捨て場の山から掘り起こされた物であるのなら、同じ山にあったオイルランプと制服の上着の隣が、そもそもあるべき場所なのかもしれない。そこには独自の論理があった。

作業台の奥の壁に貼られた大きな島の地図の上という定位置に鎌が掛かっているのを見たイェンスは、コーステッドの北東に突き出し、小さな湾を成す土地を思い出した。地図はそのとき箱に隠れていたが、そこにあるとイェンスは知っていた。その地図は大切なものだった。暗闇のなかでも北岸だけは見えた。

地図が物で埋もれる以前、イェンスは父親と同じ物を見るのに長い時間を費やした。当時、島は彼の目には巨大に映った。ふたりは島が人間に似ていることに気づいた。コーステッドが心臓で、ゴミ捨て場がお尻。葉っぱが鬱蒼と茂る木が頭だとしたら、その頭から髪がぼうぼうに生えている、顔には髭もぼうぼうだ、と言い合って楽しんだ。しかし海岸のある部分――頭のてっぺんは禿《は》げていた。島は変わりつつある物体であり、人々はその物体を変えることができた。野人へと。

しかし人間自身が大きくなるにつれ世界が小さくなるのなら、〈頭《ホーエド》〉の外のイェンスの世界は次第に小さくなるはずだがそうではなかった。大人になっても彼はそのことを理解できず、ますます奇妙に感じ、やがて新参者がやって来ると、ほかの種類の店や事業や機械が登場してきて、彼の存在を乗っ取り、彼の体に憑依《ひょうい》しかねない未知の脅威と化した。

何かを変えよう、〈頭《ホーエド》〉に変化を起こさなくては、と人々が彼に告げにやって来るようになった。物が糞《くそ》みたいに積み重ねられているじゃないか。彼のまわりには物がありすぎる。がらくたをちゃんと処理する気はあるのか？

そう問い詰めては、決まってやつらは笑った。それは考えうるなかでほぼ最悪のことだった。

ある日、気づくと、作業場のなかにふたりの女性が立っていて、許されぬ混沌のなかを生きる彼を神が救ってくださる希望がまだ残っていると告げた。イェンスが神を父として愛するなら、神は片をつけてくれるだろう。

イェンスに何も言えることはなかったが、彼女たちをじっと見つめ、熊手で脅した。

立ち去るとき、彼女たちの笑顔はすっかり消えていた。

イェンスには彼女たち以外は見えなかった。目の前を見つめたが、混沌としたものも、糞みたいなものも、見えなかった。彼の目に映っていたのは、果てしない全体像だった。彼女たちはその像から何かを取り去って台なしにした。

彼女たちは彼が収集するものすべてにふさわしい場所や価値、必然性があるということを理解していなかった。古い陶器の花瓶を包むのに役立つ黄ばんだ新聞には、新聞をまったく読まない彼にも、いつか必要になるであろう情報が含まれているかもしれないのだ。古ぼけたハーネスを見ていると、かつてコーステッドまで馬車で行ったことを思い出した。懐中電灯は直せば使えた。電池なら山ほどある。なかには使えるものもあるだろう。カセットテープはちゃんと再生できた！ ラジオ機器店のパレットから直接盗《と》ってきたものので、ビニール包装され、紐《ひも》でぐるぐる巻きにされていて、間違いなく何かに使えそうだった。緊急時に備え、缶詰を置いておくのはよいことだ。それでも彼が賞味期限を信じることはなかった。熊手は彼の父親のものだったが、完璧にその役割を果たした。祖父の縁なし帽がずれ落ちてしまうようなら、縁の広い帽子をかぶることもできる。燭台《しょくだい》は左右均整がとれ美しく、磨きさえすればよかった。傘は常に必要になるもので、それゆえ持てあますことはないし、折れてもまた使えるように修理できる。使い捨てのナイフやフォークをごっそり捨ててしまう人がいるのは、彼には理解できないことだった。一度しか使えないものなんて、この世にあるわけがない。彼は何もかもを洗って、しまいこみかねなかった。雪対策に道に撒《ま》くのに農家が納屋に置いていた塩も、彼なら盗ってきて、使い道を見つけられるだろう。道にまき散らすよりはましな使い道を。

イェンスは他人に価値がわからないようなこれらの物を保管する責任を感じていた。そして彼はひとつひとつの物に歓《よろこ》びを——心理的結びつきを感じていた。この絆は、彼にとって刺激的なものだった。そしてその絆を他人の手で絶たれそうになるのは、くたびれるし、恐怖に満ちたことでもあった。ほかの人のために——一回目は自分の母親のために、次に妻のために——物をいくつか処分しようとしたときも、失敗に終わった。

できなかったのだ。彼はずたぼろになった。彼の母には理解不能だった。彼の愛するマリアも理解はできなかったが、ありのままの彼を受け入れ、変えられないと理解してくれた。彼の父は何もかもお見通しだった。時が経つにつれ、まったくもって特別な恐怖がイェンスを苦しめはじめた。大切なものを不注意にも捨ててしまうのではないかという恐怖。何か別の物のなかにある、何かまた別の物の下にある、さらに何か別の物にまぎれた何かを。片づけろとも捨てろとも言われなくなったことで、恐怖が増した。物や想像は夢のシナリオに滑りこんできて、彼はオレンジの皮を捨ててしまう悪夢や、見落としてしまうほど小さなかけがえのない命を——オレンジの皮に隠れる小さな鳥、または雛《ひな》を見落とす悪夢を見た。

いいや、いらない物など、ひとつもない。彼の元を去っていったものが舞い戻ることはない。そのため、彼が手放すものは何ひとつなかった。

代わりに、常に何か追加される物があった。長いあいだ、彼自身が集めてきた物が。そのうち彼の娘が食べ物や生活必需品を仕入れに本島に行ったときに持ち帰ってきた物も加わった。彼はできれば娘と一緒にいたかったため、娘から目を離さないようにしてはいたが、結局娘は帰ってくると信じざるをえない状況になった。

実際、彼女は戻ってきた。ふたりには断ち切れない絆があった。リウは父を理解していた。父からは離れられないとも。

作業台には砂時計が置いてあった。あるときシーラス・ホーダーと彼の息子は、納屋で見つけたその砂時計を作業場に持ち帰り、秒数や息継ぎの回数を数え、静かに流れる時を見つめた。砂時計を何度もひっくり返すと、ガラスのなかの細い道を砂が通り抜けた。何十年も埃や阻《はば》まれた未来の記憶に埋もれていた美しい砂と暗い色の木と薄いガラスが、砂時計の穴に引っかかっている。

止まった砂時計を見つめるリウをイェンスは見つめた。リウは自分がその砂時計に触れてはならないとわかっていた。彼女は一度、砂をほぐしては駄目かと聞いたことがあった。彼女は砂が落ちるのをどうしようもなく見たかったのだ。

でもリウでさえ、時を動かすのは許されなかった。

十二月

その女の人が家に住みだしてどれほど経つか、正確なところはわからない。丸一カ月は経ったかな？　何にせよ、ハート形のクリスマス・オーナメントの折り方や、マリアとイエスが出てくる（私はうっかりマリアとイェンス、って呼びそうになったけど）クリスマスソングを教えてもらった記憶があるから、たしかクリスマス前のはずだ。私はイエスのお父さんのことはまだよくわからないけど、納屋で生まれたっていうのはちょっと好きだった。夜に。

お母さんにカールと私はいつ生まれたのって聞いたら、午後よという答えが返ってきた。女の人がひとりお産を手伝ってくれたことや、すごく痛かったことを教えてもらえた。私はお母さんが暗くなるまで待ってくれたらよかったのにと思ったけれど、何にせよ、カールと一緒でよかった。そのときも。私はひとりでいるのが好きじゃない。

でもひょっとしたら、だからこそ私はカールと自分が描かれた絵を見るのが好きなのかもしれない。ベッドの上の釘《くぎ》に掛かった絵を。描いたのはお父さんだ。お父さんは毎年、忍冬《スイカズラ》の花が咲くころ、私たちを絵にしてくれた。絵のなかの私たちの表情を見れば、私たちがどう変わったか、変わりはしても面影《おもかげ》は残っているのがはっきりわかった。新しい絵は古い絵の上に貼られ、めくると赤ちゃんのころの絵までさかのぼって見ることができた。私はモデルをするのが好きだった。座っているあいだ、お父さんをじっと見つめ、どんどん伸びる髪と髭を観察することができるからだ。

お父さんは以前、お母さんのことも描いていた。その絵は小さくてきれいな写真立てに入れて、作業場の壁に掛けられていた。私はお母さんの絵をほかに見たことがなかった。ほかにきれいな女の人が描かれたきれいな絵を見たこともなかったけど。

女の人が作業場の裏の部屋に移り住んできたとき、まるで家全体がその人に占領されたみたいだった。カールもそう感じたみたいだったけど、はじめはカールも私も楽観的で、どんな危険なことが起きるかについては、あんまり考えていなかった。その人がその日の午前中ベッドルームに入ってきて私のベッドのそばに腰を下ろしたけど、一家しかいないここで、こんなふうに外部の人と話したのははじめてだった。不思議なことにあんまり怖くなかった。そう、そもそもお母さんは納屋の裏手にいたし、お父さんはクリスマスツリーのそばにいたので、私が怖くて大声を上げても声は届きそうになかった。

でも女の人は危険人物には見えなかった。女の人だし。笑って、ベッドの隅っこの空いたスペースに座って、「おや、リウ。何をしているの？」と言った。

おかしな質問だと思った。だって私がベッドに座って絵を見ているのが、その人にも見えるはずだったから。

私は答えずに指差した。カールと私の絵を。

その女性は私たちのことを見ていた。ずっと。それから立ち上がると、絵のほうに来て、私たちの絵を赤ちゃんのころまでさかのぼって見た。彼女は私に背を向けていた。

「似てるでしょ？」

私が言うと、その人はうなずいた。

「お父さんが描いてくれたの」

さらに私が言うと、その人はもう一度うなずいた。

私はそのときにはもう絵を見ていなかった。私はその女の人を――赤ちゃんのころのカールと私を見つめる、そのときはまだおばあちゃんだと判明していなかった女の人を見つめた。そして私はその人に事故のことを話すべきか考えた。

「私の双子の片割れに、あることが起きたの」

私はようやく口を開いた。女の人はもう一度うなずいた。ひょっとしたらカールに何が起きたのか、知っているのかもしれない。

女の人はついに振り返り、私のほうを見た。ほほ笑みながら、

「パンケーキは好きかい？」と聞いてきた。

私は何と答えていいかわからなかった。パンケーキが何かも知らなかった。私はその人と同じことをした。つまり、うなずいたのだ。

少しして私は、自分がパンケーキを大好きなのだと知った。女の人はパンケーキに砂糖を振りかけ、ソーセージを巻いて渡してきた。次の一枚を焼きながら。

私はかぶりついたけど、ソーセージを手で押さえるのを忘れ、端からこぼれた砂糖が床に落ちる音と、女の人が何か言う声が聞こえた。でも別にいいやと思った。だってそれまで味わったなかで最高のひと口だったから。

それから女の人はそれを拭き取ると、私の頭をなで、さらに砂糖をたっぷり載せたパンケーキを渡してきた。四枚目を食べ終わるころには、床は砂糖だらけだった。女の人が、大丈夫、大丈夫と言った。私たちは声を合わせて笑った。

そこへお母さんがやって来た。

すごく奇妙だったのは、ふたりが何もしゃべらないところだった。ひたすら見つめ合い、しばらくするとお母さんのほうが踵《きびす》を返し、行ってしまった。納屋に行ったんだと私は思った。はじめ、お母さんについて行くべきなのか、砂糖まみれの床にそのまま座っているべきなのか、わからなかった。でもそのとき女の人がしゃべりはじめたので、私は座りつづけることにな

った。

「リウ、あんたには遊ぶ友だちがいるのかい？」

私はうなずいた。私にはカールや動物たちがいた。女の人が見つめてきたけれど、私は何も言わなかった。だって、ちゃんとうなずいていたから。

「ほかの子と会うこともあるのかって聞いているんだよ」女の人はさらに新しいパンケーキを渡してきた。

「砂糖をこぼさないようにね、私の友だち」

私はふたたびうなずくと、丸めたパンケーキに手を伸ばした。

「うん。カールと会ってるよ」

注意していたはずの女の人自身が砂糖をぼろぼろこぼしはじめた。気を取り直すまで少し時間がかかった。

私たちのいたキッチンにカールがやって来たのはそのときだった。彼は女の人を見つめた。そのときになってはじめて、私はカールがその人に怯えているのに気づいた。女の人の目つきはひどく奇妙だった。髪も。すごく白かった。

しばらくのあいだ、女の人は毎朝起きると、私たちにパンケーキを作ってくれた。持ってきた箱に入れてきた材料で。やがてそれらが尽きると、私は玄関ホールに置いてあった貯蔵袋から小麦粉や、鶏が産んだ卵、牛から搾った乳を取ってくるのを手伝った。こうしてパンケーキは私のおかげでさらにおいしくなった。

お父さんは食べ物も言葉もあまり口にしなかった。お母さんは食べ物はかなり口にするけど、言葉はあまりだった。私は食べられるだけ食べた。

お父さんとお母さんにはあれこれやらなくちゃいけないことがあったので、私たちはある程度の時間を一緒に過ごすようになった。私はもしかしたらその女の人をちょっぴり避けていたかもしれないけど。お父さんはクリスマスツリーを切り倒し、車で本島に運ぶといったいろんな用事で忙しいのに加えて、クリスマスプレゼントを作らなくてはならなかった。同じ理由から、クリスマスイブの前の数日間、作業場に来るのを禁止されてしまった。お母さんもベッドルームでこそこそ何かやりはじめた。

私はふたりが何をしているのか全然見当がつかなかった。前の年のクリスマスプレゼントは人形劇用の操り人形とウサギの革の手袋だった。

リビングではお父さんがかなり前から床の上に広がっていた物を天井に届くほど積み上げて整理していたので、以前に比べれば動き回れる場所はあった。私は緑色の肘掛け椅子に座り、あたりを見回すのが好きだった。お父さんが作ったのは冒険の洞窟《どうくつ》。窓からあふれだすほど物が増えるにつれ、部屋は次第に暗くなっていった。

私が特に見るのが好きなのは、ストーブの上に紐でぶら下げられたヴァイオリンを見ることだった。ストーブをつけるとヴァイオリンが風見鶏みたいに向きを変えるのだった。裁縫用の人台と雑誌の山の向こうのソファから、フクロウの剝製が私を見据えていた。私はそのフクロウが大好きだった。私は夜、外でフクロウみたいに息を潜める練習をした。白状すると、剝製のフクロウが死んでいると気づくまで少しかかった。森で見たのとまったく同じような姿だったのにな。

私は島で見つけた物をそのうちすべて集めるようになるんじゃないかって時々考えたけど、それでも家に持ち帰った物を置くスペースはいつでもあった。お父さんはたとえば、女の人が来る前日、クリスマスツリーと引き替えに、ピアノを持ち帰ってきた。鍵盤はなかったし、ペダルも取れていたけれど、問題ないとお父さんは言っていた。お父さんはスーツケースをいくつか移動させて、リビングの床にピアノの置き場所を作った。それからピアノの上に大きなラジオを三つと、以前そのピアノを弾いていた男の人の石像を置いた。

私は少し考えこんでしまった。石像は首から上だけで、腕も足もなかったから。

残念なことに、その女の人がそこら中にたくさん物があることを、まったく気にかけていないのではないかというのははっきりとしていた。女の人はリビングに足を踏み入れるや、いびきとほぼ同じぐらいの大きさの咳をし、数年間で起きた恐ろしい出来事について、ぶつぶつと何だかよくわからないことを、しょっちゅうつぶやいていた。

女の人は歩いては物に突っこんでいった。ある日なんかキッチンのドアの前に置いてあった蓄音機に足の親指をぶつけ、悲鳴を上げた。私の記憶では、それはずっとそこにあったのだけれど、女の人はそんなはずないと言い張った。バスルームの棚にぶつかったとき、頭の上からツナ缶が丸々一ケース落ちてきたとき、女の人が上げた叫び声ほど大きな声を聞いたことはなかった。何が起きたか見に、お父さんが作業場から走ってきた。お父さんはドアのところに立ち、女の人を無言で見つめていた。女の人は頭をぶんぶんさせながら、シンクに寄りかかりお父さんを見つめていたのを、私ははっきり覚えている。それからお父さんはふたたび行ってしまった。頭が無事なのを確かめてから。

数日後、女の人はどこかに置いたはずだと言って探していたクリスマスの飾りが入った段ボール箱を探すのをやめた。そこであり合わせのもので飾りを作ることになった。クリスマスのハート形のオーナメントは、洗濯室で見つけた菓子パンの茶色い包み紙を折って作った。すごくうまくできたけど、女の人がどうしてほかの色で作ったほうがいいと言ったのかはわからなかった。茶色ってきれいなのに！　本物の心臓もかなり茶色い。

女の人は本島からクリスマスプレゼントを持ってきたと言い、私は女の人の鞄からのぞいていたそれは、小さなラジオかボードゲームだろうと考えた。私はラジオの電池に特に興味があった。トラのイラストが描いてあって、なめると舌がぴりぴりする大きな電池。すごくつるつるした紙で丁寧に包まれていた。私はよく観察して、できるだけ同じように包装しようとしたけど、テープで留めるのはあまり得意じゃなかった。

お父さんがツリーを持ってきてリビングにぶら下げるのを見て、私はそれまで見たなかでいちばん素敵なツリーだと思った。カールも同意見だった。私が自転車の車輪のスポークで作った星は、天井の梁《はり》の下で薄暗くも美しい光を放っていた。葉っぱのいちばん下から床までは少なくとも一メートルはあったので、充分その下にプレゼントを置けそうだった。

クリスマスイブまであと何日かあったそのとき、私はまだ女の人が自分のおばあちゃんだとは思いもしなかった。おばあちゃんが私たちの——ううん、おばあちゃん自身の車輪のついた棺を一度も目にすることがなかったのは、ちょっぴりかわいそうだった。私は時々、朝早くキッチンにいる女の人のところに行き、座る場所を探してみた。私はもう彼女のことを恐れてはいなかったけれど、カールはまだ少し怯えていた。私は女の人と話したり、髪をなでてもらったりするのが好きだった。それにいい香りがした。

本人がそばにいない隙にじっくりと荷物のなかを調べると、本当に素敵な物が入っていた。荷物には顔や靴に塗るものや、見たこともないような服が入っていた。紫のストッキングや薄茶色の革靴。そんなきれいな靴があるなんて知らなかった。

女の人からいつもその日何をしたのかちょっと話すように言われると、私は覚えていることを話した。うーんと、弓に使う矢を何本か作り足したり、山と積まれた物をごそごそ調べたり、動物の世話をしたっけ、と。ある朝、どうしてそんなに眠そうなのと聞かれた私は、ヤギ狩りをしていたからだと話した。本当はそんなことを言うつもりはまったくなかったのに。お父さんと夜、何をしているか言わないと約束していたから。軽トラックについては、念には念を入れ、エンジン音が聞こえないように砂利道に停めてあった。

「あんたたち、夜中によく出かけているのかい？……寝ないで？」

女の人が聞いてきた。ひどく怪訝《けげん》そうな目をしていた。カールが私にぶつかってきて、一緒に外に出ようと合図した。でも私は立ち上がらなかった。

そして今、自分は嘘をついたほうがいいのかな、とじっくり考えた。

「出かけているのはカールよ」私はようやくそう言った。

私は女の人から本島の話を聞くのが好きだった。その人の住んでいた町はすごく大きいのだと言う。本島には〈頭《ホーエド》〉のおかしくなっちゃうぐらいたくさん、私たちのものよりも間違いなくたくさん、ものがあるんだろうなと考えた。それに女の人は本島には一緒に遊べる子どもがいるとも言っていた。みんな読み書きや計算を習う「学校」ってところに行っているとも。

それから私は女の人のためにABCの歌を歌った。最後はØ。デンマーク語のアルファベットは全部で二十八文字。

「すごいじゃないか。けどÅが抜けているよ」

そう言われて、私はひどく苛立たしく思った。

「二十七文字しかない」その人は続けた。「それにØのところ、韻《いん》が踏めていないよ」

さらに私はむかむかしてしまった。お母さんだったら私が嫌そうにしたら話を終えてくれるのに。お母さんは私がÅもあると知ってるってわかっていた。その女の人は私が読み書きできるってことを知らないんじゃないかな。

その人の舌はまだ休まらなかった。

「Åはなくちゃいけない文字なんだよ。もしもその文字がなかったら、どうやってÅって書くんだい？」

「Aを二回重ねればいいじゃない」

私は口に出さず、そう考えた。

「私が暮らしていた町には、素敵な川が流れていたんだ」

女の人はそうも言っていた。Åって文字の話をしていたはずが、いつの間にか川（Å）に話をすり替えるなんて、何て人なんだろう。

「私は川（Å）よりも、島（Ø）のほうが好き」

私はようやくそう言った。

「ああ、そうかい」

女の人は少し間を置いた。私はまだ自分がその人のことを好きかどうか、自分の心の内を探っていた。

「リウや。あんたのお父さんとお母さんは、あんたをもうじき学校にやろうって話はしていなかったのかい？　コーステッドに」

コーステッドに学校があるのは知っていた。車で通るとき、塀の向こうの校庭で子どもが遊んでいるのを何度か見かけたことがあった。いつも誰かが奇声を上げて、大人から叱られていた。それに短剣を持って歩いている人はひとりもいなかった。校庭には何もなかった。あったのはアスファルトと白い線だけ。

お父さんはそこが好きじゃないと言っていた。

私はそこに行くべきかどうか、ちっともわからなかった。

「読み書きはお母さんから教わっているから」と私は言った。「それにお父さんがある物を別の物に変えたり、こん棒や重しや矢や自家製ハムのプレス器を作ったりするやり方とか、罠を仕掛けてウサギの皮を剝ぐのを教えてくれるから。暗いから死んでも痛くないんだよ。それに私、家の人を起こさずに物を持ってくる遊びもよく知ってるんだ。短剣も持ってるよ。それでも遊べるし」

女の人が例の目でまたこっちを見てきた。しゃべりすぎちゃったかなと私は不安になった。うかつだったかも。私はしゃべりすぎないよう気をつけるのに全然慣れていなかった。そんなのすごく疲れる。

「学校に行くのはためになることなんだよ」と女の人は言った。「けど短剣は家に置いていきな」

今度は私がじっと見る番だった。カールがお父さんを呼びに走った。私は何て言うべきかわからなかった。今度は向こうの口が止まらなくなった。

「リウ、〈頭《ホーエド》〉はゴミや埃だらけで汚いから、あんたが住むのはよくないと思うよ。トラブルに巻きこまれるか、病気になりかねない……少しここから離れたほうがいい。あんたのお父さんと話さなくちゃね」

「お父さんといったいどこで知り合ったの？」私は気づくと、そう尋ねていた。女の人を怪《あや》しく思いはじめていたのだ。カールはずっと彼女のことをどこか胡散《うさん》くさいと言っていたけど、ひょっとしたらそのとおりなのかもしれない。彼女は少したじろいだ。

「あんたのお父さんは私の息子さ。私は、あんたのばあさんなんだよ」

頭にちっとも入っていかなかった。いつの間にかカールはいなくなっていた。

「あんたの父親に木でそういう素敵な物を作るのを教えたのは私の夫――あんたのじいさんのシーラスさ。それにあんたのお父さんがいつもかぶっている帽子は……私の父さんの形見だよ」

そのとき、パンケーキから煙が上がった。

「……それにカールのことも話さなくちゃね」女の人は急いでフライパンを火から下ろしながら言った。

「でもカールはここにいないよ」と私は言い、お父さんとカールがもうじき戻ってきますようにと願った。

「ああ、知ってるよ」と女の人は言った。「だがあんたはどこにいるか知っているんだろう？」

その晩、三人がリビングで話をしているのを、私はドアの向こうから聞き耳を立てていた。三人とも全員何かしら発言していた。お母さんまでも。途中、お父さんが怒鳴りはじめた。私はそれまでお父さんがそんなふうに怒鳴るのを聞いたことがなかった。そして次の朝、お父さんの髪が白くなりはじめた。

あと二日でクリスマスイブなのに、三人はすごくヘンになった。

大したことは誰も言わなかった。それぞれ頭のなかで考えていたんだと思う。私も考えていた。おばあちゃんから言われた、私を本島に連れていくって話について。本島の学校に行けば、ほかの子どもたちに会えるってこと。役所の人やお医者さんがここへ来るべきだってこと。おばあちゃんが注文したっていう中古のコンテナについて。家をうんときれいにして、なかのものを全部コンテナに移すとおばあちゃんが言っていたのを、はっきり覚えている。お父さんが激怒したのも無理はない。お父さんは「よくきれいにする《ムーエス》」を「糞をきれいにする《ムーエス》」だと思ったんだろう。お父さんはいつも動物の糞を根こそぎ拾って、肥やしになるよう畑に撒いていたから。

私はおばあちゃんにプレゼントを見つけた。タバコのいいにおいがする小さな箱。小物を入れるのに使えるんじゃないかって私は考えた（でも結局、手元に置いたまま渡さずじまいになってしまった）。お母さんには蝶についての本を見つけた。お父さんには、お父さんのためにためておいた樹脂の缶を、そっくりそのままあげることにした。それと赤みを帯びた黄色のとびきりきれいな塊をあげなくちゃ。なかには死んだカブトムシが入っている。お父さんがその塊をちゃんと長いあいだ保存しておいてくれれば、ポケットにいつも入れているやつか、大工用のベンチの小さな穴に入れていたやつみたいに、琥珀色になるかもしれない。あのアリが入っていたやつ。数百万年と言われても私はそんなに大きな数を数えたことがなかったけど、かなり前の話だというのはわかった。カブトムシは救いだせそうになかった。やってみたけど、どうしようもないほど固まってしまっていた。そこで私は慎重にカブトムシの頭を叩いた。

おばあちゃんが来るまで、どうしてクリスマスを祝うのかなんて考えたことはなかった。単に楽しいからかと思っていた。お母さんとお父さんから説明されたことはなかったし、どうしてか聞いたこともなかった。私はおばあちゃんと話していて、イエスという名前の男の人とクリスマスツリーと自転車のスポークで作った私のお星様と私たちのガチョウと魚屋さんの庭にある小人の置物はつながっているんだと気がついたのだった。正確にどうつながっているのかまでは、ちゃんとわかってはいなかったけど。

コンテナが何かってことも、ある日突然それが家に来たときまで知らなかった。それは年が明けてすぐのことだった。コンテナを荷台に載せた巨大なトラックがやって来た。砂利道を通ってくるとき、ガタガタとやかましい音がした。私は何か確かめようと、小屋の後ろのポンプから飛んでいった。作業場のすぐ裏で、コンテナがトラックから降ろされた。それは縦長の台形型のメタルブルーのコンテナだった。二重扉が三ついていた。

「エルセ・ホーダーさんからのご依頼です」

男の人がお父さんに言う声が聞こえた。私たちがそのエルセ・ホーダーという人を殺したとは夢にも思っていなかっただろう。そうしてコンテナを降ろし、行ってしまった。男の人はハンドルを片方の手で握りながら、もう一方の手を私に向かって振った。知らない人の目に触れたのは久しぶりだった。そしてそれが最後になった。

リウへ

あなたが死んだと通報したのが、正しいことだったのかはわからない。でもね、お母さんたちは怖かったの。あなたを失うのが。私たちがあなたのおばあちゃんにしたのは、おぞましいことだった。でもあの人が私たちにしようとしていたことは、それに輪をかけて、おぞましいことだったの。

ああするしかなかったのよ！

ほかに選択肢はなかったんだって、思うことにしたの。

愛をこめて、あなたの母より

殺し

イェンス・ホーダーはひょっとしたら心の奥では、彼の母が最善を願ってくれていたのだと、彼女の提案は思いやりと愛情のあらわれなのだとわかっていたのかもしれない。ひょっとしたら、彼は母親に心配される理由があるということも知っていたのかもしれない。なのに彼は母からの提案を、脅しとしか受け取れなかった。どうにもならないような、さらなる惨劇を示唆する厳しい警告としか。

その夜、ベッドで彼と寝ていたマリアは涙した。彼の母がふたりの家庭を脅《おびや》かしたとき以来、マリアがそれほどまでさめざめと泣くのを見たことはなかった。あの出来事以来。

「お義母さんをこの家から出ていかせてよ」

愛するマリアはすすり泣いた。彼女に宿っていた命は刻々と成長していた。さらにもうひとつの命。もうひとつの命は、廊下を挟んだ向こうの小部屋で、天使のように眠っていた。お腹に短剣を載せて。ひとり。

その瞬間、イェンスのなかで何かがぷつりと切れた。他人との最後の絆が。臍《へそ》の緒の影が。

暗闇のなかで、彼はマリアの手をつかんだ。

「わかったよ。追い出すよ」暗闇を見上げながら、彼はささやいた。「遠くへ追いだしてやる！　やるべきことは、それだけだ」

いなくても構わないのは、ひとりだけだった。

「クリスマスイブまでにやるよ」

イェンスの妻はイェンスが何とささやいていたのか聞いていた。彼が言っているのがどういうことかもよくわかった。そして阻止すべきだとわかっていた。でもできなかった。

イェンスはベッドから起き上がると、マリアのほうへ身を乗りだし、額にキスをすると、服を着た。そして消えた。

ほどなくして彼女は彼が作業場で何やらはじめる音を耳にした。

＊

いつもなら、すでに眠っているはずのエルセ・ホーダーは、その夜、白い部屋のなかで物音を聞いた。

彼女はイェンスがクリスマスプレゼントを完成させるために遅くまで起きているのだと思ったが、そうだとしても、こんな夜中にごそごそやるのは妙だ。いずれにせよ、下の息子に驚かされることは、じきになくなりそうだった。彼とその小さな家族は、物があふれかえった病んだ世界で生きているようだった。エルセは隔絶された人のことを知っていたし、隔絶されることで人の心がどう蝕《むしば》まれるのかも知っていたが、今回のこれは……本当に病んでいた。

どんなにそれが彼女の心を切り裂こうとも、彼女は自身の孫娘リウが彼女と同じ運命に引きずりこまれようとしているのから救いださなくてはならないことに、もはや疑いを抱いてはいなかった。あの子は明らかに何年も医者にかかっていなかった。両親が「医者やその手のものは好かない」のだそうだ。それにリウは本島の子と遊んだこともなければ、ともすれば口をきいたことすらないのではないか、とエルセには思えてきた。マリアには明らかに学問的才能があったが、家で教えるだけでは、学校に行くのに匹敵するだけの成果は上げられなかった。リウは外に出て、ほかの人に――みずからの命を脅かすほど食べまくる人や、住まいをゴミ捨て場に変えてしまうような人間ではない誰かに会わなくてはならなかった。貧しい少女の生活に、正常なことはひとつもなかった。

そしてエルセの心配の種は、夜の外出だった。カールはまったく無関係だった。実際、それは悲しい犯罪行為だった。だから彼女はその不幸を彼らが闇に葬らないよう目を光らせ、過去をすべて掘り返さなくてはならなかった。まず必要なのは、掘り返すことだった。

いずれにしろ、何か行動しなければならなかった。

そして今、エルセは使われていないコンテナを――売れないまま年を越そうとしていた中古のコンテナを予約し、代金を払った。イェンスは疑ってはいなかった。彼はその日、郵便局で彼女を降ろし、しばらくしてから約束どおり、彼女を迎えにくることになっていた。郵便局のおばさんの助けでコンテナを所有している会社を見つけ、郵便局の電話ボックスから電話をし、すぐに小切手を送った。若干高くついたが、必要経費とエルセは考えた。彼女の変わらず献身的な従妹は予期せぬ余分な出費があるかもしれないと言って、口座にお金を振り込んでくれていた。従妹がコンテナを見れば、余分な出費があったとわかるだろう。

エルセは従妹をつかまえられなかっただけで心配になった。話そうと約束していた時間に、彼女は電話を取らなかった。

彼女に何も起きていなければいいのだが。エルセはイェンスに黙ってコンテナを予約したことが心苦しかった。それが暴力的なまでの干渉であると知っていたからだ。でも最初、コンテナを見たとき、片づけをし、家に少し風穴を開けるチャンスだと思った。ひょっとしたら実際それは、息子をこの混沌から救い出す唯一の方法かもしれなかった。これを逃したら、マリアは二度とチャンスをつかめないだろう。

エルセはできる限り居座り、手伝おうとしたが、許しを得られるとはあまり期待していなかった。彼女がいても邪魔になるだけかもしれない。

しかしリウは助けを必要としていた！　彼女は新年を迎える前に役所に連絡を取ることにした。とはいえ、お役人だってとりあえずクリスマスのお休みは満喫しているだろう。

彼女がようやく悩みから解放され、眠りについたとき、隣の作業場にはまだのこぎりとトンカチの音が響いていた。

クリスマスイブの前の晩、一同は黙って食事をした。エルセは明日、買い物の途中で食事をしようと訴えたが、イェンスは歯を食いしばっていて、うなずく以外に答えられなかったので、自分で自分に許可を出したようなものだった。

息子は一日、エルセと視線を合わせなかった。イェンスはモーニングコーヒーを取りにきたあと、彼女から距離をとっていた。マリアも同じだった。彼女は自分の殻に閉じこもり、一階に下りてきたときにおはようと言う以外にろくに口をきかなかった。彼女の赤い吊り上がった目は、つらい夜を物語っていた。昼間、エルセはマリアが家のなかを歩き回るのを聞き、家畜小屋のまわりをうろうろするのを見たが、彼女がキッチンに足を踏み入れることは決してなかった。それで助かったが。狭いスペースにふたりでいるのは、ほとんど不可能だったからだ。リウもやって来て、また行ってしまった。どこにいたらいいかわからないようだった。一瞬、エルセは彼女が弓を背負い、森に消えていくのを見た。彼女がふたたびあらわれたのは、何時間も経ってからだった。

それを見たエルセは、自分が同じキッチンに立ち、同じ木々のあいだに消えていく息子を見たときのことを思い出した。そのころ、先に家に帰ってくるのは、決まってモーエンスだった。そしてたいていいくつか新たなアイディアを頭に思い浮かべながら、作業場に何かしにいくのだった。イェンスは彼女が心配になるぐらい長時間いなくなることがあった。ようやく家に帰ってきた彼に何をしていたのか尋ねると、木と一緒にいたんだ、とだけ答えるのだった。シーラスは彼のことを心配したことは一度もなかった。

そうだ、ミートローフだ。イェンスは子どものころ、母親のミートローフが大好物だった。そして今、彼女はイェンスが食事を通して彼女の好意に気づいてくれるのではないかというかすかな希望を抱いていた。

しかしイェンスは母親の好意を感じても、感じていないふりをした。食べるには食べたが、明らかにみずから望んで、というより、空腹、または無意識からだった。ミートローフが出されたのに気づいたかも定かではなかった。なぜなら彼はほぼずっとテーブルばかり見ていて、食べているあいだもミートローフは見ずに、ただフォークを動かすばかりだったからだ。その姿は急に老《ふ》けて見えた。

テーブルの上のワインに興味を持つ人はいなかった。

マリアも食べたが、いつものように言葉はなく、リウがそのミンチ肉にいぶかしげにフォークを刺し、みじん切りにされたにんじんとネギとタマネギを皿の上にこんもりと分け、肉の一部をテーブルクロスに落とすのを完全に見て見ぬふりをしていた。ふだんなら、マリアはリウがテーブルマナーを守らなかった瞬間を見逃さなかった。

エルセはリウを叱らなくてはならなかったが、叱責が食事中の唯一の言葉になるのもと思い、放っておくことにした。

「明日が楽しみ、リウ?」

代わりに、彼女は孫にそう尋ねた。

リウは彼女の皿の上に広がろうとしていた混沌から視線を上げた。彼女はうなずき、クリスマスを楽しみにする子どものようにちょっとほほ笑んだ。

「ああ、一瞬でも平穏を与えたもうた神に感謝します」とエルセは思い、笑顔を返した。

エルセが片づけをして、洗濯をすると言ったとき、反抗心からのようには聞こえなかった。彼女がそうするのは、ごくごく当然のことに思えた。数秒のあいだに、イェンスとマリアはそれぞれ作業場とベッドルームへ引き揚げ、リウはリビングで遊んでいた。エルセは子どもがそこでひとりおしゃべりしているのを聞いた。エルセ自身は、自室に戻る前、ダイニングテーブルでグラスワインを呑んだ。

エルセは皿洗いを引き受けたものの、キッチンを掃除し片づけるのは不可能だった。暗闇が広がっていく。

彼女は泣きだしてしまった。

外ではフクロウが鳴いていた。

＊

イェンスが娘に暗闇は痛みを奪うと説明したのは、嘘をつこうと思ったわけではなかった。熱い抱擁のごとく包みこむ暗闇に、彼は安らぎを覚えた。思い出の場所である棺のなかで、父の腕を、首元にかかる父のあたたかな息を、鉋をかけたばかりの木の香りを感じていた。理解、信頼、安心感。

暗闇に包まれた夫婦のベッドルームのどこに何があるかを、イェンスは正確に把握していた。マリアを起こしたくなかったので、イェンスはベッドからそっと出ると、ライトをつけず、本にぶつからずに、またミシンや空の水槽や、ベッドからドアまであふれかえる箱をひとつも倒さず、廊下を抜け、階段を下り、玄関ホールを横切り、正面玄関のドアから物音ひとつ立てずそっと出た。

斜め向かいの作業場では、未明の暗闇に長い影が落ちていた。建物の端は彼の母親が寝ている白い部屋だった。時が経つにつれ、白い部屋という名に実体が伴わなくなっていたが、そのことを彼が考えたことは一度もなかった。

森から吹く冷たい風が、今年はホワイト・クリスマスになりますよと知らせるように、小さな雪片を運んできた。イェンスは風で飛ばされて部屋のドアの隙間から入ってきた小さな枝を踏んでしまい、わずかに驚き、息を呑んだ。彼は地面のその場所に何かあることに慣れていなかった。彼は脇に枕を挟んでいて、それで母親を窒息させようと目論んでいた。

ドアの鍵は掛かっていなかった。エルセとシーラスは〈頭《ホーエド》〉でドアに鍵を掛けたことは一度もなかった。イェンスは一瞬、島のドアに鍵が掛けられたことがあるのだろうかと考えた。島の家はほぼどこも、いつ空き巣に入られてもおかしくないのだ。彼はというと、いつも鍵を掛けていた。

ベッドからものすごいいびきが聞こえた。安らぎと嫌悪を一度に与える、イェンスにとってなじみのあるいびき。そのいびきは一種の判断基準として、母親が深く眠っている証明という意味でも、参考になった。

彼は慎重に部屋に足を踏み入れ、ドアをカチャリと閉めた。暗闇に目が慣れるまでの数分間、まったく物音を立てず、いびきと静寂に耳を傾けた。ゆっくりとあらわれる輪郭。そのなかには、ベッドの向こう側で音もなく立ち上がった、彼の娘の輪郭もあった。

「リウ?」と彼はささやいた。「何をしているんだ?」

リウは足音を忍ばせ、父親のほうへ歩み寄った。父は娘の前でひざまずき、目の高さを合わせた。

「ゲームの練習をしているの」リウは熱っぽくささやいた。それからエルセの鞄のなかをのぞいて言った。

「本当にいっぱい入ってるね!」

それからリウは父親の膝に手を置いた。

「お父さん、何してるの?」彼女は枕をしげしげと見つめた。「ここで寝るの?」

「いや……」イェンスはたじろいだ。リウを追い払うのは間違っているように思えた。うまく説明できないが、彼女がそこにいるのは正しいことに思えた。ふたりはいつどんなときも一緒だった。

「リウ、おまえは年寄りのノロジカを殺すのが、なぜ正しいかわかっているよな?」

リウは熱心にうなずいた。

「今やるべきなのは、おばあさんを殺すことだ」

イェンスはリウの顔を見つめた。熱心にうなずいていた頭が、急に動かなくなった。その瞳に光るものが見えた。

「わかった」ようやくリウは言った。彼女のささやきは、ぐっと大人びた憂いを秘めていた。「でも、どうして?」

「ばあさんは長きよき人生を生きてきた。次の段階へ進む準備ができたんだ」

「そう、でも……お父さんのお母さんなんでしょ?おととい、聞かされたの。お父さんも本当だって言ってたじゃない」

「ああ」

「自分の母親を殺せるものなの？」

「リウ、お父さんがやらなければ、おまえを連れていかれてしまうんだ！　そうしたらおまえはここに住めなくなる。お母さんも俺も耐えられないよ……おまえは耐えられるのか？」

　リウは首を横にぶんぶん振った。ベッドから標準時計《クロノメーター》のように正確な低いいびきが相変わらず聞こえてくる。今リウは父の肩に手を乗せ、寄りかかって、彼の耳元でささやいた。

「じゃあ殺したほうがいいね」

　イェンスは娘を抱き寄せ、頬に素早くキスをした。

「いい子だ。俺の宝物。ひと息に殺せば、何も感じないさ」とささやいた。

「暗いしね」

　イェンスはうなずくと、手を放し、ゆっくり立ち上がった。

「でも、お父さん！」リウはささやくと、慌てて父の腕をふたたび取った。「どうやって？」

　沈黙が一瞬、流れた。完全な沈黙。エルセ・ホーダーのいびきが突如、やんだからだ。窓ガラスに柔らかなクリスタルのような雪片がぶつかるかすかな音が聞こえた。

　彼女が身じろぎし、毛布を肩にかけ、睡眠と覚醒のどの段階にいるのかわからないようなため息を漏らした。

　ふたりは待った。

　やがて呼吸が重くなり、最後にはいつも通りの深い呼吸に変わった。

　そしてイェンスがようやく娘に答えた。

「これでやるのさ」

　イェンスは枕をぎゅっと握った。それからふたたびリウを見つめた。暗闇でもはっきりとリウのことが見て取れた。彼女のほうからも、さっきよりこっちがよく見えているのがわかった。闇夜でも、彼女は感動的なまでによく目が見えた。

「おまえは離れたほうがいいんじゃないか？」

「ううん、ここにいる！」その声にためらいはなかった。リウの意志は非常に固かった。

　イェンスはみぞおちに奇妙な恐怖を感じた。リウにそこにいてほしかった。ほかの全部と同じく、ともに分かち合いたかった。

「さあ、あっちにいて」彼はささやくと、ベッドの向こうを顎で差した。「近づきすぎてはいけないよ。少し暴れるだろうから」

「ヒラメみたいに？」

「ああ、ヒラメみたいにだ」

　エルセ・ホーダーは毛布の上で祈るように手を組み、仰向けに寝ていた。まるでふたりの話を聞いているかのように。息子の作業がスムーズにいくよう気をつかってくれているかのように。


一瞬だった。

　その間、孫娘は暗闇のなかひとり拳をぎゅっと握りしめていた。

追伸：

あとで話を聞くまで、あなたが見ていたって知らなかった。そんなつもりじゃなかったのよ！　あなたがあそこにいると知っていたら、お父さんを止めていたのに。それでもお父さんは手にかけたでしょうけど。やらなくてはならないことだったから。私たちにはそれしか道はなかったの。

見てしまっただけで、あなたに罪はないわ。でも私は違う！　私はただあなたのお父さんがおばあさんを殺してくれて、私たちの元に平和が戻ってくることを願っていたの。お父さんを駆り立てたのは、何よりも私の意志だった。お父さんは人殺しじゃないわ、リウ。でもひょっとしたら私が人殺しなのかもしれないわね。

転入者

コーステッドのインは、車で北へ進み、肉屋と葬儀屋を抜けたヘビ道にある。大きくはなかったが、南にあったもう一軒のインは閉められ、建て替えられてしまったので、そこが島唯一のインと化していた。冬の半年間は閑古鳥《かんこどり》が鳴いていたが、律義な酒呑み客と食事客が、それでも一年中商売が成り立つ程度に、足を運んでくれていた。その場所を失いたくなかったのだ。食事がなかなか乙《おつ》だったからだけでなく、それ以外の理由からもインはなくてはならなかった。そこは住人たちの社交場だったのだ。電話が通っていない集落に住む者は、自転車で電話を借りにきた。しかし真《しん》の目的はちょっとした噂話を仕入れること、もしくは奥の部屋にあるカラーテレビを少し観ることだった。賭《か》けサッカーがある土曜には、英国戦のホイッスルが鳴るたび、その古びたインの奥の部屋で、島民たちがビールをかたむけるのだった。

インは地域に密着しており、木造モルタル塗りの壁には、今にも崩れそうな赤レンガが危なっかしく積まれていた。藁ぶき屋根は、あと二十年もつだろうと言われていた。水道管は丈夫だった。だが北側に生《む》した苔は湿気《しけ》る前に除去しなくてはならなかった。

ロアルは心臓発作で急死したおじからインを継ぐことになった。チャンスは神の啓示のごとく、突如、巡ってきた。おばからの手紙をアパートメントのダイニングテーブルに広げながら、彼はこの二年間、真綿で首を絞められるように苦しめられてきた感覚が、永久に続くわけではないと悟っていた。彼はイエス様から答えが返ってくると期待してはいなかったが、心の底から祈った。「ロアル、私はおまえが値上げに応じるまでは売らないわ」

それは勇気の問題だった。一歩踏みだして、「辞めます」とひと言残し、荷作りして、ここの小さなフェリーに、新しい生活に続くフェリーに車ごと乗り込めばいい。彼は離婚していて、かすがいとなる子もいなかった。残念ながら。彼の精子がもっと協力的でさえあれば、ひょっとしたら子どもができて、彼女のことをつなぎとめられたかもしれないのに。

元妻は今、玉のようなふたりの子の母で、愛と世界平和について魂の歌を口ずさむ、髪の長い国の宝とともに、幸福すぎる日を送っている。ロアルはその宝を憎んでしまう自分を憎んだ。

ロアルは虚しい抵抗で、仕事を生涯の伴侶《はんりょ》とする道を選んだ。特に幸せな関係ではなかったが、忙しく時間をつぶせたのは、明らかにいい点だった。そう、実際、授業の準備、宿題の直し、職員会議や、教師が新しく家を買ったとかいうどうでもいい噂や、同僚たちが互いにきつい態度を取り合うといったあれこれで、時がただ過ぎていった。

そして時が経つにつれ、傷はふさがれていった。

空気をちょっと取りこめば、そのかさぶたは分厚くなって剝がれることだろう。彼はそう確信していた。そして彼を苦しめていたのも、まさにそのことだった。彼には空気が必要だった。職員室に立ちこめるのとも町のとも別の空気が。彼をお決まりの日々でいっぱいいっぱいにし、アスファルトに押さえつけ、それゆえタバコやウィスキーや、家に招き入れて服を脱がせられないいかした女を恨《うら》めしく思い、うめきながら買い物袋を引きずり、四階へと突き動かす空気とは別のものが。自分が過ごせなかったすべての時間や、作らなかったおいしい食事や、読まないまま置きっぱなしになっているあらゆるよき書物、もはや覚えていないあらゆる夢について考えはじめた。すべてが無に変わったかのようだった。

答えはひとつだった。

＊

グレーの髭のフェリー操舵手の視線は、復路を断ったロアルを、遠慮がちながらしかととらえていた。その視線はまた、満杯の車や鞄、植物、本、黄ばんだはしご棚のあいだをも行き来していた。前方の座席には、トランジスタラジオやカセットテープの入った箱が並べてあった。この車のドライバーは大きな町から放浪の旅にやって来たのか？　それとも島に用があるのか？

フェリーの操舵手は何も言わなかった。ウィンドウ越しに受け取った金を黒いウェストポーチに突っこむと、片方の手で後方のがらんとしたデッキを示し、もう一方の手で次の車にただ手を振った。新しいインの主人がフェリーにシムカ社製の車ごと乗ったとき、タイヤの下で赤くさびた金属板が割れた。

　ロアルは四方に麦畑が広がる道で一瞬、車の窓から顔を出した。あたたかな島の空気が一気に肺を満たして押し広げようとしているかのように、彼に吹きつけた。その香りが間もなく、鼻がひどく強烈に覚えている箇所にたどり着くと、ロアルにサイクリングや牛の記憶や、夕日のなか水面に投げた小石が跳ねたこと、つかまえたばかりの魚を食べたときのかすかな記憶を蘇らせた。

　ロアルは一面に広がる大麦と輝くケシの上で仰向けになり、すべてを吸いこんだ。生命力あふれるヒバリの歌声で突然、世界が満たされた。そうして彼はようやく、青い空高くで明滅するかすかな光の点に気がついた。その点は空を一身に背負い、漂っていた。

　数年すると、常連客たちはロアルに慣れてきた。


　歓迎パーティーに集まってきたとき、おばが心をこめて紹介してくれたのがよかったのだろう。

　常連客がおばを好いているのは明らかだった。同じく、おばが本島の家族のところに引っ越してしまうのを悲しんでいるのも明らかだった。孫やみんなに腕を引っ張られ、関節炎がひどくなっても。それにインの主人だったオールフも惜しまれていた。無理もない。

　だが、ロアルがひとりで来たことに、みんな首をひねっていた。離婚というのはこの島ではありえないことだった。人々は耐え忍び、別のところに移って楽になるようなら、そうした。土地は充分広かった。問題があっても、それを公《おおやけ》にはしなかった。旧知の仲でない人にはこれっぽっちも。プライベートなことを話すのは、信頼している友人だけだ。それも二言三言ぼそぼそ言うだけで、しゃべり過ぎることはなかった。

　そういうわけで、ロアルが自分はバツイチの高校教師だと名乗り、元妻と必ずしも気安い関係になれたわけではないとためらわずに話すのは、ロアルの長所とはとらえられなかったようだ。彼はかつて小説を書こうと思っていたことや、裸で泳ぐのが好きなことも、打ち明けないほうがよかったのかもしれない。

だが当時の彼は、自分の手持ちの札をゲームのしょっぱなから全部テーブルに広げてしまうのを――自分の人間関係をさらすのを、得策と考えていた。今ではあまりしゃべらないようにしていたが。でもまあ、彼らがチャンスを与えてくれたのは、主にほかに集まる場所がないからだろう。そして時が過ぎるにつれ、彼を受け入れるようになった。

彼はさらに、自分が同情されていると自覚しているのではないかとも思われていた。それはお互いさまだった。なんといっても歓迎パーティーで彼がすべて前と変わらないこと、またシェフももちろん変わらず、メニューだって句読点ひとつも変えていないのを保証したのは、最も好意的に受け取られた。本当はGordon BleuのGはこっそりCに変えていたけれど。スペルはさておき、食事は大変素晴らしく、シェフは口数こそ少ないが、よく笑う感じのよい男だった。彼が実はロアルのはとこだということを、二年目にシェフに言われてはじめて知った。

オールフがインの主人だった当時、こそ泥に入られたという話が彼の頭を離れなかった。

オールフからは泥棒のことを言われたことはなかったけど、と恐る恐る聞くと、電話口のおばは、時々彼が貯蔵庫の減りが少し速いような気がするといぶかしがっていたと答えた。おばが質問にやや不安を覚えたようだったので、ロアルは別に大したことじゃないさと慌てて話を打ち切り、おばの関心を葬儀屋の痛風の話にそらした。

でもロアルも不思議に思っていた。そしてある日、彼は泥棒がどこから入ったのか突き止めた。わかったところで、奇妙なことに変わりないが。

リウへ

本屋の子どもだった私には、ジョン・スタインベックという内緒のお友だちがいたの。ジョン・スタインベックはおじいちゃんやおばあちゃんが忙しくて構ってくれないときや、学校で悲しいことがあったときにあらわれて、遊んでくれたわ。

一回だけ学校で教室から追い出されたことがあった。それは、『二十日鼠《はつかねずみ》と人間』（あなたも読むべきよ）を読みなさいと言われたとき、英語の先生の脚と脚のあいだから突然ジョン・スタインベックが顔を出したとき。私は笑いだしてしまって、全然笑いやむことができなかったの。英語の先生は、私が先生の脚と脚のあいだをじっと見つめたまま、笑いやめようとしないものだから、すっかりヒステリーを起こしたわ。

お母さんはこうして今、横になりながらそのときのことを思い出して、また笑ってしまっているの。そのあと今度は、私がクラスメートたちに笑われた。私の秘密が何なのかわからなかったのが悔しかったんでしょうね。

お母さんは見えない友だちについてひとつも話したことがなかったけれど、あなたになら打ち明けてもいいって感じたの。

愛をこめて、あなたの母より

カールと遊び

カールは私がいつも夜、遊びにいくときついてきた。お父さんはもう来てくれなくなったから、話し相手ができてよかった。お父さんは家に残って家事をしたり、お母さんの世話をしたりしなくてはならなくなったそうで、それ以外の家のことをするのは私の役目になった。私はカールを連れていくとは口に出して言わなかった。大事なのは、私がひとりでやり遂げることだった。

カールはある意味、私にないものをすべて持っていた。または私がほしくないものを。たとえば恐れ。〈頭《ホーエド》〉に住んでいない人への恐れ、お父さんの物やお母さんの食べ物を充分に見つけられなかったらという恐れ、音を立ててしまうんじゃないかという恐れ、見つかってしまうという恐れ、明るい時分に出歩くことへの恐れ、暗闇に潜んでいるものに対する恐れ。それに恐れていることを認めることへの恐れ。カールが告げたのは、私にだけだった。

でも、カールは悲しくなることもあった。

それに激怒することも。

たとえば時々、お母さんに本気で怒った。お母さんがたくさん食べ過ぎて、ちょっとしか動かず、床が抜けるんじゃないかと思うほど大きくなったから。ベッドルームには、たくさん物があった――おまけにあの巨体だもの。おばあちゃんが亡くなってしばらくしたあるとき、お父さんは今ではお母さんの住み処と化したダブルベッドが狭くなったから、白い部屋で寝るようになった。

実際、私はどうしてお母さんがそんなに太ってしまったのか理解できなかった。お母さんは食べてはいたけれど、そこまで量は多くなかったし、ケーキやクッキーばかり食べていたわけでもなかった。

私は時々フランスパンを持ち帰ることもあった。それにインからもらってきた雄牛のヒレ肉。チーズ、ハム、じゃがいも、にんじん。帰り道で解凍されたエンドウ豆。

食べ物はお母さんのお腹のなかに入ると、たちまち膨《ふく》らむみたいだった。食べ物があるべき姿でないように見えるとお母さんは言っていた。なのにもっともっととねだるのだった。カールが特に怒り心頭だったのは、そのことだった。でも彼は同時に、そのことを悲しんでもいた。私たちのお母さんは本当に、ものすごく素敵なお母さんだった。世界一は言い過ぎかもしれないけど、少なくとも島一番の美人だった。今ではその美しさも、脂肪のクッションと、お父さんの絵のなかみたいにはもう輝いていない瞳の陰に、消えてしまっていたけど。美と輝きは言葉とともにお腹のどこかに隠れて、解き放たれるのをただ待っているんだろう。でも、自分のお母さんのお腹をこじ開けられないでしょ？

カールと私はそのことについて少し話した。せめて穴を開けて、表面のものを全部切ってどこかにやることができれば、お母さんはその重たいものから自由になって、元のお母さんに戻れるのに。でも私たちは生きている人を殺すことなくそぎ切ることができるのか、半信半疑だった。私たちの最終的な望みは、お母さんの息の根を止めることだった。もちろん痛みを与えずに。

私はお父さんに殺してと頼むようカールを説得しようとしたけれど、カールにそんな勇気はなさそうだった。お父さんが耳を貸すとも思えなかった。お父さんはいつもカールの言うことを頑《がん》として聞こうとしなかった。

完全に正直に言うと、私はお父さんにカールが見えていないということも知っていた。

カールがそのころ、お父さんが私ほど自分の世話をしてくれないことに少し腹を立てているのを、私は感じていた。カールは見ることも聞くことも一緒に遊ぶこともほとんどできたのに、なかばいないかのようだった。何にせよ、夜、家に帰るとき、カールが引きずりながらでも一緒に鞄を持ってくれて助かった。

訪問先として最高なのはインだった。カールと私がただそこより先に行けなかっただけとはいえ、私たちが必要とするものがほとんど全部あった。お父さんは私にインにあまり行き過ぎないようにと言った。見つからないようにしなくちゃならなかったから！

お父さん自身は、インによく行っていた時期もあったけれど、インの人たちが裏口の鍵を掛けるのを覚えると、面倒になったみたいだった。一方、地下の窓は夜中、いつも少し開いていた。裏手に面したその窓は、お父さんが通るには小さすぎたけど、私なら体を縮こまらせれば、ぎりぎり通れた。やがて私は掛け金をはずして窓を開けるのがとてもうまくなって、後ろ向きで外から入って、ラジエーターに足をかけ、音を立てずに、そこから床にずるずると降りることができるようになった。窓は狭い廊下につながっていて、そこから倉庫やキッチンに行くことができた。

私はふだんとても小さな懐中電灯を持ち歩いていたけれど、使うときは慎重にしていた。特に通り側から窓が見えるキッチンでは。いちばん大事なのは、目を暗闇に慣れさせて、フクロウみたいになろうとすることだった。私の目は暗闇にすごく慣れて、しまいには昼間より夜中のほうがよく見えるようになった。

私は倉庫の物をあれこれ持ち去った。ふだんは缶詰とかトイレットペーパーとかいったものだったけど、時々、大型冷蔵庫の食べ物も持っていった。お菓子があれば、かすめ取った。お母さんはお菓子に目がなかったから。私はいつも、リコリスキャンディやクマの形のグミといった、小さなお菓子が入った袋を探した。大きいのだと、お母さんが太ってしまうから。それに私はクッキーをいくつか家に持ち帰ろうとした。お母さんとベッドでクッキーを食べるのは、最高に楽しかった。私たちはクッキーを食べる前、割ったり、振ったりした。「カロリーが減るかもしれないから」とお母さんは言っていた。ふたりで笑った。私は正直、お母さんが何を言いたいのか、ちんぷんかんぷんだった。本やら何やらに埋もれた布団を見ても、カロリーなんて落ちていなかった。それでも私はいつもクッキーを割り、振った。今でも、そうしている。そうするとおいしくなるのだ。

私はいつもインのキッチンの冷蔵庫をのぞいて、できあがった料理の入ったホイルトレーを見つけていた。何度かそれらを取りだし、長いことそこに立ち、食べ物のにおいを思い切り嗅いだ。つまみ食いすることもあった。ついでにパックもいくつか失敬した。お父さんからは冷蔵庫を長いこと開けっ放しにしては駄目と言われていた。冷蔵庫のなかは明るくて、窓の外から見られるかもしれないからだ。カーテンはなかったし。私の存在をさらしかねない光と音のことを考えると、心底、怖くなった。闇と静寂は私の友だった。

私は一度にたくさん盗《と》り過ぎないようにしていた。それが大事だった。そうじゃなきゃ見つかってしまう。何があっても見つかってはならないのだ。理由のひとつは、遊びを続けられなくなってしまうから。またもうひとつには、突然得体の知れない人間を見つけた相手も、どうしていいかわからないだろうから。

はじめ、私はそのゲームは無害だと思っていた。でも時が経つにつれ、見つかったときのリスクは計り知れないとわかってきた。この遊びは危険な賭けだった。

お父さんは彼らのことを、ほかの人のことを話した。彼らは遊びに加わっていたけれど、感じよくはなかった、と。その見知らぬ人たちは私たちを見つけて、不愉快なことをしたいと思っていた。カールと私がふたりだけでそこに出かけるときにはそのことを考えずにはいられないので、カールが決して口にしないよう望んでいた。その考えは、カールの心臓を私のほうまで聞こえてくるほど激しく高鳴らせた。

ある日、私がそれなら遊びをやめればいいじゃない、と言うと、お父さんは忘れられない言葉を口にした。

「そうしたらお母さんは餓死し、俺は不幸になる」

お父さんはそう言いながら、私のことを奇妙な目つきで見てきた。

私はその顔を見た瞬間、いよいよ何かが起きようとしているとはっとした。お父さんの髭は前はもっさりと広がっていた。私が刈ったことのある葬儀屋のカラマツみたいだった。触るとふんわりと柔らかかった。

それが今では、お父さんの髭は薪みたいになっていた。からからで茶色いのと同時に白く、中に粒子と小さな蜘蛛の巣がからまっていた。私はさらに髭のなかで何かがうごめくのを見た――ひょっとしたらそれは蜘蛛がとらえた獲物だったのかもしれないし、お父さんの口が動いていただけかもしれない。髪もまた長くてへんてこで、眉毛はぼうぼうになりすぎて、少し危険な雰囲気が漂っていた。

でもいちばんへんてこで最悪だったのは、そのぼうぼうの眉毛の下から私を見つめる目だった。対象物をとらえることなく、ただ視線を向けているだけだった。乳白色の膜が張っているかのような目は、私が知るなかでいちばん心地よい瞳なのに。まるでお父さんの目にはもはや私が映っていないかのようだった。

その日、私は自分の肩にのしかかる責任を知った。私が鞄に入れて家に持ち帰るものに、どれだけがんじがらめにされているのかを。その日、私は小さい体をさらに縮こまらせて、インの地下の窓をくぐり抜けなくてはならなかった。

インのキッチンに立ったとき、私はお父さんが好きなものを探そうと、目を少しきょろきょろさせた。引き出しには何でもあって、私はいつものように、使えそうな物を探した。布巾、スープ用スプーン、ラップ、卵スライサー。自分が盗ったのが何なのかいつもわかっているわけじゃなかった。でも私が見たり触ったりして好きそうなら、お父さんは必ずそれを盗らせてくれた。

私がこれまで見つけたなかでいちばん奇妙だったのは、サマーハウスのベッドの下に隠れていた、細長い棒状のものだった。そのなかには電池が入っていたけれど、電池はなめたら舌が痺《しび》れてしまうから、取りださないでおいた。エッグノッグを混ぜる台所用品だとお父さんは言っていたけれど、ある日それを試した私は、結果にひどく失望させられた。だからお父さんはお母さんにあげてしまい、私はそれきりそれを見なくなった。ひょっとしたらほかのあらゆるものと同じく、お母さんのなかに消えてしまったのかな。

　私は時々、インの鍋やフライパンを鞄に忍ばせた。鍋やフライパンには特に気をつけなくてはならない、とお父さんは言っていた。持ってくるのにいちばんいいのは、なくなったのが気づかれないもの、少なくとも、すぐにはばれないものだった。でも分解式の自転車のパーツの半分を私が家に引きずって持ち帰ったときには、お父さんは興奮を隠しきれず、はじめて私に残り半分のパーツも持ってくるよう言った。

　私は残りを持っていった。そしてお父さんが自転車をひどく気に入ったとわかった私は、さらに自転車を探しはじめた。あらゆる種類の。他人の家に入る必要はなかったので、お茶の子さいさいだった。自転車はたいてい、降りたその場に停めるものなので、鍵が掛かってさえいなければ、持って帰るのは簡単だった。カールの自転車の運転は危なっかしかったので、私は〈首《ハルセン》〉を越え、家まで自転車を引いていった。カールのために。

　でもそれもすべてがはじまる前だ。お母さんが太りすぎてベッドルームから出られなくなる前の。私のお父さんが夜、家を守るため、〈頭《ホーエド》〉の家に残るようになる前の。私がお父さんの髭に蜘蛛の巣が張っていることに気づく前。

　それ以前にもいろいろあった。

　私に妹ができたこととか。

死にゆく者と生まれくる者

マリアとイェンス・ホーダーは年が明けてすぐ、娘の失踪届を出した。残念ながら、彼女が水難事故で死んだのではないかと恐れる理由は充分にあった。イェンス・ホーダーはみずからコーステッドの警官のところに赴き、ことの次第を話した。いや、正しくは、何が起きたと彼が思うかを。彼の仮定はこうだった。

リウは前日、ひとりで遊びに出かけた。危険なことはなかった。リウは何もない畑にも、近くの森にもいつも出かけていたし、心配する理由はどこにもなかった。ところがこの日、リウはいつものように午後、家に帰ってこなかった。外は暗くなっていて、ホーダーは〈頭《ホーエド》〉中を探し回った。リウが〈頭《ホーエド》〉をひとりで離れることは絶対にありえない、とホーダーは警官に念を押した。彼はリウが木々のあいだのどこかに落ちて倒れているんじゃないかと思っていたし、考えつく場所をすべて探し切ったと確信するまでは、探すのをやめて、警察の手を借りに本島へ行きたくはなかった。彼の妻、マリアも探したが、家のなかかすぐ外だけだった。

イェンス・ホーダーは捜索範囲を徐々に拡大していったと言った。最後には、リウが絶対に行ってはならないと厳しく禁じられて、それを本人もよく承知していたため、ひとりで行くはずがないと信じている北岸までやって来た。リウは間違いなくそこにいたらしい。なぜならイェンス・ホーダーが暗闇のなか海岸を探していると、リウ愛用の革のブレスレットが彼の照らす円錐《えんすい》状の光にあらわれたからだ。そのブレスレットはリウたちの小型のボートに引っかかっていたようだ、いや、正しくは桟橋のすぐそばで、砂に埋もれかかっていた。イェンス・ホーダーはリウが誰もいない海岸まで歩き、おまけにひとりボートで漕ぎだすとは夢にも思わなかった。しかしリウが頑固な小さな子で、一度何かをやると決心したら、超人的な力でも引き留められないと彼は認めざるをえなかった。彼女は以前、またすぐに海に出かけようと言って彼を悩ませたが、無理だと思っていた。こんな小さな女の子にこの一月の寒空はこたえるだろう。

結局、残念ではあるが今回の一件は身から出たさびのようだ。よりにもよって西からの強い風が吹く午後に出かけていったのだから。

イェンス・ホーダーが海岸中をどんなふうに探し回ったのか語るあいだ、警官は父親の恐怖を感じ取り、暗闇のなか、灰白色に爆発するかのように海岸に打ちつける波の泡が目の前に浮かんでいた。彼自身に同い歳の子どもがいたし、前の晩に用事があって出かけていて、メインストリートを風がごうごうと吹き抜ける音を聞き、勢いよく流され散り散りになった雲の隙間から蒼《あお》い月が顔を出す様子を見ていたからだ。こんな月の下、海で子どもが――自分の子がひとりでいたら、と想像すると……。

警官はここ数年、あまり見ていなかったイェンス・ホーダーを見つめていた。かつては小さな教室で机を並べていたのに。ホーダーは父が突然亡くなってからというもの自分の殻に引きこもり、ある日とうとう学校に来なくなってしまった。その後、学校は環境のよい場所に移転し、教師の数も増えた。警官の子はそこに間もなく入学する予定だった。

彼はイェンス・ホーダーの娘（毎回、男の子と見間違った）が父親の車に乗っているのをほんのちらっと見かけたことがあった。それで警官は、彼女が〈頭《ホーエド》〉でいかに隔絶された生活を送っていたのか思い知らされた。だから警官は自分の娘を連れて車で挨捗しにいこうと想像して楽しんだこともあった。ホーダーたちがどんな暮らしを送っているのかちょっと見てみるだけのために。島ではプライバシーが大事にされていて、特異なホーダー一家が客をあまり歓迎しないのはよく知られていた。――それでも、子どもがいるんだから。車にいた子どもの体の大きさから判断するに、その子も娘と同じ小学校に入る年頃ではないかと思えた。

でもそうはならなかった。

イェンス・ホーダーは島と海が接する岩と森に続く、急な斜面のある海岸線から少し先で、とうとう小さなボートを見つけたと警官に告げた。東の海流に乗って流されてきたらしく、岩と岩のあいだに挟まれた空のボートを見た警官は、胸を引き裂かれんばかりだった。ボート後部は水に沈んでいた。そこからそう遠くないところで、波間にオールの片方が浮いているのが見えた。迷子になった槍《やり》のように、暗闇から引っ張り出されては海岸へ押し戻されていた。結局、警官が思い描いていたシナリオどおりになってしまった。その場所には危険な海流が流れていた。

ホーダーは岩のあいだからボートを押しだしたが、ボートが海流に流されると、ふたたび手を離した。ホーダーは娘を何度も呼び、強い光で海岸線をくまなく照らしたのだと言う。しかし痕跡は何もなく、子どもが陸に這い上がった手がかりはまるでなかった。

彼は日が昇るまで夜通し探したが、海岸に打ち上げられた、見慣れすぎて心が痛むウサギ革の手袋以外に何も見つからなかった。そして警官はその様子を思い浮かべた――溺れた動物のように浅瀬に浮かぶ暗くてつやつやした手袋を。イェンス・ホーダーがその意味を認め、叫ぶさまを。

絶望した父親は、ついには捜索を諦め、悲しいニュースとともに、妻の待つ自宅に戻った。そして今、ホーダーは古いコートに身を包み、ウールのスカーフを巻き、別の時代からやって来たかのような古い擦り切れた帽子をかぶって、警官の前に立っている。彼の顔はたるんで青白く、ここ数年、伸び放題にさせていた髭のせいで、実際より年老いて見えた。髭にも髪にもその冬、驚くほど白髪が増えたことだけが理由ではなかった。警官はクリスマスイブのすぐあとにホーダーと偶然会ったとき、それに気づいていた。そのときにはもう食料品店で噂になっていた。イェンス・ホーダーの白髪が急に増えたと。

そして今のこれだ。

あかぎれた手が、小さな革のブレスレットを握りしめている。

「救助隊に探させなくては」警官は自分でも自分の声とは思えない声で言った。「すぐに本島に連絡を取ろう。ひょっとしたらヘリを飛ばしてくれるかもしれない」

そんな言葉をかけられても、目の前の意気消沈した顔に、うっすらとも希望が湧くのは見えなかった。

「娘のことはわかっている」とイェンス・ホーダーは言った。「娘が生きていればわかる」

ここにひとり娘を失ったと痛いほどわかっている男が立っている。彼は娘が行方不明になったことではなく、彼女が死んだことを申告しにきたのだ。

それがわかると、警官はそこに立っているのが自分自身であるかのような悲しみを覚えた。彼は気を引きしめ、必要とされる冷静さで職務をまっとうしようと努めた。ところが自分の言うことなすこと、すべてがとんちんかんに思えてきた。心から同情しているのを示そうとしたのに、つい笑ってしまった。それはまったくもって場違いな笑いだった。たがのはずれた笑いであって、この瞬間、この場所にはふさわしくない押し殺すべき笑いだった。この男とその悲劇に対し、何の効果もなかった。

しかし、イェンス・ホーダーはそれを見ていた。

「お母さんはまだいるのかい、イェンス？　クリスマス前に町で見たよ」流砂に呑みこまれる子ヤギのように笑顔を暗闇に引きずりこみながら警官が言った。いつもはしっかりしている警官の手が、メモ用紙に数行書きつけるとき、震えていた。

水死の疑い。北岸にて。もう一方の手で彼は、震えて歯ががたがたいうのを隠そうとした。

「もういないよ。帰ったんだ。年が明ける前にね」

本島からヘリが送られてきた。海岸も森も、〈首《ハルセン》〉と本島北部の沿岸中が捜索された。

その間、リウ・ホーダーは父の作業場の陰にある鍵の掛けられたコンテナのなかで息を殺して座っていた。段ボール箱やタイヤや新聞、雑誌やおもちゃ、乾燥剤や塩の入った袋、桶、さらにカセットテープと壊れた工具、ガスボンベ。クラッカーや塗料、袋入りのお菓子、箱に仕分けされた服、本の山、毛布や、一瞬誰かがどこに行ったのだろうと思うけれど、すぐにあったことすら忘れてしまうようなものの陰に隠れていた。

＊

両親はお悔やみの言葉など望んではいなかった。本島からの思いやりと好奇心のある人たちや、悲しみから彼らを救いだそうとして訪れるカウンセラーの接触も。

両親が望んでいたのは、とにかく完全に放っておいてもらうことだった。

そしてようやく当局が少女が置かれていた荒れた環境にある種ショック状態で退散していき、〈頭《ホーエド》〉にふたたび平和が訪れた。イェンス・ホーダーは家へ続く砂利道の左急カーブのところに柵を設置した。その隣には郵便受けとそれより少し大きな木の箱を。

看板には「立ち入り禁止」と書かれていた。

関係者以外というのではない。ただ「立ち入り禁止」とだけ書かれていた。誰であろうと。

誰かが看板を無視し、小道を進み、柵の立てられた曲がり角を曲がろうものなら、仕掛けられたワイヤーに引っかかるだろう。柵はホーダー一家を外部の侵入から守るたくさんの罠のひとつに過ぎなかった。

冬は石炭みたいに真っ暗だったが、明るい時期も何カ月かはあった。リウを学校にやるべきだという親切な手紙を送ってくる人はもういない。まるで依存症のように毎月の月末ごとに一家の郵便受けの底で音を立てるMと書かれた封筒について問いかけてくる人もいない。

イェンス・ホーダーは招かれざる客の訪問を受けないために、仕方なく請求書は払いつづけた。郵便局に彼があらわれると、人々は気がついた。特に気づかれるようにしていたわけではないし、まったく声を出さなかったのに。ところが次第に彼から不快なにおいが漂うようになった。服も洗濯していないように見えた。

かつては、妻が縫った美しいけれど普通のものとはどこか違うシャツがお気に入りだった（薬剤師の母が死ぬまでずっとイェンス・ホーダーのシャツの背中の部分は彼女がなくしたペチコートの布だと言って聞かなかった際には、その老婦人の認知症の症状が悪化したのだろうという診断が下された）。ところが悲劇的な水難事故のあと、イェンス・ホーダーはいつ見てもつぎあてだらけのズボンと、洗うたび毛玉やほつれた毛糸をちょん切らなくてはならない、くすんだグレーのセーターを着ていた。彼はもはや靴も履き替えていなかったが、古いゴム長靴が足に合っているようだった。よくわからない理由から、まるめて下げて履いていたし、屋内に入るときも泥をはたいて落としたりはしなかったが。優しい農夫が新しい帽子をひとつ譲ってくれたのに、前と同じ帽子をかぶっていた。

毎度変わるのは、においだけだった。それもひどくなる一方の。

これまでかわるがわる応対していたふたりの女性は、軽トラックが外に停められているのを見ると、どちらが彼の相手をするかで喧嘩しはじめた。列に並んでいた人たちは、彼を早くそこから追い出そうと、先頭に並ばせた。彼が誰か知らない人は鼻に皺を寄せ、奇妙な風体をいぶかしがった。イェンス・ホーダーを知る者同士は、黙って悲しげに目配せを交わした。彼が通り過ぎるとき優しく挨拶しようとした人もいたけれど、うっすら笑顔を返されただけで、その沈黙のほほ笑みもすぐに、郵便局の床を見下ろすのに変わった。

〈頭《ホーエド》〉にやって来た郵便配達も、異変に気がついた。かつては家に少しだが郵便物を配達したり、時々イェンスもしくはマリア宛ての手紙を二、三通、手渡しにいくこともあったが、今は顔を合わせることなく、ただ郵便受けに届けるだけでよしとせざるをえなかった。滅多にないことだが、小包があるときには、郵便受けの隣の木箱に入れなくてはならない。そして夫妻に伝言があるときには、それもその箱に入れなくてはならなかった。そこにはペンと紙も備えてあった。

郵便配達は柵がいつも同じ場所に立っていることだけでなく、島南部のちょっとおかしな一家が自分を避けているのが不思議だった。だからそうしたこともそんなにとんでもないとは思わなかった。郵便局の職員のあいだでは、彼がコーステッド出身の著名な郵便局長ニールセンの非嫡出子ではないかという噂が広まっていた。戸籍上の親は年増にわいせつ行為をして有罪判決を受けた、斜視で呑んべえの農夫だったので、有名人の子と言われることで、本人はやや悦に入っていた。言い換えるなら、郵便配達は噂にも家族の秘密にも、理解があったのだ。

彼はいつか〈頭《ホーエド》〉で受け取りのサインをもらわな

くてはならない荷物を持っていって、家の人を呼ぶ必要が生じる日が来るのを願っていた。なぜなら彼は雨やみぞれの日も当然のように郵便配達としての職務をまっとうする忠誠心だけでなく、燃えたぎる好奇心をも秘めていたからだ。少なくとも、その一家についてのニュースをインの友人たちの元へ持ち帰りたかった。噂話をしたいのではない。ほかの人が知らないことを知ることが郵便配達にとっては大いなる喜びだったのだ。本当の父が誰なのかが断片的にしかわからないことが、すごく苦痛だった。もちろん直接的なことを口にするわけにはいかないし、その手のことは、本人の口からべらべら言うものではない。それでも彼はヒントを与えることはできた。誰かの眉をひそめさせることなく、必死にほのめかすことで。

＊

リウは姿を見られることがあれば命も失うと知っていたので、誰か近づいてきたのではと少しでも感じると、素早く音を立てずに、コンテナの隅に身を潜めた。彼女は父親の助けを借りて、ここのタイヤと段ボール箱の陰に小さな過ごしやすい穴ぐらを作っていた。二枚の大きな布団と毛布の山で暖を取れた。それでもまだ寒いときには、あたたかい服が入った袋を探しだした。本や懐中電灯やたくさんの電池、お菓子やビスケット、パン、ペットボトルの水もあり、物資不足に悩まされることはなかった。

はじめみんなに探されているあいだ、彼女はライトをつけることすらしなかった。代わりに彼女は真っ暗闇のなか、布団の下で物音ひとつ立てず、かすかな音に耳を澄ましていた。常に暗かっただけに時間の流れは一定で、やがて昼間なのか夜なのかもわからなくなった。少しすると、闇を目でも肺でもたしかに感じるようになった。

彼女はカールを待ちわびていた。

しばらくして、ようやく彼がやって来た。顔は見えなかったが、静寂のなかで彼の気配を感じていた。声が外に漏れるといけないので、あえて話しかけはしなかったが、ここにいるよとささやいていた。見知らぬ人が、暗闇が、時間が、不確かなものが、空気が怖いよと。それに重い毛布のようにふたりを覆っている古いゴムや埃やカビ、絵の具やテレビン油でかちかちのぼろ布のにおいも。

彼女はその瞬間、落ち着きを取り戻した。言葉を使わずカールを慰め、実際以上に自分を強く感じた。双子の弟をなだめるのに集中することで、恐怖を忘れられた。

リウとカールのふたりは、密閉された金属製のコンテナで暗闇に囲まれながら、長いあいだ横たわっていた。ふたりは外の空気を、森の香りを思い、重たい毛布の隙間から肺の奥までそれらを吸いこもうとした。


そのときふたりは音を、扉に掛けられた南京錠のひとつが開く音を聞いた。タイヤとタイヤの隙間から一瞬、星空が見えた。そして彼女に呼びかける父親の声を聞いた。ようやく彼女は手にずっと握りしめていた懐中電灯をつけることができた。

父親は作業場の外にある小型のガスバーナーであたためた熱い紅茶や缶詰を持ってやって来た。キッチンのコンロに近づくのが難しくなり、食事を作るのは自分だけになった今、いわゆる「自分専用キッチン」で調理するのを彼は好んだ。キャンヴァス生地を上に掛けたので、比較的雨が防げた。時々、彼は手作りのたいまつのひとつに火をつけ、バーナーの隣に置いてある傘立てに立てた。すると食べ物と樹脂の香りが漂ってきた。

紅茶と食事は幸せの味がした。開いている扉から入ってくる空気から、幸せを感じられた。光はあたたかく、気持ちよかった。父親もそばにいた。

リウは父に暗闇と重たい空気について話した。すると父は立ち去り、やがてふたたび戻ってきて、敷いた新聞に金属の粉を落としながら、コンテナの側面に三つ穴を開けた。その後、彼は新聞をたたみ、ほかの新聞のあいだに金属の粉と一緒に隠した。そして彼はその三つの穴にかかるように大きな黒い布を掛け、てっぺんをガムテープでしっかりととめた。

「これで吸いたいときに新鮮な空気が吸えるぞ」と彼は言った。「空気をもっとほしければ、布を持ち上げればいい。外の通りも見える。だが光には気をつけろ。布を下ろしていないときに懐中電灯をつけちゃ絶対に駄目だぞ。外から見られるかもしれないから。わかったかい?」

リウはうなずいた。それから言われたとおり懐中電灯を消し、布を持ち上げ、穴同士を線で結ぶと逆三角形になる三つの穴に顔をつけた。いちばん下の穴からゆったりと息をすーっと吸いこんだ。するとモミの木の香りと、硬い芝生と海からの潮風の香りがした。上のふたつの穴からは、砂利道に射す月灯りと夜空が見えた。どこかでフクロウが鳴いている。リウが小さな声で鳴き真似すると、肩に父の手を感じてほほ笑んだ。

「上手だな」と父は言った。それから、誰にも探されなくなるまでコンテナにいるのがいちばんだと言った。「リウ、おまえが死んだと、警察が納得するまではここにいろ。そうしたら、ふたたび平和が訪れるさ」

彼女は理解した。平和が訪れるのはいいことだ。

そしてある日、外に出ていいと言われた。リウは自分で出られると言ったが、父はそれをさえぎって、メタルブルーの金属の向こうに手を伸ばして彼女を抱き上げ、傾いた扉の穴から出した。外にいくつか箱とトラクターのタイヤを置いたので、必要に迫られたとき、急いでコンテナに這い上がるのは簡単だった。安全上の理由でなかから鍵を掛けられなかったが、金属の棒でロックできるようにはしてあった。念のために。

父は拾ってもらおうと誰かが道端に置いていた二羽の子ウサギをリビングに連れてきていて、リウを驚かせた。リウは得体の知れない恐怖を感じながら、段ボール箱に手を突っこみ、柔らかな毛皮をなでた。ウサギたちが家のなかにいたっていい。そうすれば森に仕掛けられた罠にかかることはないし、皮を剝がれてシチューにして食べられることもない。彼女を優しく見つめ、口をくちゃくちゃ、もぐもぐいわせ、藁のなかでかさかさ動き回る小さな生きたウサギ。リウの心が躍った。

でも母親のベッドに這い上がったとき、なぜだか泣いていた。そして、なぜだか母も泣いていた。それからふたりはキャンディとクッキーを食べ、割って、振って、激しい恋に落ちた女の人について本を読んだ。読み上げたのはリウだったが、激しい恋に落ちるとはどんなことかを知るのは母のほうだった。母は心の奥深くが激しく揺り動かされるのを感じていた。

＊

そしてある日、子どもが生まれた。あまりに早く。そのときはまだ多少は身動きが取れたマリアがベッドルームのベッドから出たのは、最後、いきむときだけだった。

赤ん坊を取り上げたのは、夫と娘だった。

リウは目の前で繰り広げられるドラマを見つめた。頭だ！　細長い大理石模様の月みたいなのが、やがて完全な頭となって巨大な体の出口から出てきた。

彼女は息を呑んでそのぬるぬるしたものを、小さな頭にぶら下がる小さな体を見つめた。体が頭と一緒にようやく外に出てきたが、ひどく不本意そうだった。お臍から伸びる長くて灰白色のヘビがうねる、濡れて透明な小さすぎる体。

そして次第に大きくなる母親の音を聞いた。叫び声ではない。野生の鳥のような甲高く無感情な叫び声でも。それは大地の奥底から響いてきているかのようなうなり声だった。子音を含まない深いうなり声。

そしてその大地はひとり、ベッドで格闘していた。大きな体は、山や渓谷や野生の植物のある景色がうねるように、リウの前でうごめいていた。うめきながら。

何かに対して、何かのせいで。

リウの前にぶら下がっているその小さな人間。それにその子の足をつかみ、頭を叩く彼女の父親。どうして叩いているの？

それから静寂。

カールは怯えていた。

リウは臍の緒を短剣で切るよう言われた。洗濯ばさみがひとつ用意されていた。それにガーゼが。リウは時間をかけてコーステッドの郊外にある〈ファルク・セルフサービス〉という名の小さな倉庫からたくさんのガーゼと包帯と白いテープを持ってきていた。本当にそんなたくさんガーゼが必要なの？

子どもも闘っていた。本当に。その子は地面から、水から、暗闇から出ようともがいていた。そして今、空気を求め、あえいでいた。母音も子音も出てこなかった。その子は小さな口を、ひたすらぱくぱくさせていた。ヒラメみたいに。

無理だった。生きるには小さすぎて。

そして息絶えた。

父親が悲鳴を上げたとき、リウはカールの耳をふさごうとしていた。その悲鳴はありとあらゆる猛禽類《もうきんるい》が一度に鳴きはじめたかのようだった。父はフクロウのように、魔物のように、傷ついたハリネズミのように、逃した羊にうなる肉食獣のように、発情したアナグマのように叫んだ。暗闇のなかで溺れる子どもを見つけた父親がするように叫んだ。そして草むらで父親が死んでいるのを見つけた子どものように泣いた。

彼は人間が発しうる最も悲壮な声で叫んでいた。昼間、太陽を直視してしまってすべてを目にすると同時に何も見えなくなった人が出すような、耳をつんざくような悲壮な叫び声。

しかしイェンス・ホーダーは何より、ゆりかごから少し離れた壁際で小さな男の子が頭蓋骨を砕かれて横たわっているのを見つけた瞬間、やり切れない思いになった人が心の内で叫ぶように叫んだ。彼がやり切れなかったのは、期待に胸を膨らませ、うかれるあまり、最後のネジの一本を見過ごしてしまったからだ。そして、大工として、父親として過ちを犯したこと、自分の息子を死なせてしまったこと。さらにその人をも失うのではないかとおののくあまり、愛する人と真実を決してわかち合えないことだった。

彼は感覚のなくなった手で部品を集め、ゆりかごの所定の場所にはめたので、隣のものと変わらなくなった。それから彼は亡くなった子どもが横たわる床にひざまずいた。彼はその子には触れず、赤い血に光る小さな頭をただ見つめていた。とうとう力を振りしぼって叫びだすと、マリアが走ってきて、その子を持ち上げてかき抱き、一緒に叫びだした。

カールの柔らかな後頭部がぶつかったのは、父の無機質なスチールグレーの道具箱のひとつだった。

そんなふうに今、イェンスは叫んでいた。リウは幼いころ、父親の同じような叫び声を聞いたことがあるような気がした。

マリアは柔らかな母音を立てて泣きながら眠り、リウは父が動かなくなった小さな体を抱きどこかへ消えるなか、母の血を拭き取った。

「女の子だった」腕に子どもを抱えた父が立ち去りぎ

わにつぶやいたのは、そのひと言のみだった。

リウへ

私たちはあなたに妹か弟を作ってあげようとするべきじゃなかったわね。でもお父さんがどうしてもと言って聞かなかったの。子どもはふたりいたほうがいいって。かつてのように。お父さんにお兄さんがいたように、あなたにも片割れとなる弟がいたほうがいいって。バランスが大事だ、とお父さんは言った。私はお父さんのことを愛していた。愛しているの！

でもその子に命を与えるべきではなかったのかもしれない。だって私たちはその子の面倒を見られなかったのだから。充分には。その子を産むのが怖かった。心の準備ができないうちに生まれてしまうことも、私のなかから何かが生まれることも。私はその子が怖かったのよ！

だから私はちゃんといきまなかった。お腹のなかに留めようとしたの。私がぎゅっと産道を締めようとしたから、窒息してしまったのかも。私は自分の子を殺《あや》めてしまったのかもしれない。

　生きるべきでない子どももいるのかしら。ひょっとしたらあなたの妹は生きるべきじゃなかったのかしら。私には何の責任もないのかもしれない。

　私にはわからないの、リウ。


　カールの事故と折り合いをつけようとしたけど、できなかった。私はあなたのおばあさんを疑っている。だってあの人は薬を飲むと、何をしでかすかわからなくなるから。あの人は気持ちが落ち着いていたかと思えば、急に短気で荒々しくなることもあった。それが怖かったし、実は彼女自身も怖かったんだと思うわ。

　カールはよくぎゃあぎゃあ泣いていた。おばあちゃんはそれに我慢できなかったのかも。そのせいじゃないかしら。泣き声におばあちゃんはたまりかねて、ゆりかごからカールを抱き上げ、揺すった拍子に、床にあった道具箱に彼を落としてしまった。ひょっとしたら、わざと？　私たちはわざとだと思ってる。だからおばあちゃんがいなくなって、ほっとした。それでも何が起きたのか全然わからなくて、気持ちが落ち着かなかった。

　それともあれは、おばあちゃんじゃなかったのかしら。私だったとしたら？　寝不足で時間に追われていて、私は私なりに病んでいたのなら。疲れ切って、将来への不安を感じていたのなら。時々私は自分がさっきまで何をしていたかわからなくなることがあるの。あなたの双子の弟にも、同じことをしてしまったのかしら？


　あなたは私を許せる？

愛をこめて、あなたの母より

ただの気のせいだった。海藻と石、砂とクコで成る砂利道のパラレルワールドは、同調するようにあいまいに縮小した。そして肝心の砂利道はというと、轢《ひ》かれてしまうという危険にわずかにさらされながら生きる雑草で、ほぼ埋め尽くされていた。そこにいちばんよく出入りしていたのは、ひとりぼっちの子ども。夜中やって来るときは空っぽのリュックも、帰るときはぱんぱんだった。

*

ロアルは冷蔵庫をのぞきながら、頭をかいた。じゃがいものクリーム煮は、ひとつでなくふたつ置いてあったはず。間違いない。それに寝る前、レモン水を作っておいたはずだ。彼はあたりを見回した。インのキッチンに人がいた形跡はなかった。

はじめ彼は、客の誰かが夜食を盗み食いしようとキ

インと子ども

残酷な嵐が海岸線に打ちつけるなか、それは発見された。

パイプとファイルを抱えた男が、挑発的な景色のもと、きれいな靴をはいてぎゅっと目を閉じて立ち、朝霧のなかをものすごい大股で目的地に向かい、風向きと墜落の危険性について青い線が引かれた用紙にメモを取ると、戻ってコーヒーを飲んだ。しかしその穏やかな海が岬を静かになではじめたときは、誰も何も気づかなかった。両側の砂が少し消えようとしていることに気づく人がいるだろうか？　海が慎み深くも迫ってきて、じわじわと引いていくことに？

〈首《ハルセン》〉の地峡は年々狭くなっていくように見えたが、

ッチンに忍びこんだに違いないと思った。ところがそれでもまだ辻褄《つじつま》が合わないことがあった。それは頻繁に、時に数日に一回起きた。そして時折、食べもの以外にも何かがなくなっていることに気がついた。おかしなものが。前の日の晩、ダイニングテーブルに間違いなく置いていたトランプを朝探したけれど見つからなかったこともあったし、鍋がなくなっているのにシェフが気づくこともあった。次第に同じようなケースが数えられないほど増えていったが、何が起きたかはまるっきりわからなかった。

シェフ本人の仕業ってことも、もちろんありえたが、それはあまり現実的でなかった。また単純に事実ではなかった。ロアルは料理の才能に長けたはとこよりも、信頼できる人が思い当たらなかった。そして彼にはこの手のありふれた軽微な盗みを監督するほうの立場でいてほしかった。

おまけにシェフは何かなくなったと気づいたとき、完全に落ち着いていたではないか。彼はただただ笑っていた。彼は何でも笑い飛ばす。だが、自身のキッチンや倉庫に何があるかを完全に管理できていると主張するのはいささか大げさにすぎた。実際、シェフはロアルが夜中忍びこんで、残りものを食べているのではと疑っていた。彼がいたずらっぽく目をぎらりとさせ、その疑いを口にしたとき、ロアルはきっぱりと否定した。するとシェフは乾いた笑みを浮かべ、そこで話は終わってしまった。

ではいったいどこのどいつが、残飯やトランプや鉛筆やソーダ水やツナ缶を倉庫から持ち去ったのだろう？　それにどうやって？

この夜、宿屋には宿泊客が単純にひとりもいなかったのだから、宿泊客が犯人の可能性は、ゼロということだ。

ロアルはキッチンから裏階段に踏み出すと、階段を数段降り、狭い廊下を進み、倉庫に出た。キッチンペーパーとクラッカーひと袋とアメ、トマト缶が何種類かとソーセージが何本か、ハチミツの瓶がひとつと、あと確実なのはクッキーの入った大きな袋と……そう、気泡シート！　それらがなくなっていることに気づくまでに、少しかかった。ああ、角っこには、新しいズボンプレッサーが送られてきた大きな段ボール箱に、たくさん気泡シートが念のため入れられていた。だが今それはない。

気泡シートなんて、誰が持っていくんだ？　ロアルが食品を冷凍するのに使っている袋もなくなっていた。

彼は通路を戻る途中、一瞬足を止め、開けっ放しになっていた狭くて細長い地下室の窓を見上げた。空気を少し入れなくては。この窓から誰かが入るなんて無理。不可能だ。

シェフが二十年間ではじめて本格的な休暇を取ろうと決めたので、キッチンは十四日間、閉められる。彼とその妻は本島に行かなくてはならなかったが、そこに長くいるのが嫌なら、予定より早く戻ってくるだろう。

インのホールも、二階の部屋の大半も、塗装や細ごまとした修理がいろいろ必要だったので、ロアルは今まで住んでいたアパートメントに留まって、その間、インを少しのあいだ閉めることにした。骨の折れることに、修理はすべて自分でやって、出費を抑えなくてはならなかった。それでもさらに助けが必要だったら、誰に頼んだらいいか、彼にはわかっていた。常連客はできるだけ早くまた酒を浴びるように飲める場所に行きたくて仕方ないようだったし、そのためなら喜んで作業着に袖を通した。その後ビールが待っているならなおさらだ。ところがロアルははじめ、数日ひとりでいたいと言って彼らの申し出を断った。

彼は素早く決断を下していた。小麦粉をひと袋見つけ、キッチンのテーブルに置いた。ベッドに入る前、彼は床にうっすらと小麦粉を振りかけた。そして翌日に掃くのだった。次の日、キッチンに彼以外誰も来ないので、一日そうしておいた。面倒なことはくそ食らえだ。これで満足しなくては。

彼はふざけて折れた鉛筆とリコリスキャンディ六個とトランプをテーブルに置いた。そしてちょうど二十五枚のサラミを、十枚のハムと赤唐辛子の輪切り五つと一緒に、冷蔵庫のお皿に置いた。

彼が朝、キッチンの床を調べた最初の五日間は、何の兆候もなかった。七日目の朝に、リコリスキャンディ三個とサラミ七枚とハム二枚と赤唐辛子の輪切り一つとともに鉛筆が消えた。そして冷蔵庫とダイニングテーブルと地下の廊下の前のドアとのあいだに振りかけておいた小麦粉には、足跡がついていた。

ロアルは屈んで、そのはっきりした足跡を見てぎょっとした。足跡は非常に小さかった。子どものものに違いない。廊下から窓の下へと足跡をたどり、彼は理解した。ちょっとした工夫で子どもが充分なかに入り、また出ていくことができるのだ。

だが子どもが夜中に？

気泡シート？

ロアルは二階の部屋のフローリングを直しながら、夜中の訪問についてあれこれ考えていた。無垢《むく》な子どものいたずらと一笑に付せるならそうしたかったが、とうてい無理だった。定期的に食べ物と小麦粉と鍋とキッチンタオルを盗む子は、何らかの危機的状況に瀕《ひん》しているはずだ。

しかしここコーステッドにそんな子はいない！　靴のサイズから判断するに、小さい子に違いなかった。深い理由はないが、男の子の気がした。

ロアルは町の子ども全員と知り合いとは言えなくとも、一部の子たちとは顔見知りだったし、それ以外の子がどこの家の子か、ある程度把握していた。だがインのキッチンで繰り広げられる物語に、ちょっとでも当てはまりそうな子はひとりたりともいなかった。パン屋の三兄弟は、いたずらしそうではあっても、こそ泥をするとは考えづらかった。三兄弟のひとりが、狭い窓から体を縮こまらせて入ってくるのは想像がつかなかったが、何よりまず確信していたのは、家の裏に回りこむ段階で、イン中の人を起こしてしまうに違いないということだった。その子たちはほかの家の子よりずっと騒がしく、遊びだしたら耳をふさぐ必要があった。特にその三人のいたずら小僧とほかの子どもたちが放つ騒音を耳にしたら、子どもがいないことに感謝せずにはいられなくなるだろう。そして将来、思春期まっただ中の彼らと格闘することになる高校の教師に思わず同情するはずだ。

警官の娘を見るとロアルの胸はきゅんとなる。彼女は彼が知るうちで最も美しく、小柄な女の子だった。大通りにでんとそびえる、黄色いレンガ造りの屋敷に住んでいるとは思えないほど素朴で、大草原の小さな家に暮らしていそうなワンピースにお下げ髪の娘だった。しかもなかばできすぎた話だが、名前も「ローラ」だった。だがロアルの小さなローラが盗みなどするわけがない。

だったら誰が盗んだのだろう？　子どもたちをひとりひとり調べていったが、夜中、食べ物を手に入れようと忍び歩きそうな子などいなかった。彼の印象では、誰もが必要なものを持っていた。それに盗品を引きずって家に持ち帰ろうものなら、いつかの時点で親に見つかるだろう。

インのバーに噂が広まらないよう常に注意していた彼は、盗みの話は黙っていた。しかし彼は一度だけさり気なく、この島に困窮している人はいないか、常連客に聞いてしまったことがあった。最低限の生活を送るのも困難とおぼしき人はいないかと。

カウンターに座っていた客数人は髭を小さくかいて、

乳母車を引いてゴミ捨て場のまわりをいつもうろうろしているみすぼらしいばあさんじゃないかと言った。はたまたシェトランド・ポニーのいる、おんぼろ農場のじいさんか。または最近までフェリー乗り場の待合室で雨風しのいでいた、酔っ払い三人衆だろうか。

しかしすぐにそれらの人たちも困窮しているとまでは言えないと、常連客の意見は一致した。酔っ払いたちは飲み物に不自由していないわけだし、農場のじいさんも哀れなポニーよりはずっと食べ物に恵まれていそうだった。乳母車のばあさんは実際、シュナビュに続く通り沿いにある、藁ぶき屋根の家に住んでいるのだという。庭に丹念に手入れされたツゲと、こぢんまりとした素敵な風車のある小綺麗な家で、旦那は年金生活中の元会計士だった。ばあさんはただ頭がどうかしているだけだった。

ほかに〈頭《ホーエド》〉には、やや変わり者で、人を寄せつけないホーダーという男がいた。やつはいつもがらくたをたくさん積んだ車を乗り回していたが、かといって、必ずしも困窮しているとは限らなかったし、少なくともがらくたは充分に持っていた。そいつの妻も郵便配達の弁では、とんでもなく太っているらしいから、深刻な困窮状態にはなさそうだった。それに〈頭《ホーエド》〉の南でやつが目撃されたのは、もうずいぶん前のことだった。

ホーダーにはたしか子どもがひとりいるはずだとロアルは覚えていた。いや、いた。かわいそうに、少女が海で死んだのを知らない者はこの島にはいない。親としてそんな悲劇に見舞われるなんて。さらに悲劇的なことに、その数年前やっぱり事故で赤ん坊も命を落としていた。ロアルが理解する限りでは、たしか亡くなった少女の双子の弟のはず。運命というのはどこまで残酷なのだろう？　元々やつが変人でなければ、あまりのつらさに、どうにかなってしまっていただろう。

島全土と沿岸の海の上から少女を探すヘリコプター

の音を、ロアルは覚えている。遺体が見つかっていればよかったんだが。

いつか島に行く日が来るのだろうか。遺体を探しに。遺体を何としても探してあげなくてはという熱い思いの炎はいつしか消えかかり、わずかな残り火と化していた。

どうせ探しても見つからないだろう。

フローリングが完成すると、ずれないか少しこすってみたが、しっかりくっついているようだった。

だから、盗んだのがホーダーの子というのも、ありえない。そう判断する理由は充分にあった。

だったら小人の仕業だろうか？

彼はその考えを振り払うと、立ち上がった。島のどこかに気泡シート中毒の腹ぺこの小人が住んでいるなら、噂が耳に入ってきているはずだ。

ああ、もう、酒だ、酒。

ロアルは書き物机の椅子に腰を下ろし、電話を見つめた。上に置かれた黒い受話器はわずかに弧を描いていた。傷の入ったベークライトのその受話器は彼の手の汗でべとべとしていて、ダイヤルは埃と汚れで灰茶色になってはいるが、元は透明だったようだ。製品番号の四桁の数字の頭には、ＨＩＫという文字があった。

ロアルはビールをひと口飲んだ。ＨＩＫ。なぜ今まで気がつかなかったのだろう？　今みたいに電話をするのに手こずることが滅多にないせいかもしれない。

警察に連絡するべきなのはよくわかっていた。その上、彼は他人の気持ちをおもんぱかって帽子をちゃんと取って挨拶する警官と、きわめて良好な関係にあった。

ところがロアルはためらっていた。なぜか？

もうひと口飲んでから、彼は心を決めた。唇についた泡をぬぐい、空の瓶をテーブルに置いた。まずは自分で探しだしてみよう。騒がせる理由はなかったし、警官もそう簡単に動きはしないだろうから。

夜の訪問はいつもあいだが数日あいていたので、ロアルは四日待った。五日目の晩、彼は早くにベッドに入り、数時間仮眠をとって深夜に起きた。それから彼はキッチンに忍び足で入り、待った。少しうろうろしたあと、踊り場の棚からドナルドダックの漫画をごっそり取り出した。インの客がたまに連れてくる子どもに、その漫画はたいていウケた。今はダイニングテーブルの上に置いてある。

明かりがつけられさえすれば、本や例のドナルドダックを少し読むことができるのだが、それはできない。光が窓から見えかねないからだ。ある時点で、彼は座っていた小さなテーブルで眠ってしまい、五時ごろ腕ががくっとなって目が覚めた。墓場みたいに静かだった。彼はそっとベッドに近づき、横になった。

次の晩もその次の晩も、相変わらず訪問者はあらわれなかった。そして火曜の夜、ようやくことが起きた。今回、ロアルは朝方まで起きていられるようにと濃いコーヒーを淹れた。コーヒーが効いたのか、二時半ごろになっても、彼はまだ頭がさえていた。彼の思考は税金について思うところや、ウィスキーの成分、前の職場の同僚、離婚した元妻、競争社会、賭け事とのあいだをゆったり行ったり来たりした。彼は実際、それを楽しんでいた。ほかのみんなが寝ているあいだ、そうして起きて考えていることを。外では看板の蝶番がキーキーいい、低木の枝が壁にかすかにすれる程度に風が吹いていた。

それから突然、建物の後ろから別の音がした。ほんのかすかな音だったが、たしかに聞こえた。彼はそっと立ち上がり、みずからが選んだ場所に行った。ダイニングルームのドアの横にある背の高い棚の陰で身を縮こまらせ、暗闇のなか、気づかれないよう立っていた。

ちょっとして、通路に続くドアの取っ手がゆっくりと押し下げられる音を聞いた。取っ手は視界に入っていなかった。冷蔵庫は見えた。やがて男の子があらわれた。

ロアルはその小さな人影が冷蔵庫に近づくのを、息を殺して見守った。この数時間で目が暗闇に慣れていなかったら、ほとんど何も見えなかっただろう。だが今はその小さな男の子の輪郭がはっきりと見えた。髪は比較的短く、瘦《や》せていて、手には大きめの鞄――いや、リュックだろうか――を握っていた。彼は軽やかに、感心するぐらい静かに動き回っていた。ロアルには彼の足音ひとつ聞こえなかった。

少年は明かりをつけていなかったが、冷蔵庫までのルートをしっかり把握しているようだった。開けたのはほんの少しのあいだだけなのに、なかに何があるか調べるのには充分のようだった。背を向けていたので、冷蔵庫の光で顔が照らされることはなかった。しかしロアルには先のはねた焦げ茶色の髪と、茶とオレンジの縞《しま》模様のセーターが見えた。次の瞬間、少年はトレーを取りだし、冷蔵庫の扉をふたたび閉めた。そしてそこに立ちつくし、ロアルが前の晩から取っておいた残りものを入れたトレーを嗅いだ。コンビーフだ。すごくおいしいやつ。少年は指で少し取ってなめてから、素早くトレーを戻した。

その場に響いたのは、ドアを閉めるとき、ゴムパッキンが合わさるときのキスみたいなチュッという音だけだった。それから少年は指をきれいになめ、ロアルが座っていたテーブルのほうに体を向けた。片方の手はドナルドダックの漫画に触れていた。ヨアキムおじさんの顔が、かすかな円錐状の光で一瞬照らしだされた。やがて、また暗くなった。少年が自分のリュックサックをテーブルに置き、山と積まれた漫画を手に取って、詰めこんでいる。それから手でお菓子の入った小さなガラスのボウルを探った。ボウルからさまざまな色がのぞいた。ひと握り手に取ったリコリスキャンディとクマの形のグミをリュックのサイドポケットにごそごそと突っこんだ。ひと粒がコトンと床に落ち、タイルの上をコロコロころがった。

少年は静かに耳を澄まし、立ったまま待った。ロアルも同じことをした。家のほかの場所からは何も聞こえなかった。それから少年は膝をついて、手で床を探ってキャンディを見つけ、口に放りこんだ。

さらに盗るつもりなのだろうか？　さらに倉庫に行くのだろうか？　ロアルはまだ自分から出ていきたくはなかった。自分でも意外なことに、興味があっただけでなく、内気なそのゲストに不思議と心を奪われ、情も感じていた。

その少年がこうした一連の行動に慣れているのを、計り知れない悲劇と感じた。ロアルは怒りを少しも感じなかった。感じたのは同情のみだった。それに不可思議さ。少年は今、慎重に棚と引き出しを探りはじめた。時々、円錐状のかすかな光が投げかけられたが、照らされたものはちらりとしか見えなかった。引き出しから何かが取り出され、リュックに入れられた。ロアルはそれが何か推《お》し量ろうとした。ハンドミキサーだろうか？　少年はまた、鍋つかみをふたつかひとつ取りだそうとした。それから急にリュックをつかんで、ドアに戻った。

ロアルはためらった。今こそ姿をあらわすべきときなんじゃないか？　飛びだしていって、咳払いをするべきなのだろうか？　そんなことをしたら、相手は卒倒するだろう。ふたたび窓から出ていくまで待ったほうがいいのではないか？　ああ、もう、なんで計画を立てておかなかったんだろう？

少年がロアルの視界から消えた。キーッという小さな音で、ドアが開け閉めされたのがわかった。やがて廊下から聞こえるか聞こえないかぐらいの音がした。

倉庫の前のドアから響いてきているようだ。耳を澄ましていなければ、気づかなかっただろう。ただの風ってこともありうる。彼はクローゼットの陰に一瞬身を潜め、考えをまとめようとした。

そしてついに彼は足を踏みだした。倉庫から何かが持ちだされたことは重々承知していたが、ドアから廊下に出はしなかった。違うドアからダイニングルームに行き、そこから玄関ホールへ進み、正面玄関から外に出た。これまで以上に足音を忍ばせて動いたが、少し騒がしくなっていた風に感謝した。重たい玄関のドアを慎重に閉めてから、インの玄関のほうを振り返った。花壇の低木が、街灯からの光に照らされ揺れていた。それ以外は、あたり一面ひっそりと静まり返っていた。

玄関前と同じく北に続く道に人影はなかった。夜のこの時間帯に誰かが出歩いているのは珍しかった。ロアルは慎重にインの前面を壁に沿って歩いた。端にたどり着くと、後方に私道が、また地下室の窓が開いているのが見えた。近くの街灯の光は遠くまで届いていなかったが、細長い月の光が砂利と家にかすかな光を投げかけていた。

最初に動いたのは、トイレットペーパーだった。窓枠からぎりぎり出せる十二ロール入りのトイレットペーパー。そのあと出てきたのは……同じくトイレットペーパー一ロールだったろうか？　もしかしたらオイルクロスだったのかもしれない。それからリュックが。縞模様のセーターのなかの細い腕がリュックを外側に押しやっていたので、トイレットペーパーにはぶつからなかった。

そして、子どもがあらわれた。

外に出るとすぐに、少年は窓をふたたび半開きに閉めた。それからリュックを背負い、トイレットペーパーとオイルクロスを持ち上げ、砂利道の上をほとんど音を立てず滑るように進み、アスファルトの道路に出た。ロアルは子どものほうを見やった。彼はまだ姿をあらわせずにいた。

代わりについていった。暗闇のなか。

少年は走りはしなかった。でも歩きもしなかった。その足はなかば止まっているかのようだった。ロアルは先住民を――それに重い荷物を持って長距離を移動するアジアの農民を思い出した。

ロアルがいちばん不思議だったのは、少年の通った道ではなく、方角のことだった。少年は北に進んでいた。その道を少し行ったところにあるどれかが彼の家なのだろうか？　あのあたりに子どもなどいただろうか？

コーステッドの北にきちんとした道はまったくなく、そのため灯りもなかった。ロアルは暗闇のなかでうごめく何かを見、一瞬たじろいだ。しかし月は遠い日の光を反射する黄金の剣《つるぎ》のように闇に浮かんでいた。そこには光が――かすかな光があった。目の前のその小さな人影が見えるほどの光が。だが自分に気づいたらどうなる？　子どもを驚かせるのはすごく気が引けた。

道が曲がりくねり草が茂っていたのは、ロアルにとって非常に幸運だった。おかげで姿を見られる恐れなく、前に踏みだすことができる。同時に子どもと同じテンポで移動することは全然無理だということを自覚していなくてはならなかった。その子は雄牛のように強靭に違いなかった。

少しすると視界が開けてきて、小さな集落を抜けると、ほんのいくつかだが、ふたたび街灯があらわれた。しかし少年は明らかに光を避けていた。畑に入る途中で、ロアルは足を止めなくてはならなかった。北の闇に消えゆくその小さな後ろ姿を、息を切らしながら見つめていた。

あの子は本当に〈頭《ホーエド》〉に向かっているのだろうか？

リウへ

このあいだ、あなたは気をつけなくてはならない、いくつかの罠について言いかけて、黙りこんだわよね。そのことが気になっているの。罠って、何の罠？　お母さんに何を隠しているの？　お母さんが今そこにいるのなら、そばにいてあげるのに。あなたとずっと一緒にいたかったわ。

愛をこめて、母より

固執

イェンス・ホーダーは新生児を抱えて歩いていた。奥に行くほど、足の踏み場がなくなっていくベッドルームを抜け、細い廊下を進み、一段下りるごとに狭まっていく階段を降り、気管を埃まみれにさせる部屋を通って。そうして彼は中庭に出た。そこでは空が避けて通れないゴミの森をすり抜けようとしており、ウサギが穴を掘る草地にわずかにのぞく地面以外に土は見られなかった。彼は自分の作業場にたどり着くと、新生児を入れて運んでいたキルトごと作業台に置いた。泣かない子だった。

イェンス・ホーダーも叫ばなくなっていた。今では落ち着いて、集中していた。三千歳のじいさんになっこず、音もまったく出なかった。イェンスはリウがそこにいるのを知らず、見えてもいないかのように歩いた。まるで彼女がカールであるかのように。

リウには作業台の隅っこに斜めに掛けられたキルトの端っこと、ひどく小さな裸の両足しか見えなかった。彼女の足よりずっと小さかった。足は隣にある灯油ランプの光が投げかけるぼんやりとした影に包まれていた。だがあたたかそうではなかった。

カールはまだ来ておらず、今、リウは立ち去るべきか、留まるべきかわからなかった。父親は作業台の脇に立っているのに、息を吸う音が聞こえなかった。小さなつま先はぴくりとも動かなくなっていた。リウは近づいて、作業台を挟んで向かいに立ち、父親を見上げた。父親はリウを見なかった。彼はキルトをのぞきこんでいた。

たかのように。

リウが父親のところにやって来たとき、彼はその子の体を洗い終えていた。リウは質問することなく、言われたとおり、バスタブの水を家の裏に運んで捨てた。そしてポンプの水でふたたびいっぱいにした。手を洗うため、と彼は言っていた。そしてリウは父親のためにキッチンまでオイルを取りにいった。それにジャムの空き瓶を。ガーゼの袋もまとめて持ってきた。塩の袋も。それから彼女は外で炎を点し、教えてもらったとおり、樹脂を精製しはじめた。全部あとで使うと父親は言っていた。今使うジャムの瓶と塩以外は。カールは見当たらなかった。

リウは平静を取り戻そうとしたものの、混乱し、恐怖を覚えていた。まだ大人になってはいなかった。

リウが座る横でイェンスは今、包丁を手に取り、刃を火にかざしている。彼女は父親に尋ねたかったが、口を開いたが、空気はまったく入ってできなかった。

するとと空中のおがくずを吸いこんでしまったかのように、呼吸が変わった。時々、彼女は息をするのを手伝ってあげたくなった。

ふたりは長くそうしてはいなかった。森の空気は作業場の空気よりも気持ちがよく……家やコンテナの空気よりずっとよかった。彼女は森が恋しかった。

そして今、リウは自分が何をするべきかわからずにいた。

決断できないリウに代わって、その肉体が決断してくれた。彼女は作業台の後ろの床にまるでひとりでに落ちたかのようにすとんと座りこんだ。

リウは作業台の横桁の上に顎を乗せた。前の床に落ちているおがくずの上に、ジャムの空き瓶があった。それに父親の脚が。ズボンの片脚に穴がひとつ開いていて、膝のすぐ下は破れており、穴の下の肌を想像できた。光で照らせば見えるだろうか？　彼女の小さな懐中電灯の光が、穴と干上がった大地のような肌を照らした。小皺がたくさん入っていて、触りたくなった。

すると膝が突然、彼女のほうへ向かってきた。穴から飛びだし、光に照らされた一方の膝は、まるで母親の体から出てきた赤ん坊の頭のようだった。そして今、差し伸べられた手がジャムの瓶をつかみ、水底の釣り針のように瓶を引き揚げた。そしておがくずがこぼれ、ナイフでウサギが刺されるような音を聞いた。少しすると、ジャムの瓶はふたたびおがくずの山に沈んだ。

何か黒い物をなかに入れて。瓶には手の黒い跡が残っていた。さらに別の瓶が吊り上げられ、あとでなかに何か入れて戻ってくるため、作業台の縁に消えた。そんなことが続いた。彼女は満杯になった瓶を見つめ、ウサギとヤギを思い出した。彼女はそれらのうちのひとつを照らしてみて、何かを認識した。

気づくとカールが目の前にいて、リウの手を取っていた。

リウはカールに怖がらないでとささやいた。ジャムの瓶に入っていたのは、まさに妹の肺だった。

それから父親があらわれた。いいや、まずは彼の膝が前に出てきて、それから上半身が屈み、片手が縁をつかんだ。次にちょっと傾げた顔と目がのぞき、作業台の下の横桁の上の彼女の顔をとらえた。彼女は懐中電灯を消した。

「何をしているんだ?」静かに彼は尋ねた。声が変わっていた。ひょっとしたら喉におがくずが引っかかっていたのかもしれない。

リウは作業台から何かが滴《したた》り落ちる音を聞いた。最初、滴の落ちるタイミングはまばらだったが、だんだん間隔が短くなっていき、最後にひとつの音となり、ひと筋の流れと化した。

「待っているんだと思う」とリウは答えた。「お父さんは何をしているの?」

父親は黙って座っていた。カールと同じぐらい静かに。流れていたものがぱっと滴に戻った。

「俺がおまえの妹の準備をするから、面倒を見てあげよう」

「いいよ」

「一緒にな」

「うん」

「おまえも立つか?」

「うん」

リウは立つことに決めたが、カールは嫌がった。彼はひどく重い塩の袋みたいに、彼女を床に突き飛ばした。見上げると、父の膝小僧が見えた。

「起きられるか、リウ?」どこか上のほうから父親が尋ねた。

「うん」リウは身じろぎせずに答えた。

「怖いことなんか何もない」と父親は言った。

「わかった」

リウの手を握っていたカールの手がゆるんだ。リウはカールの手を握ったまま立ち上がった。そして一緒に息を殺した。

＊

イェンス・ホーダーは詳しいことは覚えていなかった。いや、ひょっとしたらはじめから知らなかったのかもしれない。ところが、かつて父から刷り込まれた、いにしえの手法についてのぼんやりとした識見が、地中に眠る化石のように、彼の心のどこかに残っていた。そして彼の手を操っているのは、この知識だった。

彼が生まれたばかりの娘を手元に置いておきたいと思ったのは、魂の救済を思ってではなかった。ただ娘を近くに置いておきたかったのだ。自分のそばに。

この子を失いたくなかった。

その小さな体の中身は徹底的に洗い尽くされ、臓器が取りだされ、体内に残ったのは心臓だけだった。残すべきなのだ。そう覚えていたし、正しいとも感じていた。その子はこの上なく美しい小さな女の子だった。彼のリウがかつてそうだったように、美しかった。

それに彼女の双子の弟。

彼はこの生まれたての子を、手元に置いておかなくてはならなかった。七年前、彼の息子が土に消えたように、この子も消えてしまわないよう。彼はもはや絵のなかにカールを留めておくことができなかった。線で彼の肉体を形どることはできなかったし、遠近法で形を留めることもできなかった。カールは必死につなぎ止めようとしていた思い出から徐々に薄れつつあった。そしてイェンス・ホーダーはまたも待ち望んでいた愛する子を失いたくなかった。

これ以上、失いたくなかった。

彼のなかの何かが、リウも一緒にやらなくてはならないと言っていた。生まれた直後に亡くなった子の存在を何らかの形で留めておくため、リウに手伝ってもらわなくてはならなかった。

*

リウの父はちょうどいい大きさの桶を探しながら、「塩は体の水分を根こそぎ外に出すんだ」と説明した。リウはそんな大量の塩を一度に見たのは、それがはじめてだった。白い海が彼女の妹のまわりを取り囲むなか、彼女はそのちいちゃな顔を見つめていた。小さな瞳は閉じられていた。カールも自分の目を閉じていて、リウも閉じたかったが、できなかった。彼女は父親と一緒に見ていたかった。彼から言われたことすべてを共有しなくてはならなかった。ふたりはその小さな女の子を一緒に面倒を見、その子が消えないようにしなくてはならなかった。けれど今、彼女は塩の風呂のなかに消え、頬とその小さな小さな鼻もついに沈んでいった。

からからになり、体内の水が一滴もなくなるまで、一カ月そうしていなければならないと父は言っていた。そしてリウは誰かが死んだら泣かなきゃいけないのかなと考えていた。

*

カールは泣けた。泣きじゃくりはじめた。カールは泣いていた。妹が死んだから。彼は泣いた。お母さんがこの子が塩に埋もれているなどつゆ知らず、ベッドルームで寝たきりでいるから。カールは泣いた。父親の様子がおかしかったから。カールは泣いた。誰かがやって来る危険性が少しでもあったらコンテナに隠れていなくてはならなかったから。そう、ちょっと音がしただけでも。そしてカールが泣いたいちばんの理由は、リウといるのにひとりぼっちみたいに感じたからだった。

*

マリア・ホーダーには子どもをもうひとり埋葬する気力が残っていなかった。イェンスがやって来て、赤ん坊が今火葬されたと告げたとき、マリアは自分の重みで沈んだベッドに横たわったまま、感謝の思いをこめてうなずいた。彼は旅立つ彼女のために小さくてきれいな棺を作ったと言った。それから妻の額にキスして、髪をなでた。

「あの子はいいところにいるよ」とささやいて。

リウはベッドの端から聞いていた。いいところなんかにいやしないのに。リウは今は嘘をついていいときだと知っていた。嘘をつかなくてはならないってことを。リウは母親に、母親から出てきたその小さな人間は燃やされたんじゃなくて、作業場の桶に入れられた塩のなかに埋葬されているんだとは口が裂けても言えなかった。そんなことは決して言ってはならなかった。

リウは何も言わなかった。言う代わりに、母親に読み聞かせをした。読み聞かせがとっても上手になったわねとマリアは言った。母はまだ時々柔らかな唇から音を出すことができた。

いつものマリアなら、そうする代わりに、たくさんのノートから一冊を選んで手に取り、リウに何か書くのが常だった。そんなとき、リウは飢えた子どもみたいにその文章に飛びつくのだった。

「もうそんなに上手に読み書きできるのね。お母さん、鼻高々よ。すごいわ、リウ!」

リウはしばし満足し、幸せそうにほほ笑んでから、読み進めた。

声に出して。

彼女は時折、秘密を文字にして、お母さんに見せられればいいのにと考えた。そうすれば何も言わずに済む。そうやって彼女は自分の知っていることを取り払いたかった。何も言わずに。

でもそんな勇気はなかった。彼女を怯えさせるのはもはや見知らぬ人だけではなかった。彼女の父親の日増しにひどくなっていく陰鬱さが、暗くて不可解な脅威のように、彼女に忍び寄っていた。

マリア・ホーダーはベッドルームからもう出てこなくなった。そして彼女の亡くなった三番目の子が塩に埋葬されたのと同じ月に、彼女は動けなくなり、自分の家も認識できなくなった。少しずつ、彼女は自分を埋葬していった。

リウへ

ウサギ、ウサギに何があったの？　また生まれたの？　ウサギの音が聞こえる気がする。箱にはもういないの？　それに家畜小屋の動物たち……あの子たちの声も聞こえるわ。餌はやっている？

今は夜中で、あまりうるさくしちゃ駄目なのに！

愛をこめて、母より

私の妹

妹が塩のなかに横たわっているあいだ、私はガーゼを持ってきて、樹脂をさらに精製した。お母さんは私から漂うにおいに怪訝そうにしていた。「あなたはいつも樹脂くさいわね。森をよく行き来しているのね」とお母さんは言った。すると私はささやいた。「いいにおいでしょ」

お母さんはほほ笑んだ。

ある夜、私はパン屋さんの庭で、箱入りのデニッシュが捨てられたゴミ袋を見つけた。おかげで私たちは夜更かしすることになった。カールはお母さんが食べ過ぎなんじゃないかと少し心配そうだった。そこで私はカールを部屋から閉めだすことにした。時々、カールにはひどく苛つかされる。お父さんにはいらないって言われた。私はお父さんとお母さんと三人でいるのがいちばん好きだったから、少し悲しくなった。でも今ではほとんど三人でいることはない。

最悪だったのは、お父さんがカンカンに怒りはじめたときだった。私に直接怒ったわけじゃない。お母さんにでも。ふだん、お父さんは私たちに優しく話してくれた。実のところ、お父さんが誰に怒っているのかわからなかった。でも時々、ひとりで怒り狂っている声がした。ひょっとしたらお父さんにも見えない友だちがいて、その子を叱っているのかな?

私も時々、カールのことをちょっぴり叱ることがあった。カールが私のそばから離れていって……完全に見えない双子の弟になってしまわない程度に。

心配なことはほかにもあった。やることは本当にあれこれあったし、私はどれも好きだったけれど(特にお父さんと私が一緒に見つけたことは)、何か違っていた。

自分が訪れた家と比べてみた。そうした家で私は部屋をずっと自由に行き来できた。こんなにそこら中、埃と汚れだらけの場所はほかになかった。ネズミや蜘蛛は私の友だちとはいえ、インのキッチンのそこら中にネズミの糞や蜘蛛の巣があるわけでないのは、ちょっと不思議だった。ほかの家はここととはまるで違って見えた。においも違っていた。いいにおいがしていた。特にインは。

私たちの家はたしか、ずっと今みたいに物があったわけじゃなかったはずだ。前はキッチンもシャワールームもちゃんと使えたし、こんな物置きみたいじゃなかったはず。

私は前みたいにたくさん物がなければいいのにって思う。でも、なくていいと思うものはなかった。それにお父さんは、私たちにそういうものの面倒を見てやんなきゃなって言っていた。

私はそんなこんなあれこれ考えていたけど、それをどうしたらいいかわからなかった。お父さんはどんどん話しにくくなってきたし、お母さんを悲しませたり、もっと嫌な感じになることを言うのが怖かった。お父さんが気に喰わなそうなことをお母さんに言いたくなるたび、お父さんがこう言うのが聞こえる気がした。

「お母さんが死んでしまうかもしれないぞ」

私はたぶん動物を殺すのがすごく上手。でも自分の母親を殺す気にはさらさらならなかった。

お母さんがあのベッドで私のことを待っていてくれなくなること以上に、最悪なことはない。お母さんは私が読み聞かせる本と食べ物を持ってくるのを待っていた。私が持っていくと、お母さんは髪をなでて愛しているとささやいてくれた。お父さんがボート乗りや森に連れていってくれなくなった今では、それがいちばんうれしいことだった。妹がお母さんのお腹から出てきてからというもの、お父さんはほとんどどこにもいかなくなった。

何も言っちゃいけない相手と話すのは難しい。相手が母親だろうと、父親だろうと、見えない双子の弟だろうと、相手があんまり話さないときは特に。それで私は、お母さんに本を読んであげるのが好きなのかもしれない。

だから私はまだできるはず。話すことが。

でもやっぱり言葉を口にするのは駄目。ベッドルームの外では誰にも聞かれないよう、いつだって音を全然出さないようにしていなければならなかった。

お父さんは私が誰かに見つかるのをひどく恐れているくせに、本島に私をひとりでやるなんて、ちょっとヘンだ。お父さんは毎回、「おまえは神に誓って、見つかってはいけないぞ！　お父さんが一緒じゃなかったって、お母さんには言っちゃ駄目だ」と言っていた。

私は神様が何の関係があるのかわからなかったし、ふたりとも神様を信じていなかったけれど、そんなことは一切合財、うやむやになった。でも私はどうしてお父さんが家で大量の物の面倒を見る代わりに、一緒に来て私の面倒を見ないのか、不思議でならなかった。お父さんが私以上に怖がっていたのだとわかったのは、あとになってからだ。お父さんはすべてを怖がっていた。ちょっぴりカールみたいだ。

違うところもあった。暗闇と痛みのことだ。カールは暗闇のなかにいても、何度も痛がった。〈首《ハルセン》〉の家に忍びこんで、水ぶくれができたときのことだ。その夜、私とカールはリビングのストーブで火傷してしまった。壁に立てかけてあった、使わなくなってはずした鉄のシンクにつまずいてストーブに当たってしまったのだ。

カールは心底痛がっていた。私も血が出てしまった。本当はちょっと痛かったのかもしれない。

暗闇は痛みを取ってくれない、と私はうすうす勘づいていた。カールと私の体から痛みは消えなかったから。暗闇に包まれすぎたのかもしれない。私たちの家みたいに。

お父さんも勘づいていたのかも。ひょっとしたらお父さんも暗闇のなかで痛みを感じていたのかもしれない。お父さんは私が痛みを感じるとは思っていなかったのかな。私はそのことについて話すべきかわからなかった。

＊

塩のなかから出てきたその体は、埋めたときとは全然別物だった。元々小さかった妹が、さらに小さくなっていた。すごく細くもなっていた。一ヵ月食べていないからって、ここまでなるもの？　お母さんに同じようにしたら、どうなるか考えた。

お父さんは妹をまた作業台に横たえた。作業台は妹から流れ出、キルトから木に染みこんだ血でまだどす黒かった。床にも大きな黒い染みがあった。お父さんの望みどおり、妹には水分がちっとも残っていなかった。

次はオイルと樹脂を使う番だ。私は作業場の外で精製した樹脂を火で溶かす任務を任された。その作業はインから取ってきた鍋でやった。樹脂はさらさらの液状にしなくてはならないとお父さんが言っていた。煮詰めるのではなく、さらさらに溶かすのだ。私が最初の一杯を溶かしたとき、お父さんはすでに妹をオイルで覆っていた。グレープシードオイルの大きな瓶のひとつがほとんど空っぽになっていて、作業台の上で妹はぴかぴかしている。

血が止まってよかった。お父さんが妹のお腹をふさいだんだな、と思った。それからお父さんは私から鍋を取り上げ、妹にそのさらさらの樹脂をかけ、その後、樹脂を筆でならした。

お父さんは絵を描くみたいに、注意深く筆を走らせていた。妹はとても小さくて細かったけれど、横たえられたとたん、すごくきれいに見えた。私の妹。私は妹が死んでいませんようにと願った。

お父さんがスツールをひとつ私のところに置いてくれたので、その上に私は立ち、遠くまで見渡すことができた。おかしな感じがした。私は遠くに走っていきたかったし、お母さんのいるベッドルームに走りこんで身を隠したかったし、カールと一緒にコンテナに走り、隠れたかったのに。

その一方で、スツールの上に立って、すべてを見渡したくもあった。そこにお父さんと一緒にいたかった。

私もあの場にいてよかった。だって、お父さんは私のことを本当に必要としていたから。ああ、いったいどれだけガーゼが必要なんだろう。お父さんが妹をガーゼで包むあいだ、私はお父さんに次々ガーゼを渡していった。

お父さんは妹の小さな足からはじめて、小さな頭へと進めていき、ついに顔までが幅の狭い薄手の生地に完全に隠れた。肌に空気が触れないようにするんだと、お父さんは説明した。

彼女が足のつま先から頭まで完全に包まれると、それでおしまいかなと思った。でも違った。今やお父さんは、妹にさらにたくさんの樹脂をかけ、またガーゼで包みはじめなくてはならなかった。そんなふうにして私たちは続けた。お父さんが、これで充分だろう、とようやく言うまで。

突然、お父さんは私が全然予想していなかったことをした。向こうに行って、絵を取ってきたのだ。新しい絵を。お父さんが何か描いているのを見たのは、かなり前だった。これはお父さんのほかの絵とは違っていた。だってその絵は薄い木の板に黒いインクで描かれていたから。お父さんが私に見えるように絵を掲げた。「あの子に似ていると思わないか?」と聞いてきた。

実は私はそうは思わなかった。だって今、妹はすっかり痩せて、ぐるぐる巻きにされていたから。塩に埋める前とはまるで変わり果てていた。

私はうなずいた。

「この絵を顔の上に置こう。この子がどんな顔をしていたか、いつでも思い出せるように」

お父さんは絵を顔に載せると、さらにたくさんのガーゼで横から止めた。それから、大きなキャンヴァス生地を手に取り、妹に巻いた。妹をそんなふうに包みこまなくてはならないのは、本当にびっくりだった! お父さんは彼女の顔にかぶせたキャンヴァス生地に、絵がちょうど見えるぐらいの楕円《だえん》形の穴を開けた。

私の妹はまるでマトリョーシカみたいだった。ヴェスタビュのリビングで、マトリョーシカを一度見たことがあったけど、今目の前にあるマトリョーシカはちょっと大きくて、なかに入っているのは小さな女の子がひとりだけだった。

そして最後に、妹はお父さんがあつらえた小さな小さな棺に入れられた。私はコンテナのなかに座り、お父さんが何かをのこぎりで切ったり、ハンマーで叩いたり、鉋で削って平らにしたりする音に耳を澄ましていた。

このところ、私は誰か知らない人が来そうになくても、コンテナにこもるようになっていた。柵のところでいつも止まって、郵便受けに手紙を入れようと車から降りてくる郵便屋さん以外には、実際、誰も来なかったのだけれど。私はもちろん郵便屋さんが来る時間が近づいてくると、見つからないようもっと気をつけた。小さな穴から郵便屋さんの姿をのぞくことができた。彼はすごく遠く——ただの小さな赤い人にしか見えないぐらい遠くにいたけど、毎回、家とこの小さな三つの穴を絶対見上げているはず、と思っていた。ふたたび郵便屋さんが車に乗って去るまで、息を潜めてじっと座っていた。

それでも郵便屋さんがいるあいださえ、お父さんがいつも「気をつけろ」とささやきかけてきた。郵便屋さんが戻ってくることもありえるのだから、と。または私に気づいた誰かが連れにくることだってありえる、と。

しまいにお父さんは「しー」とだけ言うようになった。急いで隠れなくちゃならない、という意味だ。

ベッドルームのお母さんのところに隠れることもできた。ほかにも隠れ場所を見つけることはできた。もしくは物をいくつかどかせば、隠れ場所を少しは確保できた。でもコンテナがいちばんだ、とお父さんは言った。そこなら見つかることは絶対にないから。お父さんは私にできるだけお母さんと一緒にいてほしくないと思っているような気がした。私にはなぜかわからなかったけど。

お母さんが私に何か言うかもと思っていたのかな。

コンテナのなかにカールとただ座って、隙間から砂利道をのぞくのがいちばん楽ちんなんじゃないかとだんだん思えるようになった。カールには何でも言えたけど、カールはお母さんみたいに、髪をなでてくれなかったし、私もカールのことをちゃんとなでなでしてあげられなかった。運よく大きな茶色いテディベアが箱に入っているのを見つけることができた。少し擦り切れてはいたけど、触り心地はよかった。この子にならなでなでしてあげられそうだ。

動く何かに触りたくなったら、ウサギをコンテナに連れてきた。手の下で動くウサギが肌に触れると、柔らかくてあたたかかったし、お腹がぽかぽかした。私は怯えてもいた。お父さんに見つかるかもしれないという怯え。だってお父さんにウサギを家から出してはいけないって言われていたから。ウサギがコンテナでうるさく音を立てることもありえた。

私はコンテナの暗闇のなかに座って穴から外をのぞくとき、誰か来るんじゃないかと心底怖くなる。それでも砂利道を通ったのが、ウサギやキツネで、人間じゃないとわかると、ほんの少しがっかりした。なぜだかはあんまりわからないけど。

私は木にも目を光らせた。森と砂利道のあいだの、草なんかが生えていた場所には、たくさんの小さなモミの木が生えはじめていた。森が広がりはじめていたみたいだった。ひょっとしたら〈頭《ホーエド》〉中を覆い尽くすようになるかもしれない。そうしたら私はコンテナのなかに座って、そこから森をのぞくんだ。

お父さんは妹の棺をすっかり作り終えると、妹は私といなくてはならないと言った。これでみんなが一緒にいられる、と。

私たちはいくつかの古いタイヤを少し押しやり、袋も少しどかして、コンテナ内の私の居場所の隣に妹を棺ごと入れた。木の蓋をずらせば、なかをのぞくことができた。

その棺はお父さんがこれまで作ったなかでいちばん素敵だった。お母さんからおじいちゃんが棺作りが上手なので有名だったと話を聞かされていたけれど、お父さんが妹のために作ったその棺よりきれいだなんてことはありえなかった。

最初、妹が私の隣にいるのは、ちょっとヘンな感じがした。でもしばらくすると慣れてきた。

私たち三人全員が——双子の弟と妹と私がそこにいるのは、ある意味ぴったりだった。私は死んだことになっていたから。

リウへ

今日は何の日？　もうお誕生日は来た？　この部屋はすごく暗いわ。あなたのお父さんに窓をふさいでいる物を全部どこかにやってほしいんだけど、あの人はもうあまり来なくなってしまったから。ひょっとしたら何かを踏み台にすれば、あなたでもいちばん上の物に手が届くんじゃないかしら？　怪我をしないといいんだけど。いちばん上から大きなラジオでも落ちてこようものなら、怪我をしかねないわ。

ああ、リウ、あなたはしばらく来てくれていないわね。私がベッドから、部屋から出られたらいいのに。あなたはすぐにバケツと雑巾を持ってきてね。それに食べ物をもっとと何か飲む物も。恐ろしいぐらい喉が渇くの。空気が乾燥しているせいね。

母より

北へ

シェフが戻り、インが再開するまで残りわずか二日。必要なものにペンキを塗り、修理をし終わったあと、シェフのおいしい料理の香りでペンキのにおいが消えるのを、ロアルは楽しみにしていた。ロアルがいつもより早く作業を終えたある日、体が落ち着かないようなおかしな感覚を覚えた。やり残したことはあったが、やるべきことはすべて終えていた。久方ぶりにバカンスをもらったような気分だ――前に休んだのは何年前だっけ？　六年前か、七年前、いや八年前だろうか？　ロアルはすっかり時間の感覚を失ってしまっていた。

この島での時間の流れは、本島で彼が体感した時間とは別だった。本島では一年後のはっきりとしたビジョンを持っていた。定期試験と準備期間に休暇、会議――鋭いナイフで切ったみたいに分断されたまっすぐの道。前の年と同じ決まった日課と、翌年の欠かせない計画を投影させたものだった。島の一年はクリスマスにそっと忍びこみ、夏に伸び、いつの間にかやって来て、いつの間にか過ぎていく自然体へと変わった。時間はなくなったわけではなく、別のものに取ってかわっただけだ。ただそこにあること以外、何も要求しない柔軟な友になったのだ。

休業日に静寂を楽しんでいたとはいえ、ロアルはバーにいつもの顔がいつもの時間に見られないのを寂しく思うのを認めざるをえなかった。ついこのあいだまで、食事がはじまるきっかり十二分前までスロットマシンという名の片手泥棒の前にずっと座っていた、フィッシュボール屋と親しみをこめて呼ばれていた男がいないことすらも寂しかった。フィッシュボール屋がインのスロットマシンの椅子を立ち、自宅の塀に自転車を立てかけるまでに九分半かかるらしい。そしてそこから手を洗い、食堂の椅子につくまでは一分半。フィッシュボール屋はそれ以上はあまりしゃべらなかった。

たしかにローストポークのパセリソース添えを、国民食にするべきかもしれない。フィッシュボール屋が家に帰って食べるべきなのがフィッシュボールならば特に。だから彼は必死で帰宅することはほとんどなかった。十二分前にインの椅子を立つほんの少し前、フィッシュボールは好きじゃない、と彼は言っていた。しかし赤ら顔でやって来てあれこれしゃべりだすまでは、順風満帆だった。でもそれが何だというのだろう。彼はフィッシュボールが何が何でも嫌というわけではなかった。

ロアルはあの子についてまだ誰にも話していなかった。ここ数日、二、三度、警官に会ったし、会おうとすればチャンスもあった。しかし何かが彼を思い留まらせた。話す相手は警察でなくてもいい。ほかにも人はいた。ひょっとしたら学校時代の仲間をつかまえられるかもしれないし、誰かにちょっと質問できるかもしれなかった。たとえば最近、どこぞの海軍将校と婚約をして、『サウンド・オブ・ミュージック』さながらの子だくさんを夢みているということ以外に、全然興味を持てなかった美しき音楽教師などに。

あるいは、ひょっとしたら時折バーにあらわれては、いつも決まった冗談を口にする年金生活者の医師に聞いたほうがましなのだろうか？　医者なら住民のことを少しは知っているだろう。もちろん医者には一種の守秘義務があるが、この狭い島にはプライバシーなどあってないようなものだ。

あえて口に出して言いはしないが。

ロアルはまずは〈頭《ホーエド》〉の一家を訪ねることに決めた。ひとりで。

そこに行ったことはなかった。用がなければ行くところではない。しかもロアルはたいていの物は自分で直せたので、イェンス・ホーダーのような男の手を借りたことは一度もなかった。

ホーダーの工務店――いや、今は何の店と言えばよいのだろう？――の事業は明らかに停滞していた。大工の看板が取り払われ、クリスマスツリーの販売をするようになってから、ずいぶん経つ。ホーダーはさまざまな時間帯にゴミを運んでいるようで、ゴミ捨て場にあらわれ、フリーマーケットを回っていると言われていた。時には元は自分の物なのに、返してもらうためにお金を払わなくてはいけない人もいた。

ロアルはポンコツトラック、フォードFシリーズ・ピックアップがよくもまあ、ああも古いのに動くものだと思っていた。妙なことに、イェンス・ホーダーもそいつを生き長らえさせるのに成功したようだった。彼の話では、そのトラックは父親のものだそうだ。

ロアルは数年前に一度、薬局で順番待ちしているのを見た以外に、マリア・ホーダーの姿を目にしていなかった。イェンス・ホーダーと一緒でなければ、彼女だと気づかなかったことだろう。

奇妙なカップルだった。あのふたりは。ただ手をつないで、何も言葉を交わさず、少し恥ずかしそうに笑うのみ。イェンス・ホーダーの目の色は暗く、神秘的だった。彼は細身で容姿がよく――男性を形容するのにふさわしい言葉かわからないが、美しかった――それは素敵な象牙色《ぞうげ》のシャツを着ていた。一方、マリアは夫と並ぶと、たいそう肉付きがよく見えたが、だからといって彼女の美が損なわれるわけではなかった。ラインの人たちによると、島にやって来たばかりのときはガリガリだったそうだ。列からこっそりロアルが見れば見るほど、きれいだった。彼女の笑顔は――その口元は、どこか神秘的だった。そのとき彼は窓口に呼ばれた。

最近のイェンス・ホーダーは薄汚れた原始人のようだった。そしてマリア・ホーダーが巨大化したという噂が飛び交っていた。少なくとも郵便配達はそう言い張っていた。恐らく彼は彼女を〈頭《ホーエド》〉で最後に見た人間だ。それもずいぶん前のことだが。

とはいえ、郵便配達はややもすれば、真実の目撃者として最良とは言えないかもしれなかった。たとえば、彼はホーダーがマフィアから毎月、巨額の金を受け取っているとまで示唆していた。イェンス・ホーダーがマフィアとつながっているという話は、イェンスがみずからの母親を殺したというのと同じぐらい突拍子もなかった。郵便配達はまた、何を見てそんなふうに思ったのかも示した。ひょっとしたらあいつは、人並みはずれて空想力が豊かなのかもしれない。彼はX線でもない限り目にすることのないような莫大な情報をつかみ、明るみになっていない秘密を吹聴して回っていたからだ。だが郵便配達にX線の目などついているわけがない。ちょっとばかり盗み見をしていたのだ。

ロアルには〈頭《ホーエド》〉の地を踏む大義名分が必要だった。海藻だらけの海を渡ればすぐそこなのに、ちょっとした探検気分だった。

彼はイェンス・ホーダーをあまりよく知らなかったので、向こうが自分を見て誰かわかるか自信がなかった。それに人はむやみに他人を訪ねはしない。ある日の夜に少年が〈頭《ホーエド》〉に走っていくのを見たので、イェンスとマリアが何か知らないか聞きたいのだと言うべきだろうか？　ひょっとしたらふたりのところにこそ泥が入っただろうか？

いいや、彼は子どもを泥棒扱いして、苦しめたくなかった。男の子というのはどの子も、問題児だ。だからイェンスとマリアに子どもの話など振る気になれなかった。

代わりにインに招待してはどうだろう？　それか子どもについてはいっさい触れず、こそ泥に入られなかったか、それとなく聞いてみてはどうだろうか？　いや、それも無理があるだろう。イェンスとマリア・ホーダーは明らかに本島の人間との付き合いに興味がなさそうだった。イェンスは前のオーナーの時代にインに何度かやって来たことがあるはずだ。でもそれもロアルのおじを手伝って、ちょっとした修理をしにくるだけで、バーに行ったり、ダーツ・パーティーやサマー・パーティー、新年の昼食会に参加したり、少しばかりいい服を着て、少しばかり羽目をはずして飲みたいがためでは決してなかっただろう。今はイェンス・ホーダーが酒を飲むのかも怪しかったし、しゃれた服なんてもはや縁遠かった。

だったらいったい何を理由にすればいいのか？

そうだ、犬だ！　ロアルはこのごろ犬がほしいと口にするようになっていた。しかし同時に動物に対し永遠に責任を持たなくてはならないことも心配だった。いつもインのリビングでサッカーを観てばかりいるのろまのラースは、ロアルにうちのポインターを散歩させに来てくれるのは大歓迎だと言っていた。

ラースは痛風に悩まされていて、歩くのがのろかった。そして妻は暴力的でもなく、いわゆる癇癪《かんしゃく》持ちでもなかった。だが彼女が督促《とくそく》状を持ってきた郵便配達に平手打ちを喰らわせて以来、ふたりはのろまのラースと癇癪持ちと呼ばれるようになった。農場の家でラースの妻が少し飲み過ぎていることは知っていたが、当然、そのことにみな触れなかった。少なくとも、ラースがいるときには。

ワイヤーヘアのドイツのポインター。五歳で、飼い主の女房と同じぐらい癇癪持ちと化したその犬は、口髭を生やした初老の紳士みたいだった。だけど名前は女の子みたいでイーダといった。

それでも彼女は――髭面のイーダは愛らしかった。そして元気いっぱいだった。のろまのラースはロアルにイーダを放すのは、アスファルトの道路を離れてからのほうがいい、というようなことを言っていた。ロアルはその瞬間を心待ちにしていた。田舎道をしぶしぶ十分ほど行けば、リードを持つ手が自由になるからだ。

〈首《ハルセン》〉が近づいてくると、ロアルはまた自分がやるべきことについて考えはじめた。自分自身、何をすればいいのかわからなかった。犬をそこに入れても大丈夫だろうか……それとも？　彼は実際、足を踏み入れたその場所のどこからが私有地か、わかっていなかった。〈頭《ホーエド》〉中がホーダーのものというわけでもなかった。しかし境界線はどこなのだろう？　そもそも境界線などあるのだろうか？

この島にないのが時間の縛りだけでないことに、ロアルは気づいていた。この刃物のように鋭利な境界線の内側でかなり自由に変化するように思える物質的な境界についても同じだった。何世代にもわたり、どこまでがどの家の畑かもあいまいにされてきたし、土地と土地との区切りもぼんやりとした記憶が頼りだった。

本土とは違って。

十一月のお日さまが田舎の空に昇る今、波打つように揺れる麦の穂はなかった。防風林の黄金色の葉は、彼が通った畑の畝《うね》にしばらく前に落ちていた。すぐ近くに海藻が広がる海岸と彼の遠出の目的地があった。

アスファルトがついにタイヤの跡がついた砂地に変わったとき、彼は犬を放した。犬は何年ぶりかに放されたかのように、〈首《ハルセン》〉と〈頭《ホーエド》〉に走っていき、やがて視界から消えた。

完璧だ！　逃げた犬をつかまえにいかなくては。それはただの名目だ。彼はふたりにその犬を見なかったか、聞くことができる。そしてどうにかして、子どもについての話題も出さねば。

〈首《ハルセン》〉は静かだった。ロアルはクコとライムの草の斜面を見下ろし、カニを奪いあう二羽のカモメを見つめた。海が小さなぎこちないキスみたいに、海岸に打ち寄せている。東では果てしなく広がる海がかすかな霧に消えていた。本島の西の海岸線はあいまいだった。本島が懐かしくはなかった。

そして目の前には〈頭《ホーエド》〉が——幅の広い、暗い塊が海に浮かんでいる。彼はコロンブスか、いや、むしろ北に向かう探検家アムンセンになった気分だった。あの寄り目の郵便配達が一定間隔でそこにやって来るのを思い出し、ひどく愚かなことに思えてきた。

そこは未踏の地ではなかった。でも、それでも。

遠くから犬の声が聞こえる。

犬が吠えている。

近くで何かが吠えているわ。うちの家畜かしら？　それとも犬？　犬の声みたい！　嫌だ。

嫌よ、リウ。

私の心の声があなたの耳に届けばいいのに。あなたが来てくれたらいいのに！

何が起きているの？

それが起きた日

それが起きた日、私はコンテナにいた。いちばんつらい日のひとつだった。夜、私は落ちる途中で止まっている滝の下に立っている夢を見た。私は頭の真上で水が止まっているのを見上げ、すぐに止まりきれずにどっと落ちてくると気づいた。水が引いていくのは潮だけだ。それを教えてくれたのは、お父さんだった。

水は落ちる。

子どもは溺れる。たぶん。

目覚めたとき、夢を見続けようとしてよかった。そのときこんな想像をした。滝なんだから、落ちてくる滝として扱えばいい。一歩あとずさって、岩壁と今にも落ちてきそうな重たいカーテンのような水のあいだに避難して立てばいい。母の本でそう読んだことがあった。人が立っていられる秘密のスペースがあるはずだと。カーテンの陰に。

夢でなく想像のなかで、本当に安全な場所に避難できるかはわからなかった。ぞっとしない。

私はその夢について考えながら、テディベアの穴をかがった。お母さんは読むのを教えてくれたように、裁縫も教えてくれた。ある日、お父さんが私専用の裁縫箱を作ってくれ、お母さんが針や指貫《ゆびぬき》やゴム紐や糸を入れてくれた。裁縫箱はコンテナのなかで妹の棺のすぐ横に置いてあった。

テディベアに穴が開いてしまった。穴が開いたとき、なかから白いものが出てきた。ウサギやノロジカやキツネや人間から出てくるものとは違った。その白いものは乾燥していて、柔らかくて、それをテディベアのなかに戻して穴を縫ってふさぐなりなんなりする前に空中に撒いたら、きっと雪みたいに見えるだろう。テディベアにどうして穴が開いたのかはわからない。なですぎちゃったのかな。それかネズミの仕業かもしれない。でも少なくとも腐ってはいなかった。

それがお母さんとは違うところだった。私がその日悲しかったのは、まさにそのせいなのだろう。その朝早く、お父さんのガスバーナーであたためた缶詰をお母さんのところに持っていった。ポンプで汲み上げた水も持っていった。ポンプで汲み上げるほうが、キッチンのシンクに行くより楽だった。私はお母さんに牛乳をあげたかった。お母さんは新鮮な牛乳が好きだったから。でもついに牛とヤギのお乳が出なくなってしまった。赤ちゃんが生まれないとお乳は出ないのだと、お母さんが説明してくれた。赤ちゃんはいなかった。それにヤギは死んでしまった。ヤギは石みたいに硬くなって、痩せこけた姿で畑にただ倒れていた。なんであのヤギを片づけないんだろう。どの家畜も痩せてみえた。ガリガリだ。ひょっとしたら食べ物をあまりもらえていないのかもしれない。お父さんは必要なだけあげているって言っていたけど、本当のところはどうだろう……。

餌が見た感じおかしくなっていたのと、関係あるのかも。ヘンなにおいもした。リビングにあるものににおい。餌置き場は家具でいっぱいだったから。お父さんが何かものを取りにいく間隔はどんどん長くなっていって、それにお父さんは家畜を放牧したくないみたいだった。私は家畜の声を聞くことができた。お父さんのことを呼んでいたんだと思う。それか飼い葉を。

それとも私？

でも、お父さんに言いつけられた以外のことをする勇気はなかった。今では家畜小屋に自主的には行かなかった。たぶんいちばんの理由は、そこで目にするのが怖かったんだと思う。

その日の朝の鳴き声は、いつにも増して悲しそうだった。馬が泣いているのが聞こえた気がした。

私がその日、いちばん悲しかったのは、動物のことじゃなかった。お母さんのことだった。

お母さんにも穴が開いていたのだ。でも縫い合わせられるようなぽっかりした裂け目ではなく、大きくてじゅくじゅくした傷だった。タオルとバケツの水で体を拭いてあげているとき、マットレスの上でお母さんの背中を浮かせたとき、その傷が見えてしまった。ずっと寝たままだし、体が重すぎるから、傷ができてしまうのよ、とお母さんはノートに書いていた。鉛筆は大きな体のお母さんが持つととっても小さく見えたし、分厚い手でほとんど隠れていた。

お母さんはすっごく、すっごく大きい！

お母さんの体が変わってきていた。これまでと違う感じでベッドに広がっていた。お母さんは穴からたくさん綿を取りだしすぎたテディベアみたいにぐにゃぐにゃになっていた。私が食べ物をあんまり持っていかなかったせいかもしれない。行こうとしたけど、行けなかったのだ。お父さんからあげすぎるな、と言われてしまって。

もうお父さんが何をしているのかわからなかった。お父さんはそこにいるようで、いなかった。

最悪なのは傷が悪化し、お母さんが泣いていたことだった。その日の朝、お母さんはお父さんに本島に行くよう頼んだ、とノートに書いていた。傷を治すものを薬局でもらってきてちょうだい、と。それと鎮痛剤か何かを。鎮痛剤っていうのが何か私にはわからなかった。ちんつう？　お母さんの書く文字が変わってきていた。文章も短くなっていたし、昔みたいに字もきれいじゃなかった。

お父さんがお医者さんを連れてきてくれたらいちばんいいんだけど、とお母さんは最後に書いていた。私たちには助けが必要よ、と。

お医者さんについてはお父さんから聞かされていた

ので、怖くて仕方なかった。いちばん警戒するべきもののひとつが、お医者さんだった。お医者さんは俺たちを病気にするんだ、とお父さんは言っていた。おまけに他人のことにあれこれ口を出す。自分たちの意のままにさせようとするんだよ。

もしもお母さんが連れていかれたら？　私はどうなるの？　お母さんを診《み》にきたお医者さんに見られたら？　私も連れてかれちゃうの？　お医者さんに病気にされたら？　まさか殺される？　私はほんとに死にたくなかった。

お母さんの気がしれなかった。

同時に私は自分がお父さんのことも理解できていないみたいだと気づきはじめた。私は実際のところ、何にもわかっていなかった。カールは手助けにならないけれど、いてくれてよかった。わからないのは私だけじゃないから。

今、自分でも、お父さんに何を家に持ち帰ってきてほしいのかわからなかった。私はお父さんが砂利道で車を走らせ、柵の近くのモミの木の向こうに消えていくのを見つめた。お父さんはまずコンテナ内の金庫からお金を取っていった。金庫にはお金がいっぱい入っていた。人やトカゲやリスやスズメや魚や蝶の絵の入ったお札や、小さな茶色いコイン、肉屋の奥さんを横から見たところに似た女の人の顔が刻まれたおっきめのコインとか。

お父さんは金庫のお金が減るのを嫌がった。

「おまえや物や棺のなかのおまえの妹と同じで、金の面倒も見てやらなきゃな」

私は言いたかった。「ベッドの上のお母さんと、家畜小屋の動物たちのこともね」って。でも言わなかった。

今では家のなかにも動物がいる。そこら中にウサギがいる。いったいどこから湧いてでたんだろう？　元は二羽しかいなかったのに！　コンテナの扉にはいつも鍵を掛けていたので、私が連れださない限りは、ウサギが外に出ることはなかった。たくさんいてよかった。一羽ぐらい足りなくても、お父さんにばれやしないから。

時々私は、家のウサギが野ウサギと鉢合わせしたらどうなるのかなって考えた。そうしたら、おしゃべりする？　私は野ウサギを怖いと思ったことは一度もなかった。でも家のウサギはある意味、ちょっと怖かった。うじゃうじゃいるんだもの。うちのウサギたちは野ウサギ以上に野性的と言えた。

音だって豪快だった。一羽がちょっと音を立てるぐらいなら何てことないんだけど、家中のウサギが騒ぎだすと、大変。それに騒がしいのはウサギだけじゃなかった。動物はほかにもいた。てかてかしていて、壁沿いをうろうろし、踏むと（わざと踏んだことはないけど）じゃりじゃりいうもの――空き缶のまわりをぶんぶん飛ぶぴかぴかの青緑のハエ。いろいろな物の陰で茶色い羽を窓に打ちつけたりする蛾《が》。あらゆる物の陰に潜んでいたり、蜘蛛の巣に引っかかってがんじがらめになって死んでいることもある。小ネズミと、尻尾のすごく長い大ネズミ。いつだってどこかで何かが引っかいたり、うめいたり、キーキー言ったりしていた。それがお母さんのこともあった。

私は家のあちこちで寝た。足の踏み場のなくなる前までは自分の部屋で。入れなくなるまでは狭い屋根裏で。それにお母さんのところ。ふたり分の居場所がまだあったときには。それにリビング、階段の下、作業場のドアを入ってすぐのところ。毛布を持ってきさえすればよかった。

でも今はほぼいつもカールと一緒にコンテナで寝ている。コンテナのなかは静かだ。ネズミがかさかさ走り回るぐらい。小さいのが。私は小さいのは好きだけど、妹をかじろうとするのは許せなかった。

私は日中ほとんど寝ていた。暗闇が交じらないと光が強すぎて痛かった。

私は月明かりが暗闇に光を投げかける日に外に出るのが、今でも好きだ。月の出ない晩は、懐中電灯を点けた。私は大きさも明るさもまちまちな懐中電灯を持っていた。それに合った電池もいろいろそろえていた。コンテナにいるときに好きなことのひとつは、キャンドルを入れた小さなランタンを灯すことだった。

私は炎を見るのが好きだった。

コンテナの扉が少し開いていたり、お父さんが開けた空気穴から風が入ったりすると、炎は横に倒れてまた立ち上がり、揺らめいて踊る。でなければ直立不動で静かに踊るだけだ。私は何百万年後かに樹脂みたいに硬くなった炎を見つけた人がそれに歯を立ててこう言うところを想像してみた。「ああ、これは大昔の炎だ。昔、火っていうものがあったんだ!」そして子どもはじっくりそれを観察して、古代の芯を見つけてごらんと言われるだろう。

でも私は光を完全に避けはしなかった。日の光。お父さんは私にまた森に樹脂を集めにいきなさいと言った。私は木から樹脂をどんどん集め、小さなバケツにできるだけたくさん入れて家に持ち帰った。お父さんはそれを樽にあけた。

「リウ、もっといるぞ。もっと持ってくるんだ。木からまだまだ出るだろう。もっとたくさんの木に切り目を入れるんだ。もっと持ってこい。もっともっと」

こんなふうにお父さんは急にうるさく言いだすことがあった。コンテナの扉をいきなり開けて、「樹脂だ!」と言うこともあった。残念ながらお父さんは自分では森に行きたくなさそうだった。そのほうがよかったんだろう。森に行くのは楽しかったけど、お父さんがいてくれたらいいのにと思った。お父さんがいる森といない森は、同じじゃなかった。

よかったのは、お父さんが急にまた作業場で作業をはじめたことだった。作業場で何かしていてくれるほうが、同じ部屋にいながらいないのより、ずっとマシだった。あるときお父さんがコーステッドに何かを取りにちょっと車で出かけた隙に、私は作業場に行き、なかをのぞいた。作業台のまわりが片づいているのを見た私はうれしくなった。行き来しやすくなるよう片づけたのだろう。山と積まれた板から、新しい木の香りがした。すごく気分がよくて、私はにっこりした。自分が何を好きなのか思い出した。

やっぱりしばらくすると、お父さんががらくたをたくさん持って家に帰ってきた。ガーゼの袋とグレープシードオイルの瓶がちらっと見えた。

そこら中、物だらけだ。

数日後、お父さんが作っているものを目にした私は、気分がいいなんてもう思わなくなった。信じられないぐらい大きかった。私の妹に作った小さな小さな棺の何倍も大きなやつ。

それが起きた日、私はコンテナに座り、テディベアをかがり、お母さんに開いた穴のことや滝、お金やウサギやお医者さんや樹脂や、硬くなった炎のことを考えていた。お父さんの棺のことも。

その日の午前中、私は叫び声を聞いた。

猛禽類やフクロウやアナグマや、赤ん坊が死んでしまったのを見た人の叫び声ではなく、聞いたことのない叫び声だった。でも私はきっと動物の声だと思った。きっと犬の声だと。

私のなかの何かが、その犬が罠にかかったに違いないと言っていた。でも私たちの罠は、そんなふうに叫び声を上げるようなたぐいの罠でも、日が出ているときにかかるような罠でもなかった。前に森の隅でウサギの罠にかかったキツネがいたけど、それだって叫びはせず、おとなしく罠にかかっていた。私が見つけて罠から助けてあげたとき見た感じでは、そう長いあいだ、かかっていたわけではなさそうだった。お父さんは私が紐をはずしているあいだ、上着でキツネの頭を押さえていた。キツネは片方の足を少し引きずりつつも、うれしそうに走っていった。そう、私たちは動物に優しかったし、キツネを食べはしなかった。

でも、この音！　すごく痛そうだ。私は誰かが何かで痛い思いをしていると感じると、お腹と背中がくっついて地面に吸いこまれてしまうんじゃないかと思うぐらい、尾骨がしばらくずきんずきんとする。部屋でお母さんの傷を見たときも、同じように尾骨がうずくのを感じた。

カールも肉体があったら、まったく同じように感じていたはず——私たちは双子の姉弟で、一心同体だもの。私たちはつながっているんだ。私はちょっと男の子、カールはちょっと女の子だ。カールはある意味、ちょっと生きていて、私はある意味、ちょっと死んでいた。妹はそうじゃなかった。あの子はその両方。つまりは、ちょっと生きていて、ちょっと死んでいた。でも何にしろ妹はそこに、私のすぐ隣にいた。そしてそのことがうれしかった。

叫び声は恐ろしかった。

私は新しい罠のことを考えた。お父さんは招かれざる客を遠ざけておくため、もしくは誰かが来たと私たちに少なくとも警告できるよう、罠をいくつか仕掛けていた。私は罠をどれも見ちゃ駄目だと言われていた。お父さんはただどこに仕掛けたか言うだけで、近づくことは禁止していた。そしてお父さんは大切なのが伝わってくるような目つきで、こっちを見ていた。

砂利道の罠のことはもちろんよく知っていた。家までの坂道を登る前、砂利の小道を歩いて柵のまわりを歩くと、二、三メートル歩いた時点でワイヤーに引っかかるうえ、家の前に積まれた缶がガラガラと崩れるやかましい音を立てる。でもつまずいたところで、それほど痛くはないだろう。叫ぶほどではないはずだ。それに缶の音はしなかった。

どうにかしてワイヤーの罠を避けたところで、少し先に新たな障害物が待っている。お父さんは道の両脇に深い溝を掘り、その溝を砂利と葉っぱとモミの葉を載せた薄っぺらい段ボールでふさいだ。段ボールを踏んづけようものなら、足が溝にはまってしまうことだろう。少し痛いかもしれないし、叫んでしまうかもしれない。どちらにしろ、近くの木にがらくたがぶつかる音がするはずだ。私たちが誰か来たと気づくように。特に私が素早く隠れられるように。

母屋の壁に近づくと、たいていの人が玄関に行くのに選ぶ道に罠があった。水に足を入れると壁のそばの木から枝が頭に落ちてくる溝もあった。でもそこまでたどり着く前に見つかってしまうはず。

お父さんと私は罠の場所を三つとも正確に把握していたので、溝にはまらずに済んだ。お父さんは軽トラックを壁の前の罠の向こうの道に停めた。そしていちばん真ん中の罠に軽トラックで近づくと、タイヤが溝ぎりぎりに来るように、草の上に乗り上げた。私自身はその場所に行くとき、溝に落ちないようあるモミの木のそばで決まってカーブした。それがいちばん安全だったし、どんなに暗くても、私は懐中電灯でそのモミの木をいつだって見つけられた。その木はほかの木に比べて葉がちくちくしていてずっと高かったし、てっぺんから空を見ることができた。

壁のすぐ手前のワイヤーは、簡単によけて通れた。砂利の小道があるところを避ければいいだけのことだ。でも抜け道はその砂利道だけだった。お父さんはすぐそこに行くだけでも軽トラックに乗るし、いつも柵で道をふさいでいた。危険を冒したくないんだとお父さんは言っていた。気をつけないと、誰かが近くに来て、問題になりかねなかった。

さっき言ったとおり、ほかの新しい罠は知らなかった。私が知っていたのは、ネズの木の茂みで小道を左に曲がって家に行ったり、背の高い白樺《しらかば》の木立を抜け、藪《やぶ》や小道を進むかで、母屋の南の茂みを通ってはいけないってことだった。砂利道を選ばない場合にそのルートを行くのは、ごく自然で当たり前の選択だった。

家には私が行ってはいけない場所がいくつもあったし、お父さんは私のために低木と低木のあいだの決まったルートを用意していた。そのルートを行かないと、ひどい目に遭うぞとお父さんから言われていた。どういうふうにかはわからなかったけれど、ひどい目に遭いたくなかったので、いつも言われたとおりにしていた(コンテナのなかのウサギの件を除いては)。それはお父さんから例の目で見られたからだった。お父さんは本気だった。

今、叫び声は金切り声に変わり、私の頭のなかで大きくなっていく。私はコンテナののぞき穴から外をのぞき、息を呑んだ。心臓が自分でも聞こえるぐらいドキドキいっている。

そしてセイヨウビャクシンの茂みのいちばん下で何かが動いているのに目を奪われた。犬みたいなものが。いや、大きな犬だ。向こうの端にその犬が駆けていくとき、一瞬見えただけだったけど。

私たちは動物に優しくしなくちゃいけない。私は動物に優しかった。犬を追い払うなんてことはできない。でも犬はたまに噛む。私は犬が少し怖かった。あの鋭い歯が。お父さんも少し怖がっていた。犬を飼っている家を訪ねるのを、お父さんはいつも嫌がっていた。犬がうるさく騒ぎだしかねなかったし、噛まれること分がいたから。

でもまあ、保険屋さんのところなら行ける。だってあの保険屋さんの胴も耳も長い飼い犬は、英国製のグミさえ渡しておけば、ちっとも吠えてこないから。私はその犬が洗濯部屋のドアの横の住み処を離れられるかもわからなかった。でもその犬があんまりぶんぶん尻尾を振るものだから、長い尻尾が床を叩いても大きな音がしないよう、素早く分厚い靴下をはめなくてはならなかった。あるとき、私たちは尻尾に靴下をかぶせたまま忘れてしまい、大騒ぎになったことがあった。その何日か後、お父さんは郵便局で並んでいて、こんな話を小耳に挟んだらしい。——保険屋さんがインにはいてきた靴下が、薬局の奥さんが旦那さんに編んだものだった。しかも右と左で柄が違う靴下をはいていた。薬局の旦那さんは保険屋さんが世界にひとつしかない大切な靴下を盗んだと訴え、保険屋さんは薬局の旦那さんが彼のバセット犬を虐待したと訴えた。もう片方の靴下はまだどこかにあるはずだ。気をつけなくちゃ。

犬の金切り声は本島中に聞こえたことだろう。島のどこにいようと、お父さんにも聞こえただろう。きっとお医者さんが聞いたら、私たちのところに慌てて押しかけ、私たちを病気にするか、私のことを連れ去るだろう。

そしたら私がやめてって金切り声を上げなくちゃ。

私の弓は、コンテナの私のいるところから遠くない場所に置いてあった。私はテディベアを離して置き、弓を取り出そうとした。それに矢筒も。全部使う準備ができていた。——料理はもうあんまり作っていなかったので、弓もあんまり必要なくなっていた。缶詰を使ったほうが簡単だとお父さんは言っていた。でも時々、練習はしていた。

セイヨウビャクシンの茂みに走っていったとき、自分の目から涙があふれているのに気づいて、足を止めた。目が潤《うる》んでいた。日の光のせいかもしれない。

心臓はまだドキドキいっていたけど、体は思いどおりに動かせた。草の上を静かにジャンプしながら、森のあちこちから生える木々のあいだをジグザグに動き回った。弟はかなり背の高い木だと言っていたが、私は走りながらそれを上から見ることができた。一歩進むたびに、矢筒が――四羽の野生のウサギの皮を自分で縫って作った筒が、背中に軽く当たった。弓はお父さんが木でできるあれこれについて話し、うちの娘はいろいろできるものだ、とほほ笑むなか、私が木の枝を削って作ったものだ。

犬は横倒しになっていて、金切り声は長く、消え入りそうなぐらい弱々しくなっていった。でも声はしていた。錐《きり》で耳に穴を開けられるみたいに。

私は草を踏むその犬の後ろ肢《あし》が完全にねじ曲がっていることに気づき、ぎょっとした。後ろ肢は、草と小枝の下の地面に埋められた鎖に引っ掛かっていた。草はとても背が高かったけれど、セイヨウビャクシンの低木や何本かの木々のあいだに自然にできた道があった。私が通るべきなのはそこだ。金属でできた怪物が、大きな上下の歯みたいにその犬の後ろ肢に食らいついていた。犬は片肢を動かして抜けだそうと何度か試みたけど、もがくたび肉の奥深くに大きな歯が突き刺さった。日の光の下、血はひどく赤く見えた。赤すぎた。この血ほど赤いものは見たことがなかった。

私も試してみた。本気で金属の歯と歯を引き離そうとしたけれど、うまくいかなかった。さらに枝を使ってねじってはずそうとしたけど、折れてしまった。枝じゃ金属に歯が立たない。

私はまた泣いてしまった。私は横を向き、こちらを見ている犬を見た。白い歯が白い泡で包まれるのを私は見た。だらりと垂れた舌が草にかかっている。犬はどんなに怯えていようと、嚙みはしないだろう。犬は助けを求めていた。

目の前で犬の胸が上下している。金切り声はそこからしているようだった。私は少しあとずさりし、弓矢を構え、狙いを定めた。それは私の最高の矢だった。

絶対、心臓に命中するはず。犬の瞳をのぞきこむと、一瞬、犬と私だけの世界になった。

そうして犬は息を引き取った。

その後、私は自分が何をするべきか考えていなかった。そんな時間はなかった。だって金切り声がやんですぐ、怒鳴り声がしたから。

「イーダ！」遠くで誰かが怒鳴っている。男の人だ。

「イーーーダ！」

私はこれまで走ったことがないほど速く走った。私がいちばんしたかったのは、コンテナへまっしぐらに走って戻ることだったけど、勇気が出なかった。どれぐらい時間があるかわからなかった。その代わり、林に向かって少し走ることにした。高い木々の陰に隠れることができたし、男の人は私のあとをついてくるだろう。森のなかで男の人を巻けるかな。森に関する知識なら誰にも負けない。

私はモミの枝で身を完全に隠せると同時に、セイヨウビャクシンがよく見える場所を見つけた。今彼が見える。だぶだぶの緑の上着を羽織り、首に何か巻いていた。犬のリードだろうか。あの人の犬に違いない。

前に絶対見たことがあると思ったけど、どこで見たのかは思い出せなかった。犬は見たことなかった。自分の犬なんだから優しくしてよと思ったけど、本島の人は私たちほど動物に優しくないのだろう。あの人たちは今じゃ人間さえもぞんざいに扱うのだから。私はあの金属の罠を作って仕掛けたのがお父さんなのか、考えないようにした。でも考えずにはいられなかった。

あの人はお医者さんなのかな？　でも、そうだったらお父さんは嫌だよね……？　それにイーダって誰？　犬？　イーダという名前だからって、メスとは限らない。犬にはグレーの髭が、ううん、白っぽい髭が生えていた。よぼよぼの老犬だったらいいんだけど。

男の人は今、犬のそばにひざまずいている。何か話しかけながら、犬をなでている。それから犬の口元をぬぐった。そして手で上下の金属の歯みたいな罠をこじ開けようとしていた。男の人は慎重に矢を抜いた。やがて顔を犬の胸に埋めた。男の人はもう一度体を起こし、犬を見つめた。長い枝に目をとめると、枝で金属の歯をこじ開けようとした。ボキッと枝が折れるまで。もう一度やってみた。それから首を横に振った。

泣いていたんだと思う。

男の人が立ち上がるのが見えた。袖で目元をぬぐい、犬を長いこと見つめていた。それから屈んで私の矢を拾い、しばらく眺めていた。なぜだか矢をぐるぐる回している。それを本当に素敵な矢だと思ってくれたらいいなと思った。私は心配になった。

今、男の人は振り返り、私たちの家を見上げている。その人が立つ場所からは、コンテナとその後ろの作業場と白い部屋のある木造建築が見えるだろう。部屋には小さな簡素な窓がひとつあるだけで、そこからは何も見えないのを私は知っていた。作業場の左の母屋の壁も見えるはずだ。そこにはいろんな種類の木と白樺の木があり、わずかに死角になっていた。砂利道はその横に延びていて、母屋と作業場のあいだの角に消え、やがて庭とつながっていた。そう、でもそこも今ではもうあまりスペースはなかった。

私は男の人が何のためにこの砂利道にやって来たのか考えた。その人は柵に近づき、そこで私たちの看板を見て、くるりと向きを変えるか、柵を避け、カーブした小道を進み、坂をさらに登って家へと進んだに違いない。針金に足が引っかかってころんだら、大きな音がするだろう……するとその人は当然、金切り声を追ってきたんだと私は気づいた。犬は柵を越え、砂利道を進んだ先でカーブを曲がり、クリスマスツリーのほうと北の森へ向かったに違いない。犬はひょっとしたら野ウサギを狩ろうとしていたのかもしれない――私が立っていたすぐ近くには、ウサギの巣があった。

　さらに犬じゃなくて、男の人が金属の罠を踏んで叫んだらどうしようと考えた。そうしたら私はその人が叫ぶのをやめるまで、心臓に矢を射なくちゃいけないの？

　お父さんはこの手の罠をいっぱい作っていたっけ。

　私は男の人が戻ってくるよう祈った。心のなかで、その人が犬を連れていってくれるようにと祈った。地面に仕込まれた罠に犬がはまって出られなくなっている今、どうすればいいかはわからなかった。そして私はその人が私の矢を置いていってくれるよう願った。

　男の人は犬を横たえたまま、矢を持ってコンテナへと向かった。

　私はしばらく立ちつくしていた。それから木の陰に身を隠しながら、その人を追いかけた。

リウ、叫び声はもう聞こえないわ。ここはすごく静か。体のあちこちが痛い。傷が燃えるように熱い。手も。特に右手が。字を書くのもつらい。

お母さんは神を信じはじめているのかもしれない。何かを信じたいの。誰かを。

今、声が聞こえる。

物だらけ

ロアルは一度、キツネの罠を見たことがあった。キツネは忌々しい悪魔だ。しかしその罠は……さらに忌々しかった！　キツネ嫌いの誰かが考えられる限り最悪の拷問器具を作ろうと開発したのではないかと疑ってしまうほどだった。金属の歯が犬の後ろ肢にほぼ貫通してしまっていた。そんな罠が人間に危害を及ぼさないわけがあるだろうか？　罠は成人男性の足を挟みこむのに充分な大きさがあった。そう、子どもの足については言うまでもない。ロアルが目にした北に走っていった少年が暗闇のなかでその罠にはまったらどうなる？

ロアルは体の震えを止めようとした。イーダの金切り声を聞いたとき、喉に感じたつかえは、今、彼の喉をふさごうとしているかのようだった。哀れな動物。それに哀れなのろまのラース。ロアルはラースに何と言えばいいんだろう？

チェーンを切るものを見つけない限り、イーダを助けだすことはできなかった。明らかに地下の根っこにからんでいたからだ。いったい誰がこんな徹底的に残酷なことをやってのけたのだろう？　のろまのラースが犬の肢を切るだけですめば、罠でついた傷と罠そのものを見ずにすむから、御《おん》の字だろう。

しかし、問題はそれだけではなかった。罠だけでは。矢もあったのだ。

どうして心臓に矢が刺さっているんだろう？　丹念に作ったらしい矢が。

イェンス・ホーダーを見つけだし、説明してもらわなければならなかった。ホーダーが本当にこんな罠を仕掛けるだろうか？　彼が矢を作る技術を持っているのは間違いないが、そんなものをこしらえて実際に用いるような神経の持ち主だろうか？　こんな物を使うには、氷のような心が必要に違いない。

それか悪意が。イェンス・ホーダーは邪悪な人間なのだろうか？　聞く話から判断するに、ホーダーはむしろその逆だった。優しくて親切で、穏やかそのもの。そしてその穏やかさの陰には、双子を失った悲しみがあった。彼はたしかに無口で内向的だったが、邪悪なところはまったくなかった。人を寄せつけたくないあまりに引きこもり、精神的、物理的な壁を作ってしまう臆病者なのだろうか？

だが罠は？　あの虫酸《むしず》の走る、残酷な罠は？

ロアルはホーダーの屋敷を見上げた。いくつかあるうちのひとつの建物の前には、扉の閉まったコンテナがあった。郵便配達は何度もコンテナのことを言っていて、イェンス・ホーダーがそのコンテナのなかにマフィアからの金を隠しているとか何とか言っていた。それより悪いことも想像できた。インの客で、レッドツボルグのビールばかりでなく、安価な酒も出してほしいと言うのは彼だけではなかった。そう、彼にも彼なりの茶目っ気があった。ロアルは少なくとも彼と疎遠になりたくはなかった。ほかの連中は、〈頭《ホーエド》〉の掃除をいよいよはじめるべきなんじゃないか、などという意見をぶつくさ言ってばかりだ。

今や郵便配達が思いついたどうでもいいことをあれこれ話す以外に、イェンスとマリアのことに触れる人はいなかった。娘が溺死したことで、さらにふたりのことを話題に出しづらくなっていた。この狭いコミュニティで、その悲劇を自分には関係のない話と片づけるのは不可能だった。悲しみが癒えるには時間が必要だ。

ロアルは砂利道を恐る恐る進んでいき、家までその道をたどろうかとも考えたが、寄り道しないことに決めた。どちらにしろ、いくつもある罠にかかる危険性は同じだけある。小さな木や草や薪のあいだを歩くときは目を光らせていた。

ウサギが森に向かって彼の横を走り過ぎたときだけ、彼は立ち止まった。本当は海岸のほうに走って戻りたかったけれど、自分には選択の余地はないとわかっていた。

心のどこかにはキッチンのあの少年のことがあった。

コンテナに近づいた彼の目に、それはひどく古くぼろぼろに映った。いくらもしないだろう。郵便配達からコンテナが届いたと聞いたのはずいぶん前だったので、借りているわけでもなさそうだった。

ロアルはコンテナの右側を歩いた。コンテナとその背後にある木造建築のあいだの隙間はせいぜい二、三メートルしかなかった。ゴミが一面にあふれかえるその場所で、それだけの隙間があるのはそこだけだった。

いちばん手前の扉には鍵が掛けられていなかった。彼は少しなかをのぞこうと、扉を開けた。コンテナはあふれだしそうなぐらいいっぱいになっていて、ゴミ溜めそのものだった。郵便配達のおかしな推測は大はずれだった。

砂利道や母屋の壁に向かうにはコンテナの横を通ればいいのは明らかだった。でも木造建築のいちばん奥側、森側の小さな窓が、ロアルの好奇心を俄然駆り立てた。建物のなかに何があるのかをとにかく見たかった。そこにたどり着くには、目の前が見えないまま、コンテナとホイールキャップのあいだ——防水布と崩れた材木の山のあいだに、足を踏みださなくてはならなかった。金属の歯にいきなり足を挟まれないように祈りながら。

しかし彼はその面倒な散歩を避けることだってできた。敷きつめられた本と窓ガラスの際で圧縮されたがらくたをのぞきこんでも、奥でつけられた光は見えなかった。細い窓枠の内側の窓ガラスは埃まみれで、金髪のからまったヘアブラシとトレーがすぐそこにあった。その隣には、かつて植物だったものが落ちていた。

ロアルはいちばん近い壁のまわりを歩くことに決めた。そしてモミの木を見渡した彼は、何かが一瞬、動いたのに気づいた。立ちつくして見つめたが、何かはわからなかった。手にはまだ矢を持っていて、急に他人の視線を感じたときのような不快感を覚えた。ついさっき、誰かがその矢を放ったのだ。

ロアルがその木造建築の背後に見たのは、庭で彼が目にした光景とは違っていた。彼はショックを受け、そこら中に散らばったがらくたの山を見つめた。そびえ立つ飼料収穫機はまるで先史時代のがらくたの景色を眺める赤い怪獣だった。

動物はほかにもいた。ロアルはパイプに大きなネズミが駆けこむのを見て、身震いした。風が何かをかすかに持ち上げたり、吹きつけたりすると、あちこちから小さな音が聞こえる気がした。包装用の透明なビニールが二枚、木製パレットの下に落ちてはためいており、トイレットペーパーが汚い洗濯釜の前に一ロールまるまるほどけて散乱していた。右手の木造建築はそれ自体はきれいだったが、まわりの景色で台なしだ。手前にドアと窓が、さらに向こうに窓がふたつとドアがあった。その奥で母屋が朝の光のなか、立っていた。元はまっ白だったのだろうか。あちこちペンキが剝がれている。リビングのカーテンは引いてあったが、二階から二枚の窓がロアルのことをつやのない膜で灰黒色の目が覆われた盲目の動物のように見つめていた。

正面玄関に行かなくてはならないなら、低木のあいだの道を選ぶしかない。直接行けるルートはなかった。音がしたので彼は左手の家畜小屋に注意が向いた。母屋と同じぐらい無惨な石の建物だった。波状の屋根は分厚い苔がむしていたが、頑丈そうには見えなかった。本当に家畜がなかにいるのだろうか？

ロアルは納屋を完全に避け、家畜小屋の扉へ歩いていった。いちばんこちら側の扉は開いていて、暗闇のなか、馬が立っているのが見えた。白馬だった。彼の立つ納屋側の通路からはちょうど見えないロープで結わえられているかのようで、細すぎる首と頭が突き出していた。鼻の穴からピーピー音がする。ほかにも動物がいるみたいだ。何かが移動し、何かが息を吸い、何かが甲高い声で鳴いている。何であるかを調べる気はなかった。鼻をつくにおいは、糞尿を処分する必要があるだけでなく、なかで何かが死んでいることまでも示していた。

家畜小屋の建物の向こうから突然、別のか細い声がして、ロアルは自分の目で確かめようと角を曲がった。鶏小屋の前の庭では、哀れな羽のドレスをまとった雄鶏がぽつんと立ち、何か言おうとしていた。目が死んでいた。死んで土の上に倒れているほかの鶏と同じようなものだった――どれも互いにひけをとらないぐらいに、うつろな目をし、羽が取れた五羽の鶏。キツネが地面を掘って、地中を抜けて鶏小屋に入り込もうとした形跡があったが、このごろはキツネも鶏小屋に入らないようにしているようだ。たぶん、雌鶏がいきなり驚かされてその日々を終えたので、キツネが前より慈悲深くなったのだろう。

土が見えたが、地表で動いていたのは、二、三羽のカラスと、風が正しい場所をとらえたときに、秋の草のまわりに飛ばした三枚の黒いビニール袋だけだった。少し先に、角《つの》の生えた動物の死骸らしきものが横たわっていた。またはただの残骸だろうか？　――何にせよ、動かないものだった。

ロアルはポンプと、大きな岩と古いバスタブに倒れかかった手押し車のそばの畑沿いを歩き、母屋の後端部の壁に近づいた。飛ばされた新聞紙と、二、三枚のうち一枚が破れている黄ばんだシーツが掛けられた物干し用の紐があった。その隣では見事な薔薇の低木が風のなか、柔らかなシーツを棘《とげ》だらけにしようとちくちくした腕を広げていた。木があまり生えていないところは、風を受けやすかった。

壁には、部分的にしか布で覆われていない窓のついた裏口があった。暗かったけれど、そこが一種の洗濯室だとわかった。

一瞬、ロアルはためらった。むしろ玄関の扉をノックするべきだったのだろうか？　今からでもそうするべきだろうか？　ここは廃墟のようで、実際、どうしようと、どうでもよかった。窓ガラスの向こうの薄暗い部屋をのぞきこむのに目が慣れると、インの倉庫からなくなったはずの手袋があるのに気づいた。気泡シートの上に。そのすぐ近くに、以前、シュナビュのペンキ屋で買ったオイルクロスもあった。彼はなかに入る権利があるような奇妙な感覚を抱いた。

ロアルは鍵の掛かったドアに手を伸ばし、反応を待たずに何度かノックした。そこで一歩あとずさり、あたりを見回した。そうだ、鍵だ。どこかに鍵があるはずだ。陰にあるフックに。瓶の下に。石の下か。梁の上に置かれているのだろうか。

瓶の下にあった。


ドアはすんなりとは開かなかった。蝶番は油が差されていないのか、ギーッとすさまじい音がした。毛皮を持つ動物がドアの隙間から彼の横をすり抜けて足に触れたとき、ロアルは驚いて息を呑んだ。そいつが草の上を駆け回るのを目で追い、ウサギくらいの巨大なネズミではないことがわかり、安堵のため息をついた。

ペットのウサギ？　誰かのペットならつかまえるべきだろうか？　彼はウサギが草とゴミのなかに消える前に決心しきれなかった。そいつをまた見つけるのは不可能だ。これで問題は解決された。

室内の空気は、これまで足を踏み入れたことのあるどんな家の空気よりも重かった。

それでもにおいに比べたら何てことはなかった。においー　埃とカビと腐ったものと、溶剤の不快な混合物のように、鼻のなかで物質化しそうなほどだった……そして……尿や排泄物だったら嫌だ。においを外に出そうとドアを開け放った。朝の光がどれほど少ししか部屋に入らなくても、何が隠されているか見ることができた。適当に積まれるか、箱に入れられた缶の影を。透明なプラスチックケースにしまわれているものもあった。シリアルの箱や、クネッケやパンの袋、ビスケット。品質保持期限を大きく過ぎていないかとか、賞味期限を確認する必要は全然なかった。包装紙からのぞいていたパンは緑色のカビの塊と化していた。彼はゴム手袋を拾い上げたが、ネズミの糞がぽつぽつ落ちると、ふたたびぱっと手を放した。ネズミの糞が乾いた雨のように、気泡シートに当たった。電気のスイッチを押すと、スイッチからカチカチカチ音がして、ドアの上の裸電球がついても気にせず鳴りつづけた。一方の壁沿いに冷蔵ボックスを発見したとき、最悪のにおいがどこから来たのかわかった。

冷蔵ボックスの側面の小さな表示ランプには光はなかったが、腐った肉のおそろしくひどいにおいがしたので、間違いなくなかに物が入っていると思った。ロアルはその仮定が正しいかどうかを確認するのは、ありがたいことに自分には無理だろうときっぱり判断した。冷蔵ボックスが、一トンはありそうな巨大な古いテレビの下に埋もれていたから。テレビには埃がたくさん積もっていて、冷蔵ボックスのスイッチがどれだけのあいだ消えていたか、考える必要はなかった。

一瞬、立ち止まり、あらためて戻ってくるべきか考えた。結局、急いでコーステッドに戻り、警官と獣医に会うことにしようと思った。獣医なら家畜小屋の動物だけでなく、亡くなったイーダも診てくれる。ロアル自身はもう犬や罠にあえて関わらないようにした。誰かに引き受けてもらわなくてはならなかった。もはや彼の手に矢は握られていなかった。瓶のそばに矢を置いたのだろう。

全部が不可解だった。いずれにせよ、ここには誰も住むことができない。それでもなお、誰かがここに来たのはたしかだった。少年は最新の盗品を置きに、この部屋に来たはずだ!

でも誰が矢を放ったのだろう?

それにイェンス・ホーダーと彼の妻はどこにいるんだろう？ ここには動物の面倒を見る人はひとりもいなかったし、家はずっと廃墟だったかのように完全に暗く、閉ざされていた。引っ越したのではないだろうか？ だったら郵便配達が知っているはずだ。

ロアルはふと、前にインに電話がかかってきたことを思い出した。常連客に新年のランチのニシンを振る舞っていたときのことだから、疲れて注意力が散漫だったし、完全に素面《しらふ》でもなかったはずだ。たしかイェンス・ホーダーかその母への電話だったような。それ以上、記憶はなかった。

さらに進むとドアがあった。ドアの向こうはキッチンだろう。彼はあえて開けるべきかわからずにいた。いいや、ここは専門家にまかせたほうがいいと心のなかで結論づけた。少年にまつわる謎がこの三十分で解明されることはなかったが、他人が首を突っこむべきでない問題でもあった。

歩いて戻って玄関のドアをノックしてみるか。きっと応答はないだろうが、少なくともそうしようとしたと自分に言い聞かせることができるからだ。そうしようとした。一瞬。

歩こうと振り返ったときに聞こえた。音が。彼は息を吸い、においを払うことに大いに気を取られていて、耳が一瞬おろそかになったのだと考えようとした。しかし今、音が聞こえた。まわり中でカサカサ、ゴソゴソ、パリパリ音がした。目の前の棚でがさがさうるさいコーンフレークの袋のそばで、何かがわずかに動くのに気づいた。

ロアルはそれを見つめた。甲高い音がまたかすかに聞こえる。ネズミか？　ホーダーはひょっとしたら家にネズミがあふれかえっているのではないかと思って、耐えられなくなったのだろうか？　ロアルは小さいネズミ数匹なら、我慢できた。でもでかいネズミは無理だ！

彼はキッチンのドアに向かってさらに一歩進んだが、突然悲惨な思考が浮かび、足を止めた。誰かがいたらどうなるだろう？　ロアルの友人が昔隣のアパートメントから急に物音がしなくなり、ポストに郵便物があふれかえるようになったことが気になりだしたが、気づかぬふりをした。はじめその友人はにおいも気づかないふりをした。人にはプライバシーがあるのだし、近所の人をよく知っているわけではないしと友人は考えた。歳とった男が見つかったのは、三週間後のことだった。リビングの床の上で。その老人は電話を取ろうと手を伸ばしていて息絶えたようだった。

イェンス・ホーダーはここで死んだのか？ それとも彼の妻か？ 誰かいるのだろうか？ あの少年はどんな役割をしているんだろう？ そして何者なのか？ どこから来たのか？

ロアルは顎をこすった。少し圧倒されていたものの、少なくとも今、そこに立ってはいた。

彼は呼んだ。

ふつうに「すみません」と。

そして、あらゆる音が一瞬消えたことに気づくと、おずおずと引き返した。

彼はふたたび呼んだ。「すみません、誰かいませんか？ すみませーん」

声は実際より明るく聞こえた。

三回目のすみませんで、音のほうが彼に慣れてきた。

暗い影が棚に置かれた缶の陰に滑りこんだ。小さな暗い影だ。何ということだろう。ネズミだけだったら、よかった。小さなネズミ……できることなら、トガリネズミなら。

前に配管工に聞いたところ、トガリネズミはネズミではまったくないそうだ。

「すみませーん……？」

小さなモグラだろうか？

動物だということ以外、答えは出てこなかった。だったら歩いてみようか？ またはキッチンをのぞいてみるべきではないか？

今回あらわれたのはウサギが二羽だったが、驚きが鎮まったわけじゃなかった。ウサギはキッチンのドアの向こうで座り、駆けだそうと待ちかまえているかのようだった。ドアが開くと、彼の横を通り過ぎた——洗濯室を通り、光のもとへ、畑へと走っていった。理由が完全にはわからないまま、ロアルは後ろ手にドアを閉めた。実際のところ、許可なく侵入した家から閉めだされることを恐れていたのだろうか？　あまりに動物が多すぎるから。

柵のそばに立てられた看板にたしかに「関係者以外、立ち入り禁止」と書いてあった。でもああもう、ロアルは今さっき、ここで恐ろしいことに犬を失ったのだ。彼の花柄のオイルクロスが洗濯室にある。彼には明らかにここに来る理由があった。何が起きているのかを知る権利が。

それともたんに、「立ち入り禁止」と書いてあっただけだっただろうか？　ロアルは急に迷ってしまった。

中庭に面した窓に茶色いカーテンが引かれていたので、キッチンに光はあまり射していなかった。それでもカーテンの布を通して明るい朝の光がわずかに入り、部屋が奇妙な黄金色の光で包まれていた。においは洗濯室と同じく強烈で、ロアルは鼻をふさがなくてはならなかった。冷蔵庫もあった。だがなかにいったい何が？　ドア近くのスイッチを押して、キッチンにも電気が通っていなさそうだと確認した今では特に、これ以上調べる気にはなれなかった。

ここにも箱や物やありとあらゆるゴミがあり、ほとんど足の踏み場もなかった。いずれにしろ機械の部品が入った大きな箱が所狭しと並べられた部屋の端のドアまでたどり着くのは、完全に不可能だった。ロアルはドアの先は玄関だろうと考えていた。間取りを思い浮かべるに、そうに違いない。

彼はほかに使いようのない傘を使って、食器であふれかえりそうな流しの上のカーテンに手を伸ばし、光が入るよう、それを少し引くことに成功した。彼は詳細を目の当たりにして、一瞬、自身の行動を悔いた。そこら中にかかっている埃まみれでべとべとした灰色の蜘蛛の巣——死んでいるか、半分死んでいるか、少し元気すぎる蜘蛛とゴキブリやその他の虫が、床から天井までうようよいた。

　未開封の袋に入ったリコリスキャンディ・ミックスの、鮮やかな色と単純な形があらわれた。最近そこに置かれたばかりみたいだった。彼はいつでも砂糖がまぶされたピンクと黒のタイヤ形のやつがお気に入りだったが、黄色いやつみたいに味がしっかりしていたっけ？　壁には死んだ目で彼を見つめる魚の色あせたポスターが貼ってあった。ロアルは次の一歩を確認するために見下ろした。お菓子で終わりじゃなかった。イギリス製のグミが入った半分空の袋が植木鉢に落ちていて、誰かがソルトボンバー（黒くて俵形をした塩味の強いリコリスキャンディ）を床にばらまいていた。

　ソルトボンバー？　どうもおかしい。

　よく見ようと屈んだ彼は、キッチンの床を汚していたのはソルトボンバーではなく、ウサギの糞だと気づいた。ウサギ三羽でこんなに糞をするものだろうか？　いや、四羽だ。

　背筋を伸ばし、ホイールキャップに足を置くと、隠れていたウサギがさらに一羽、ジャンプした。そのウサギは彼の右手のドアのわずかな隙間から出ていった。リビングに行ったのだろうか？

　音がまたした。大きい音が。

　本当ならリビングに視線を投げかけ、そこから出ていたところなのに、ロアルは圧倒されていた。そしてある考えに悩まされていた。この家で死体を見つけて、生きて帰れる自信がなかった。警察に連絡したほうがよさそうだ。息苦しい空気。空気に舞う埃で咳が出そうだ。ぼんやりした意識のどこかで、犬がほんの少し前に放たれたはずの矢で射殺されていたのを思い出した。何者かの手で！　犬は息絶えたばかりのようだった。

　それでも彼は良心の呵責を覚えた。ここを出る前にちょっと見てみよう。彼は慎重にドアをほんの少し開けた。そうだ、そこがリビングだった。リビング。

部屋の反対側では、南向きの窓の前に大量の物の壁が立ちはだかっていた。壁の隙間から部屋のなかに入ろうとしていた日の光が、埃のあいだを通る途中で色あせ、ひたすらに澄んだ光の影と化した。

ロアルは鉱山の深い地中の穴に足を踏み入れたような感覚に陥った。彼がカーブする狭い廊下に立つと、暗がりにうっすら輪郭が浮かびあがってきて、それが生き物の頭と尻尾だと気づいた。彼は傘を見た。もう一度。剝製のフクロウ。できることなら、剝製であってほしい！　天井のあちこちに届くほど高々と物が積み上げられていた。彼はちょっと前に踏みだし、隣にあらわれたピアノに目をやった。人台と縦にされたソファ、マネキン、ダイニングテーブル、樽、服、ビニール袋、段ボール紙——。いくつかの分かれ道があった。

彼は天井からぶら下がった何かをびっくりして見つめた。裸の木か？　息絶えたモミの木だろうか？　それはクリスマスツリーだった。星が見える。それにハート形のオーナメント！　裸の枝から落ちかけているものもあれば、すでに落ちたものもあった。オーナメントのひとつが、彼が通った拍子に落ちた。ハートのそれは奇妙に色あせて見えた。暗闇が色にとって代わられることはほとんどない。靴の下でモミの葉が折れる音がし、ふたたび彼の聴覚が呼び覚まされた。音だ！　彼のまわりでかさかさと地面をこする音。

外に出なくてはならなかったが、それほど速歩では歩けなかった。リビングからすでに少し遠ざかっていたから、玄関のほうへと引き返すべきだったのかもしれない。冷蔵庫や冷蔵ボックスの横をまた通るよりそのほうが快適そうだ。なのに家の奥に行きたくなってしまっていた。

通路が大きな亜麻布袋でふさがれていた。それをどけようとすると、驚いた三羽のウサギが飛びだし、闇の向こうへ逃げていった。ロアルが袋を持ち上げるのと同時に、底の穴から中身がこぼれ落ちた。ロアルの靴に家畜の餌が入りこんだ。餌は小さな山脈のように通路の向こうに広がり、亜麻布袋のなかには半分しか残らなかった。

彼は山を越え、狭い廊下を進んだ。何かが倒れてくるといけないので、通路の片側に身を寄せて歩いた。手の平にネズミが乗ってきて、彼を身震いさせた。彼はそっと手を外側に向け、ネズミを追い払った。

すると大きな音がした。

袋にぶつかってしまったのだろう。何かが崩れ落ちる音を聞いた彼は、ぎゃっと走りだした。振り返ると、物が崩れてきていた。フクロウも落ちてきた。大きくて古いラジオも。段ボール箱のようなものも。袋も崩れ落ちると……光が少し射しこんできた。ひと筋の光が。

その光景を見て彼は考えた。地すべりだ。何もかもが今、後ろから崩れ落ちようとしている。雪崩《なだれ》のように襲いかかり、わが息の根を止めようとしているのか？　俺を葬り去るつもりか？

そうして例のやつらがあらわれた。ウサギが。あらゆる穴や角、裂け目から飛び出した。ロアルはパニックを起こした長耳のその家畜と競《せ》り合いつつ、顔の前に手をかざし、叫んだ。

目の前に廊下が広がっている。彼は真ん中しか通れない階段を上がるか、左に進んで玄関ホールを通り、正面玄関へ行く道を選ぶこともできた……。

彼は急に立ち止まった。

あたりを見回すと、小さな車のようなものが置いてある階段にウサギが数羽集まっていた。騒音がやんだ。

ようやく彼は雪崩なんかじゃないと気づいた。あっても、ちょっとした地すべりだけだった。落ちてきた物と物が互いにぶつかって、止まっていた。その後ろからまぶしい光が射すなか、枯れた木が沈黙した目撃者のように吊り下げられていた。

ロアルは立ちつくし、あたりを見回した。階段の飾り棚のそばについた簡素な窓から、リビングに日が射しこんでいた。

玄関とキッチンのあいだの壁の一点に彼は注意を奪われた。幅木にやや大きくいびつな丸い穴が開いていた。毛皮をまとったこの家の住人が、壁をかじって出てきたのだ！　けば立ったケーブルの端が、パニックに陥った幼虫みたいに穴から飛びだしている。穴の下には糞尿や剝がれた壁紙が落ちていて、そこに断熱材もまぎれていた。階段の壁も同じありさまだ。家中の壁をすべて剝がしたら、とんでもないことになるだろう。ケーブルが火を噴きかねなかった。壁をどれぐらい剝がすと、家全体が崩落するのか？

ロアルの憶測は、ネズミが床を駆ける姿が目に入って中断された。

「しっしっ！」追い払おうとすると、ネズミは命令に従うかのように、部屋の角っこへ向かった。隠れたあとも、ゴム長靴の陰から尻尾の先が飛びだしていた。

すると音がした。

二階のどこかでノックの音が。動物がドアにぶつかる音でも、鳥がクチバシでつつく音でも、風が何かに吹きつける音でもなかった。ノックしているのは、恐らく人だった。

階段を上るのは、悪夢を見ているようだった。いくら走ろうとしても、スローモーションみたいにしか先に進めない。彼の足を鉛《なまり》のように重くさせていたのは、埃だったのかもしれない。それか重たい空気。そしてにおい。彼の肺は新鮮な空気を求めていた。しかし彼は行かなくてはならなかった。この家で窒息したくはなかったが、人でなしのように立ち去りたくもなかった。

なかに少年が倒れていて、助けを求めていることもありえた。

二階に着くなり、手前の部屋から光が見えた。音の出どころから。ドアのほうへ歩きだすと、数本の鉄桁の隙間からウサギが二、三羽、体を縮こまらせながら出てきた。

そんな大きな人間を見たのははじめてだった。その女性はベッドで横になっていた。いや、横になっているのだろうとロアルは思った。メモ帳や本や紙皿、アルミホイルの箱や編み物やキャンドル、マッチや紙コップや汚れたタオルや穴の開いた毛布、食べ物のくずやネズミの糞らしきものでベッドが見えなかった。だが驚かされたのは、何といっても彼女の体がとてつもなく大きいことだった。

不快な空気。彼女から放たれる悪臭も耐えがたかった。間違いない、糞尿のにおいだ。それに腐敗臭もした。ロアルは吐き気と闘わなくてはならなかった。

その女性は傘を右手に持ち、横になっていた。傘の持ち手がヘッドボードにぶつかっているのを見たロアルは、さっきノックしていると思った音はこれだったのかと思った。ドアのところにロアルが立っているのを見た彼女は、傘を床に落とし、セーターに包まれた巨大な腕をけだるそうに、だらりとさせた。

本と紙の山の積まれたサイドテーブルでは、キャンドルの火が揺れていた。それを見て、光源が見つからないんじゃないかというロアルの不安は払拭《ふっしょく》された。彼が恐れていたのは、むしろ目の前で横になっていた女性だった。

彼女は人とは思えなかった。

「マリア・ホーダー？」そう言う声は自分のものとは思えなかった。恐らく埃のせいだろう。

彼女はゆっくりとうなずいた。

「俺は……ええと、俺は……どうすれば……」ロアルの頭のなかが急にぼうっとしてきた。「俺はコーステッドのインのロアル・イェンセンです」と言うのがやっとだった。

　顔全体が大きい割に、パーツがやけに小さかったので、見て取るのは容易ではなかったが、女性が優しくほほ笑んだことに間違いはなかった。肉に埋もれた瞳には、たしかに涙が浮かんでいた。揺れるキャンドルの光で皮膚は灰白色に見えた。鼻のあたりのグロテスクな影は、震える小動物みたいな頬にさらにグロテスクな影を落としていた。

「大丈夫ですか？」とロアルは言った。

　彼女はまたうなずいた。

「誰か呼んできます。でもあなたの旦那さんはどこに……イェンス・ホーダーはどこなんです？」ようやくロアルの止まっていた思考がふたたび動きだした。

　彼女は右手でお腹の上の小説を払いのけると、左手でメモ用紙を探り、何やら書きはじめた。小説には『ボヴァリー夫人』と書かれていて、床に落ちていたアルミホイルのトレーにすぽっとおさまった。

　ロアルはそのメモを読もうと前に踏みだした。充分に近づこうと、たくさんのものを踏み越えて。

〝すぐ連れてきて。薬が必要なの、お医者さんが〟と女性が紙に書きつけた。字を書くのもひと苦労のようだ。彼が手を貸さなかったら、床にメモ用紙が散らばっていたところだ。メモ用紙には、歪んでいるけれどきれいな文字で書かれたものと、それほど美しくない文字で書かれたものとがあった。今、彼女が書いているのは、汚い殴り書きに近かった。

「はい、急ぎます……」

〝命を救ってちょうだい〟と彼女は書くと、訴えかけるような目で彼を見つめた。その言葉の響きに困惑しながら、彼はおもむろにうなずいた。命を救うって、誰の？　彼女の？

「ええ、わかりました……なるべく早く戻ってきます。

その間、キャンドルを倒さないように……」

彼が行ってしまう前にさらなる情報を何とか与えようとするかのように、彼女は身振り手振りで訴えた。疲弊しているのは間違いなかった。飲む物がないのでは、とロアルはふと気づいた。

〝罠にかからないようにね〟

彼はうなずいた。「ありがとう！　行く前に水を持ってきましょうか？」ロアルは心配そうに尋ねた。彼はふと、彼女の背後の壁にふたりの子どもが描かれた絵があるのに気づいた。

彼女は首を横に振り、もう一度、文字を書いた。

〝命を救ってちょうだい〟のあとにつけ足すように。

〝今すぐ！〟肺からヒューと激しい音がした。

〝三人とも助けて〟

ロアルは悪臭にもう耐えられそうになかった。嘔吐《おうと》しないうちに、外に出なくては。するとベッドの隣のバケツに何かが入っているのが見えた。バケツの隣には、ティッシュペーパーと丸めたタオルが置いてあった。

彼は口を開くことも話すこともできずにうなずいて、ドアのほうへと向き直った。リビングまで何とか嘔吐を我慢した。それからできるだけ音を出さず、中身が何かも知れない段ボール箱のなかに吐いた。

三人とも？　イェンスとマリアとその息子って意味か？　なぜ俺がそんなことを今すぐにやらなくてはならないんだ？

ロアルは玄関にたどり着くと、ドアをバタンと開けた。今ほど新鮮な空気を吸う必要性を感じたことはなかった。玄関前の階段のいちばん上の段を踏むと、光を魂に、十一月の空を肺の奥深くに取りこんだ。

彼がそれを見たのは——矢筒のようなものの上の部分、家畜小屋のバスタブの陰で一瞬うごめく羽を見たのは、完全な偶然だった。ロアルは目を細めた。それで充分だった。そこに人が矢筒を背負って座り、隠れていた。沸き上がる怒りが、突如、爆発した。

「そこのおまえ！」と彼は叫んだ。「バスタブの陰に隠れているおまえ、見えてるぞ！」次の瞬間、子どもがバスタブから家畜小屋沿いを通って、森とロアル自身がやってきた木造建築のほうへと弧を描きながら一目散に駆けていくのが見えた。茶とオレンジのセーターの背中で、矢筒が上下に揺れていた。

何ということだ。インのキッチンで見たことのある少年だった。

階段の上から少年の姿を目で追いながら、ロアルはほかの道を通ったほうが近いのに、と思った。ロアルが飼料収穫機の横を走ったなら、その子に追いつき、つかまえられただろう。

誰か来たわ。今、助けがくるからね、リウ。

これ以上は疲れて書けそうにない。

あなたたちを愛している。

悪夢

はじまりは、家畜小屋の裏で母親の死体を燃やしたことだった。イェンス・ホーダーは悪夢を見た。はじめ、エルセが学校の教師と警察官と医師と一緒に戻ってきて、リウの命を奪う夢を見た。イェンスはというと、家畜小屋の飼料を掃除しようとしていて、土壇場まで何も気づかなかった。庭に停められた大きな車に彼らが乗りこみ、大急ぎで走り去るとき、砂利道に分厚い霧のような埃が舞うのをイェンスは見た。駆けだした彼は埃に包まれた。埃が消えたあとで振り返ると、海岸が見えた。しかし前方にそれはなかった。入り江になっていたのだ。日の光が本島に射すなか、車が〈首《ハルセン》〉の対岸へと消えていく。

イェンスはふと目を覚ますと、海に走りでて、肺が海風で満たされるのを感じた。

何という悪夢だ。

彼らがふたたびやって来たのだ。彼の母親と医者と教師と警察が。その後、名前のわからない人たち、はじめて見る人たちの顔が見えた。どの人にも共通していたのは、彼のいちばん大事なものを奪い去ろうとするところだった。

繰り返し見る夢のなかで、イェンスはクリスマスツリーのそばにいた。戻ってくると、全部が――リウもマリアも家畜も家も物も全部なくなっていた。こういうのをもぬけの殻と言うのだろう。彼は数人が走り去るのを目にした。あとを追いかけたが、立ち止まらせることはできなかった。彼自身は、目の前のあちこちに生える草や根や木につまずいたが、ほかの人たちの歩をさえぎるものは何もなかった。彼らは一度も倒れなかった。次第に足を速め、本島にたどり着いた。イェンスがようやく〈首《ハルセン》〉にたどり着いたが、海に道を阻まれた。彼は無人島で完全にひとりぼっちだった。

こんな最悪の夢も見た。白衣を着た人がやって来て、マリアを連れ去ろうとするのだ。コーステッドでの夜の仕事からイェンスが家に戻ると、やつらはそこに――マリアの部屋にいた。のこぎりとメスを手に、彼女を取り囲み、大きなランプで照らしていた。彼女を連れていきたいのだと言う。そうすることで彼女を助けられる、と。だが、彼女の体はドアから出すにはあまりに大きく、重すぎた。それゆえ彼らは彼女を小さく切り刻まざるをえない。彼女を家から何とか出し、イェンスの元から連れだして、彼女を救うと言っていた。

イェンスは夢の途中でいつも目覚めようとした。ところが、できなかった。やつらを止めることも。やつらはすでに彼女の頭を切り落として、サイドテーブルに載せていた。彼女は美しい瞳でイェンスを見つめ、「愛しているわ」とささやいた。口元がゆるんでいたのとは裏腹に、瞳から涙がこぼれ落ちていた。そうしているあいだにも彼女の手足がのこぎりで切られていた。彼女は抗い、ぶるぶる震えていた。血は出ていなかった。その姿は陶磁器のようだった。ドアのところに置かれた二本の腕の一方の手にはボールペンが握られていた。

それから彼らは胴体を細かく切り刻んだ。イェンスは心臓にだけは刃を入れないでくれと心のなかで祈った。「私たちのほうが彼女を幸せにできる」とやつらは繰り返し言った。「あんたよりも幸せにしてやれるよ、イェンス・ホーダー」

部屋からマリアを少しずつ運びだすやつらを、イェンスは見つめていた。イェンスは頭を運んでもいいと言われた。「マリア、愛している」マリアの片方の耳に、イェンスはささやいた。おかしくなりそうなほど重かった。だが何より最悪だったのは、彼らが運んでいる途中で、マリアの体がばらばらになってしまったことだった。イェンスはマリアの右脚を運んでいた医者の後ろを歩いている途中で、彼女の足が取れるのを目撃してしまった。ほかの部位にも同じことが起きた。心臓が胴体からこぼれ、階段をころがり落ち、綿毛のような埃にぶつかった。埃からため息が漏れるのが聞こえる気がした。そしてついには、頭までもが砕け散った。イェンスには彼女を守ってやることができなかった。イェンスは彼女の眼球を見つめたが、それも彼の指のあいだをすり抜け、消えた。残ったのは埃だけだった。

「では代わりにおまえの娘を連れていこうか」とやつらは言った。「きょうだいはいないのか?」

それからイェンスにかまわず、海藻の生える海岸へと一目散に進んだ。止めることはできなかった。彼は始終、何かに足を取られた。行く手に立ちはだかる自然が、彼を脅かした。森、海、動物……どれももはや彼の友ではなかった。

やつらがずんずん進んでいく。

イェンスの唯一の望みは、やつらを止めることだった。

いつも目を覚ますと、イェンスは汗と涙でぐっしょり濡れていた。起きているあいだも、悪夢にさいなまれた——過去と未来を思って。彼はとうとう過去と未来を区別できなくなった。

そしてすべてが波に呑まれた。

郵便配達

郵便配達はその日の午前、いつになく上機嫌だった。しかし、かすかに心がざわついてもいた。まるでお腹のなかで蝶が羽をばたつかせているかのようだった。そんな季節ではないのに。

彼は〈頭《ホーエド》〉に用事があった。

これまで長く仕事をしてきたが、今回初めてMから書留が送られてきたのだ。彼は急に送り方がグレードアップされたのを不思議に思い、同時に自身の好奇心のはけ口ができたことに、少なからず満足していた。ようやく差出人（でもまあ、マフィアではないだろう。そうだったらおもしろいけど）が誰か尋ねることができるのだ。

彼は「M」というのがその日、イェンス・ホーダーに届けた、大きな荷物の差出人欄にあった「M Inventions for Life」のMかどうか、少なからず知りたいと思っていた。その会社の住所は本土の東岸のものだった。郵便切手にも東岸の消印が押されていた。そう、もちろんすでに調べ尽くしていた。マフィアというのは、あらゆるところとつながっているものなので、そこ以外から送られてきたという可能性も完全には否定できなかった。

郵便配達は軽トラックを柵の前に停めた。それからトラックを降り、手紙が添えられた小包を積んだ荷台の扉を開け、なかに入った。

その不可思議なものは少しばかり重く、両手を使って運ばなければならなかった。荷物は正方形だった。七十×七十センチくらいだろうか？　高さは二十センチにも満たなかった。彼が最初に思ったのは、便座にしては重すぎる、ということだった。いつものように正方形の包みだが、中身は円形のようだった。

立ち入り禁止の看板の横を通り過ぎるときは特に緊張した。関係者以外って意味かと彼は思った。もちろん、彼には入る権利があった。書留を持ってきたのだから。しかも小包だ。

受け取りのサインが必要だった。

サインなしに〈頭《ホーエド》〉をあとにすることはできない。

郵便配達は柵の右手に立つと、期待とほんの少しの緊張を胸に、家を見上げた。運がよければ、マリア・ホーダーを少し見られるだろう。彼女が今どんな風貌なのか、是が非でも見ておきたかった。

二歩進んだところで、もう呼び止められてしまった。

「そこのおまえ！」背後から怒鳴られ、はたと足を止めた。その言葉は攻撃的でいけすかなかった。振り返った彼の目に、つかつかと近づいてくるイェンス・ホーダーの姿が飛びこんできた。「どこへ行くつもりだ？ 字も読めないのか？ 頼んだ覚えはないぞ」

郵便配達は押し黙り立っていた。そんな物言いをされるのに慣れていなかった。イェンスは特にマリアがあんな体になってから、争うことはあっても、ほかの誰かに罵声を浴びせたことはなかった。少なくとも郵便局の人間には。

「ええと、ですが……」

「こっちへ来い！」イェンス・ホーダーががなり立てた。「俺に何の用だ？」

郵便配達は仕方なく柵の外にふたたび戻った。彼はもう少し早く来なかったことを後悔した。そうしていれば、奥さんと一対一で話せたかもしれないのに。郵便配達はふたりが何をしているのか知りたかった。

「手紙と小包をお持ちしました」と彼は答えた。「どちらもサインが必要なんです。なので私は……」

イェンス・ホーダーをさらに見た彼は、言葉を呑んだ。手に七個か八個の大きなビニール袋が――ぱんぱんの袋があった。十一月にしては暑い日で、汗がイェンスの額から滴り落ちていた。髭や服も濡れていた。こんな近くでイェンスを見たのは、久方ぶりだった。何ともみすぼらしい姿だ。

「軽トラックはどうしたんですか？　いつもあれに乗っていたでしょう？」

「使い物にならなくなってな。道に置いてきたんだ。そこから歩いて帰ってきた」

「へえ、いい運動になったんじゃありませんか」

そのあとイェンスは「手紙をよこせ」と言って、袋を置いた。袋のなかから何か白いものがのぞいているのしか見えなかった。柵の隣の切り株に手紙と小包を慎重に置いてから、ペンと受取証を渡した。イェンスは一瞬、彼を怪訝そうに見ると、サインを殴り書きした。

「Mっていったい誰です？」自分が出せるうちで最高にこびた声で言った。このチャンスを無駄にするつもりはなかった。「相手の方から定期的に手紙が送られてきていますよね。今回は小包まで！　ええ、思うに……」

「ほかに用がないなら、帰れ」イェンス・ホーダーは彼の言葉をさえぎり、受取証とペンをつき返した。郵便配達は密かに、イェンスが今すぐ小包を開けてくれるよう願った。

「小包を開けるのを手伝いましょうか？　カッターを持っているんで……」

「俺もさ」とイェンス・ホーダーは何とも言えない冷淡さで言った。今、イェンスは両手をぶらりとさせ、脅しているとしか思えない目で見てきた。それはまさに脅迫だった。

「でも……そうですか、わかりました」郵便配達は言うと、乗ってきた車へ戻った。イェンス・ホーダーは仁王立ちしていた。〈首《ハルセン》〉の道を曲がるときにもまだ郵便配達は、バックミラー越しにイェンス・ホーダーを見ることができた。その姿は原始人のようだった。
怒り狂った原始人。

もちろん郵便配達は他人に判断を下す立場にないが、イェンス・ホーダーが母親に何かしたのではないか、彼女の命を奪ったのではないか、と推理して楽しんだりした。イェンスはひょっとしたら彼女をあのコンテナに隠したのではないか？　あの日、シュナビュの操舵手と話をしたとき、エルセ・ホーダーがその年のクリスマス、フェリーに乗らなかったという話を思いがけず耳にしなければ、そんな考えが彼の頭に浮かぶことはなかったのに。フェリーに誰が乗っていたか完全に把握している人がいるとすれば、それは操舵手だろう。ただし操舵手は郵便配達の推理には、果てしなく無関心だった。関心のある人など、どこにもいなかった。

しかし柵のそばに立つイェンス・ホーダーを見たことがある人もまた、いなかった。イェンスは何かを隠しているみたいだった。なぜあんなに、いきり立っていたのだろう？

郵便配達を最も苛立たせたのは、インのほかの客とする話のネタをうまく仕入れられなかったことだった。そう、少しいらっとした。

M Inventions for Life（M生活に創意工夫を）。

インの客にもっと真剣に話を聞いてほしかった。せめて自分の話に耳を傾けてほしかった。彼らはいつも、イェンス・ホーダーを放っておいてやろう、悲しみにひとり向き合わせてやろうと、声を潜めて言うのだった。あんなことがあったのだから、少しばかりおかしくなるのも無理はない、と。

くそったればかりだ。

M

イェンス・ホーダーは郵便配達の車を見送った。見えなくなると、切り株の上に載せられぐらついていた手紙と大きな荷物のほうへと向き直った。

彼はまず手紙のほうを手に取った。それは茶色くて、角の丸い封筒だった。なかには現金の入った、何の変哲もない白い封筒が入っていた。いつもと同じだ。彼はその白い封筒を見下ろすと、手に取り、開けた。書留で送られてきた点を除いては、すべていつもどおりだった。

そして内側の封筒に折った紙が入れられていた点以外は。

ゆっくり紙を引っ張り上げると、すぐにそれが分厚く、細かいでこぼこの線が入っていることに気づいた。日の光の下でその便せんは象牙色に見え、開けると、透かしが入っていた。

会社のレターヘッドが入った便せんだった。しかも一枚だけではなかった。二枚がクリップでまとめられていた。

手書きの文字は彼の兄によるものだった。

イエンスへ

途方もなく長い時が経ってしまったな。全部、俺のせいだ。だからこの手紙を書くのも簡単なことじゃなかった。だけど俺はおまえが心を開いて読んでくれるよう願っている。

俺がおまえたちに毎月仕送りをしていること、受け入れてくれているよな。おまえたちだって現金がいちばんだろうし、押しつけがましく思われない気がして。

俺は事を荒立てたくないんだ――すべてを投げ出した以上の問題を。俺のことをおまえが許してくれているかわからないが、そうであるよう願っている。

おまえのことだから仕事は順調だろうし、俺なんかの施しを受けるのはごめんだと思っているかもしれないな。でも、あんなふうに責任を逃れた俺にできるのはそれぐらいしかないだろ？　金を送っているのは、そう、自分のためでもある。それは認めるよ。償《つぐな》うことで、心証をよくしようとして。でもそんなに効果はないんだろうな。

俺はおまえたちを困らせたくなかった。でも単純に旅立つ必要があったんだ。おまえが当時、感じていたとおり、俺は〈頭《ホーエド》〉でちっともうまくやれていなかった。ひどくおぞましい衝動に駆られることもあったし、母さんからの期待や、あらゆる義務と責任に、息苦しさを感じていた。

すべてに追い詰められた俺は、閉所恐怖症になった。

俺たちはひどく孤立していたよな。だが俺には、やりたいことが山ほどあったんだ。町に行きたかったたし、発明もしたかった！　おまえは大工仕事が好きだったよな！

おまえはひどく寡黙になった。そのことで俺はおまえを責めはしないよ――決して責めはしないさ！――父さんのことで希望を失ったんだろう。でも俺は内心、腹を立てていた。だって俺はおまえと話したかったから。俺たちは互いに背を向けていたけど、俺はおまえを渇望してもいた！　そのことに俺は耐えられなかったんだ。

そんなある日、俺はアームスレウの町のサマーハウスに来ていた若者と話をした。その人は本島から来たエンジニアで、俺の考えにいたく感動していた。短いあいだ、家を出たことがあったろう？　あのとき、俺はその人のところにいたんだ。会社の仕事をやらないかと言われ、はじめ俺は断った。だっておまえを置いていけないと思ったから。だけどある日、決意した。俺はその人の名刺をいつもポケットに忍ばせていたが、おまえにその名刺を見せる勇気を出せずじまいだった。

本当にやりがいのある仕事だった。しかもはじめからたくさん給料をもらえた。しばらくそこで働いたあと、俺は自分の会社を立ち上げたんだ。うちの会社は金属や鉄鋼やファイリング用品を扱う会社だ。なかでもいちばんうまくいっていて、今、主に取り組んでいるのは、モミの木を立てるのに使うクリスマスツリー・スタンドさ！　かなり儲《もう》かったんで、その金でオーストリアに旅行へ行き、そこで支店を開いた。

その間ずっと、俺は信頼できる従業員の女性に毎月、〈頭《ホーエド》〉にお金を送らせた。彼女はきっとちゃんと送っていたはずだ。旅から戻った俺はその信頼できる従業員と婚約した！　俺たちは都会のきれいなマンションに今暮らしているんだけど、それでも引っ越そうかと話している。家族を作ろうとも。婚約者はありがたいことに、俺より少し若いんだ。

でも俺は俺自身の家族が——おまえと母さんが本当は恋しいんだよ。しょっちゅうおまえたちのことを思い出す。でも連絡をするのには、自分でもびっくりするぐらいためらってしまった。

一度、勇気を振り絞って、コーステッドのインに電話したんだ。電話に出たのは新しいオーナーか（そう、オールフはもういないんだね）、お客さんだったんだろう。新年のランチのときのことさ！　俺は自分が誰か名乗らなかった。慎重にこっちから尋ねただけだ。人というのがどういうふうに話すものかよく知っていたし、さっき書いたとおり、おまえたちに迷惑はかけたくないからな。そこで俺は母さんが〈頭《ホーエド》〉には住んでいないこと、クリスマスイブまでおまえたちのところに行っている、また戻ってくるだろう、と聞かされた。

それからしばらくして、俺はインにディナーを食べにいった。妙なことに、ウェイトレスの女が俺の苗字を聞いて血相を変えた。その人は母さんを、エルセ・ホーダーを知っていると言うんだ！　母さんはその人の友だちのところに長らく身を寄せていたらしい。その友だちっていうのは母さんの従妹なんだってさ。残念ながら、その従妹は交通事故で深刻な脳損傷を負ったそうだ。ウェイトレスは従妹の家がどこかは言えないと言った。言ったところでどうせその場所にはもう住んでいないとも。

だがおまえは何もかも知っているんだよな。母さんが今、どこにいるのかも。ひょっとしたら母さんはおまえたちのところに戻っているんじゃないか？　おまえは母さんの扱いが上手だったよな。おまえにはかなわないよ。

だけどまあ、そのときインに電話をしてよかったのは、おまえがまだ〈頭《ホーエド》〉に――奥さんと娘と一緒に住んでいるってわかったことだった！　おまえに奥さんと子どもがいるって聞いて、俺はどれだけ喜んだことか！　陰ながらおまえたちの幸せを願っているよ。

俺も今、子どもがほしいんだ。家族を作ろうかと考えはじめたのが遅すぎたのさ。俺は頭を使っておもしろい物を思いつき、生みだすことに、とらわれすぎていた。おまえと父さんと同じような一種の自然への愛情を持っていたらよかったのにと思うよ。それは健全なことだね。本物って感じがする。今、俺は手と手のあいだに感じる木の感触や、森や海の新鮮な香りが恋しいよ。実際のところ恋しさのあまり、〈頭《ホーエド》〉とはいかずとも、島へ移住しようかって思うこともあるんだ。おまえはどう思う？

まずはおまえたち一家を訪ねてみるのもいいかもしれない。おまえさえよければ、もう一度やり直さないか？　俺に手紙をくれよ。それかよければ、電話をしてくれ（下にうちの住所と電話番号を書いておいたから）。

追伸　俺はおまえがこの国一番のクリスマスツリーを持っているに違いないと思っているんだ。おまえは当然、金属やプラスチックよりも木が好きだろう？　俺の会社のクリスマスツリー・スタンドを試してみてほしいんだ。だから今回手紙と一緒に、スタンドを送らせてもらうよ。

愛をこめて
おまえの献身的な兄
モーエンス

イェンス・ホーダーは手紙をたたんだあと、さらにもう一回折ったうえで、内ポケットに入れた。お金の入った封筒は上着の胸ポケットに入れた。それから一瞬、切り株の上に載せたままの包みを見た。それから袋をすべて持つと、柵のところで左へ曲がった。

〈頭《ホーエド》〉の男の人

森で犬のそばを離れ、歩いていくその男の人のあとを私は追った。犬。その人は一度、私を見そうになった。少なくとも私のいるほうを長いこと見ていたのはたしかだ。でも私は物音ひとつ立てず、立っていた。私にはそうできた。ようやくその人はまた歩きだした。そして白い部屋の壁の角を曲がった。誰かが砂利道に向かうのではなくその道を曲がるのを見るのは、妙な気がした。罠があるのを知っているのかな、と考えた。でも知っているわけがなかった。

単純に運がよかったのだろう。

それに私は怖かった。男の人が何をしたいのかわからなかったから。お父さんはまだ戻ってこないし、お母さんはベッドルームで寝てばかりで、何もできなかった。男の人は犬と罠を見たし、矢を手に持っていた。あの人は矢を握り、歩き回っていた！　私を探しているんじゃないかって心配だった。でも私がいるなんてわかるわけない。だって私は死んでるんだもの。

男の人はその場所に来たとき、しばらく私に背を向けていた。すべてを目におさめていたんだろう。一箇所にこんなにたくさんの物が集められているのなんて見たことないんだ。時々、ゴミ捨て場にでも行かない限り。あの人の目的がわかればよかったんだけれど。私はお父さんに来てほしいと願うと同時に、少し恐れていた。何より、その男の人がいなくなってくれたらって願っていた。罠にかかることも、お父さんと出くわすこともなく。

彼は森に背を向け、庭の端っこにただ立っていた。私はたぶん母屋のほうへ行くだろうなと考え、息を呑んだ。彼が飼料収穫機の横を通ったらどうなる？

白い部屋から母屋まで行くとしたら、赤い飼料収穫機の横を通るといういちばん手近なルートを通っちゃ駄目だ。

まずは鉢の列に沿って歩き、それから家畜小屋の横をジグザグに通り、作業場に戻って、古いストーブのところを左に曲がって、最後に玄関のドアに向かわなくちゃならなかった。いつだって覚えていた――少なくともその行き方を教えてくれたときのお父さんの目を覚えていたから。

どうしてストーブのところを歩かなきゃいけないのかはわからなかったけど、違うところで曲がったら高いブロック塀が倒れてくる気がして怖かった。

お父さんは私に、決して別のルートを通らないと誓わせた。お父さんは「世界のどこの誰より、お父さんはおまえのことを信頼してるよ」と言っていた。そう聞いて私はうれしくなると同時に、ちょっぴり悲しくなった。なんでかはあまりわからなかったけど。

その男の人は飼料収穫機の横は通らなかった。小屋から音がするのに気づいたのかもしれない。だって急に小屋のほうを見ていたから。それから庭の端から、家畜小屋の扉の前へと移動した。そうして長らく立っていた。

私は弓を射るべきか考えた。

直立不動の相手を射貫くのはもちろん簡単だった。忍び足で近づいて、膝をつけば。狙った獲物は必ず仕留める自信があった。ロビン・フッドにひけをとらないぐらいの名手になっていたから。

でもロビン・フッドが背中側から人を狙う？

それにお母さんは私が人を射っても平気かな？　お父さんは私がチャンスがあったのに射抜かなくても、怒らないかな？　お父さんだったら迷わず手を下すだろう。

矢は何本も使わなきゃならないだろうし、最終的には頭を殴らなきゃいけないかもしれない。私は人間を射ったり殴ったりするのが、動物やおばあちゃん相手と比べてどうなのかはわからなかった。人を弓で射るのに慣れていないから、はずしたらどうしよう。私は弓をぎゅっと握りしめた。

もう遅かった。男の人は家畜小屋のところで曲がったから。畑でいったい何をするつもり？　私たち以外には誰もそこに行かなかったし、私たちももうそこに行っていなかった。ひょっとしたら鶏を盗みにきたのかな？　鶏は残ってたっけ。ガチョウはいなくなっていた。

私はあとをついていった。今や森の茂みから出ていかなくちゃいけなかった。木陰にある隠れ場所から黄色い自転車の陰の新しい隠れ場所へと、大急ぎで走った。そこからなら男の人が畑を通って母屋の裏手へ歩いてゆくのを見られた。裏手には罠なんかひとつもなかった。結局そのことを知っていたのかな？

私が家畜小屋の裏からあとをつけたらきっと気づかれるだろうから、代わりに庭を通る安全ルートを取ることに決めた。庭なら陰に隠れられるものがいつだって見つかる。私は這って進むときでさえ、素早く静かに動くのが上手だった。

私が家畜小屋の建物の角のバスタブの横に滑りこんだとき、男の人が裏口のドアを叩いた。その音を聞けたし、男の人がドアから少しあとずさったときにも一瞬、その姿を見た。何かを探していた。鍵？ 少しするとなかに入る音が聞こえ、ウサギが逃げてくるのが見えた。

私は待った。

さらにウサギが二羽、出てきた。

そうして男の人が叫ぶのが聞こえた。すみませんと叫んでいた。

それから、キッチンのカーテンが少し引かれた。なかは暗く、窓ガラスの向こうは何も見えなかった。

もしも私のお母さんを見つけたら？

二階のベッドルームでお母さんが寝ていなかったら、コンテナに隠れていたのに。私はバスタブの陰の砂利に、体が麻痺したようにじっと座っていて、お母さんの部屋の暗い窓を見つめていた。

すると家のなかから急にバンと音がして、誰かの叫び声が響いた。お母さんの声じゃなかった。叫んでいたのは男の人だった。

ううん、悲鳴を上げていた。

頭がまわっていなかった。ただそこに座って、動けずにいた。たぶん涙が途中で止まっちゃったんだろうけど、泣きたいのに涙が出てこなかった。カールも一緒に連れてこられなかった。カールは来なかった。お父さんも来なかった。

そしてその男の人はまだ家のなかに——お母さんの

ところにいた。

もうちょっとしたら裏口からまた出ていくだろう。

そうなったら、私はどうすればいい？

しばらくすると——一分にも一時間にも感じられたので、どれぐらいのあいだかはわからない——玄関のドアが開いた。私はそこでその人を見るとは思ってもみなかったからぎくっとした。視界を確保するには少し向きを変える必要があった。あとからひょっとしたらわざとだったのかなって思ったけど——動いた。

いずれにしろ向こうが見つけた。そのことは決して忘れない。「そこのおまえ！」と叫んでいた。お父さん以外の誰かに呼びかけられるのは、しばらくぶりだった。

恐らく矢を急いでつかみ、バスタブの後ろから弓を引けばよかったのだろう。彼の心臓を射抜く自信はあったのだし。男の人は階段に立っていた。簡単だった。

でも私はそんなこと全然したくなかった。自分の心臓が聞こえるほど高鳴ったときに、何かを狙うなんて無理。特に誰かの心臓を狙うなんて。

なので私は別の道を選んだ。逃げることにしたのだ。

私は家畜小屋の横の安全なルートを取り、隠れていた森のところまでゆるやかに右にカーブすることにした。茂みのなかで私をつかまえることは決してできないだろう。私は走りだした。つかまりたくないのに、なぜか私は迷っていた。本当はもっと速く走れるのに、あまり急がなかった。

心臓が胸から逃げだそうと騒いでいるかのようだった。そして同時に、外側から誰かが叩いているような気がした。もしくは誰かが心臓をなかに押し戻そうとしているみたい。それとも私を押し戻そうとしているの？ ひょっとしたらカールかも。

森へ向かう途中立ち止まり、振り返って男の人を見た。彼は私のほうに向かってきて、明らかにストーブのところで曲がる安全なルートを取っていた。何か叫んでいたけど、何て言っているかは聞こえなかった。

唯一考えることができたのは、相手がまっすぐ私のほうへ来るだろう——たちまち飼料収穫機のところまで来るだろうということだった。

私は走りつづけたかったけれど、できなかった。

次の瞬間、男の人が地面に投げ出され、荒々しい音が響くなか、宙に引っ張り上げられ、それから赤い飼料収穫機からぶら下がって、揺れていた。

逆さ吊りになって。

ロビン・フッドのシャーウッドの森みたい、と私は思った。

片方の足はロープで締めつけられていた。もう一方の足は空中を激しく蹴っていた。地面に触れようとするみたいに、腕もばたばたさせていた。あともうちょっとで届かなかった。もがいているうちに首に巻いていた犬のリードが落ちて、吊り下げられているロープにからまっていた。

その様子は魚に少し似ていた。

「ここから降ろせ！」と彼は叫んだ。

今、何をしたらいいかわからなかった。

そのままじっと長いあいだ待っていた。叫びつづける彼と立ちつづける私。びくとも動かずに。私はそれが得意だった。

やがて彼は腕を振りまわすのをやめた。声からも怒りが消えた。そして最後にはただぶら下がって、ストーブの上のヴァイオリンみたいに、ゆっくり回っていた。天井から吊り下げられたクリスマスツリーをちょっと押したみたいに。

彼は私に話しかけつづけ、私は答えないようにしつづけた。

「降ろしてくれないのか？」

「何もしないから。ただきみと話したいだけなんだ」

「ぶら下げたままにはできないだろう」

そんなようなことを、彼は言っていた。

私は微動だにしなかった。

「俺はさっき二階のベッドルームの女性と話をしたんだ。きみたちは、親子なのか？　きみたちを助けるよう頼まれたんだ」

そう聞いて、ほんの少し身じろぎしてしまったかもしれない。

「私たちを助けてくれるの？」私はようやく口を開いた。声が届いていないようだったので、少し近づいた。

「私たちを助けてくれるの？」私はもう一度尋ねた。

男の人はうなずいた。でも逆さ吊りでゆっくりと回りながらだと、ちょっとヘンだった。今、彼はゆっくり逆方向に回りはじめた。

彼はまた顔を向け、目を少しパチパチした。

「きみは女の子なのか？」と彼は尋ねた。

私はうなずいた。

「犬を射ったのはきみか？」と彼が聞いた。私は喉の奥がきゅっとするのを感じた。うなずくのと、首を横に振るのを一緒にしようとした。

「そうだけど、そうじゃなくて……」

そのとき、お父さんが来るのが見えた。父は目をみはっていた。持っていたビニール袋を全部地面に置いて、作業場の横を通る安全なルートを通り、ゆっくりやって来た。がらくたの山の上から頭が揺れているのが見えた。一度全身が見えたこともあった。こっちをずっと見ていたけれど、私を見ているのかはわからなかった。

お父さんと私のあいだには、男の人が逆さ吊りでぶら下がっている。ひょっとしたらお父さんが見ていたのは、その人だったのかもしれない。

＊

お父さんは白い部屋に充分なスペースを確保しようとした。私はお父さんがいつも寝ていたベッドまでの通り道を作った。そこでおばあちゃんは殺されたのだ。例の重いあの人は、すでにお父さんが降ろしたあとだった。

どうして自分がそうするのかわからないまま、お父さんに言われたとおりにした。怖かった。その男の人に何が起きるのか、自分たちに何が起きるのか、怖かった。

道を通れるよう最後の袋をちょうどどけ終わったときに、男の人がドアのところに立っているのに気づいた。部屋は薄暗かったので、正午の光を背中に浴びていなくても、その姿をはっきり見ることはできなかった。でも私にはそれがあの人だとわかった。お父さんより大きく、一歩前に踏みだしたとき、顔のまわりに何かが結わえつけられているのが見えたからだ。口に押しこめられているのは、セロファンで包まれた薬物で、セロファンの両端がねじられていてソーセージみたいな形をしていた。

男の人は何か言っていた。

私はうんともすんとも言わなかった。

背後にお父さんが立っているのに気づいた。お父さんは男の人に、ベッドに横になるよう命令した。男の人が近づいてくると、私は箱のほうに背を向けた。男の人が私を見てきたけど、私は目をそらした。

男の人がベッドと向き合うと、手が背中の後ろで結ばれているのが見えた。お父さんの手にナイフが握られているのにも気づいた。それは以前、妹を切ったのと同じナイフだった。

私のなかの誰かが、男の人が邪悪な目をしていますようにと願っていた。ところがその目は今も、飼料収穫機の下で逆さ吊りになっていたときも、邪悪ではなかった。私は犬と罠のことや、男の人が犬を見て泣いていたことを思い出さずにはいられなかった。邪悪な目からは、涙がこぼれ落ちそうにない。

お父さんは四本のベッドの脚に男の人をくくりつけた。わずかにまくれ上がったズボンの下の靴下の少し上のほうに、赤い線が入っているのが見えた。深い線で、血も少し出ていた。ぞっとした。飼料収穫機にぶら下げられるのは、すごく痛いはずだ。今、痛みに苦しんでいるに違いなかった。

私は急に気づいた。暗闇が痛みを取ってくれないのなら、罠にかかったウサギはみんな痛みを感じていることだろう。私は死んだウサギをたくさんの罠からはずしてやったとき、毛皮や肉にワイヤーが食いこんでいたのを思い出した。すぐに死ななかったら、どうなってた？　ウサギたちにぐっと深くワイヤーが食いこみ、暗闇がいっこうに痛みを取り去ってくれなかったとしたら？

私は男の人の目を静かに観察しつづけた。お父さんを見るその目は、怯えているみたいだった。私を見つめる目は、助けを求める犬の目のようだった。

今、お父さんは私を見つめている。

「リウ、おまえはここに立って、あいつから目を離さないでおけ。ただし遠くからな。逃げようとしたら、お父さんを呼べ」お父さんはそう言うと、ドアのほうへ行ってしまった。「あとであいつが必要なんだ」

「どこ行くの？」私はびっくりして尋ねた。男の人とふたりきりになりたくなかった。カールもいたけど、気休めにもならなかった。

お父さんはドアの向こうからこっちを振り返った。

「作業場に用があるんだ。ドアを開けておくから」

「お母さんのところに行ってもいい？」

「駄目だ！　そこにいてもらわないと困る。お母さんをひとりにさせてやってくれ」

お父さんはそう言うと、行ってしまった。

ずっとひとりにしておかなきゃいけない人なんて、

この世にいるの？

私はドアの隙間から男の人を観察した。ベルトには短剣を忍ばせていた。弓と矢筒は、まだドアの外に置いてあった。物を移動させるとき、ストーブの横に置いたのだった。

男の人はただ横になっていた。

薬物を突っこまれた口で何か言おうとしていたけれど、おかしな音にしかならず、私が理解できずにいると、黙った。私は一瞬、彼が声に出すんじゃなくて、書いてくれればいいのに、と思った。でもその場合、片方の手をほどく必要があったけど、右利きなのか左利きなのかも知らなかった。両手をほどく勇気はなかった。

そう言えば、私が左利きだと気がついたのは、私とお母さんだったっけ。お母さんは右利きだったけど、どちらの手も同じぐらい上手に使えると言っていた。それを証明しようと、お母さんは時々、左手で書いた。左手で書くとき、なぜかいつも大文字だった。ひょっとしたらあの男の人も、どちらの手でも書けるかもしれない。その場合、どっちの手をほどいてもかまわないはず。でもお母さんのところで紙と鉛筆を見つけなくちゃならない。二階に上がるわけにはいかなかった。お父さんだって何もほどいてほしくはないだろう。

してはならないことだと、自分でもよくわかっていた。でもそこに来ているカールはほどきたがった。

無理やりほどこうとした。

私はわっと泣きだしてしまった。男の人は私をまじまじと見つめ、何やら言った。右手の指を揺らして。

私はその指を見つめ、さらに泣いてしまった。

それから私は作業場に向かった。

お父さんも泣いていた。

お父さんは大きな棺の縁に座っていた。まわりにはお父さんが家に持ち帰ってきたビニール袋がころがっていた。そのうちの一枚から、ガーゼが飛びだしていた。作業台の下には、オイル入りの瓶があり、その後ろには、塩の入った袋が三つあった。

お父さんは叫びも、わめきもしなかった。私が泣くときみたいに、静かに泣いていた。涙が髭に滴り落ちる。髭も濡れて重そうだった。

お父さんは私を見ると、手を差しだした。優しい目。邪悪な目からは涙が出ない。

私はお父さんにおもむろに歩み寄った。そばまで近づくと、お父さんに袖をつかまれた。お父さんにぎゅっと抱き寄せられた。私はお父さんの足と足のあいだに立っていた。とても長くて濡れた髭で、喉がくすぐったかった。

私たちはどちらも泣いていた。自分でもどうして泣いているのかわからなかった。お父さんがどうして泣いているのかわからないからかな。

セーターの上のお父さんの手はあたたかく、心地よかった。そんふうに抱きしめられるのは、久しぶりだった。私が泣いてしまったのは、そのせいもあったのかもしれない。それか棺のせいかも。

「やらなくちゃいけないことがある」お父さんが急にささやいた。

私はお父さんの腕に抱かれ、静かに立っていた。

「リウ、お父さんはな、お母さんを助けなくちゃならないんだ」

私は何も言わなかった。

「お母さんに元気になってほしいだろ?」

私はうなずくと、前を向いた。作業台の向こうを。塩の入った袋とオイルの入った瓶が見える。

「お母さんにここにいてもらいたいだろ? お母さんを手放したくないだろ? なあ、リウ?」

私はまたうなずいた。ためらいながら。お母さんにどうしてもそばにいてほしかったけど、今、自分がうなずきたいのかはわからなかった。

「何もしなかったら、お母さんを失うかもしれないんだぞ。しかもそれができるのは、俺たちだけなんだ」

「お母さんを助ける？」私は聞き返した。

「ああ。お母さんを助けるのさ」

「あの男の人は？」

「あいつなんかに助けられっこないさ。だが俺たちが助けるのを手伝うことはできる」

意味がわからない。

私はお父さんも自分も泣きやんでいることに気がついた。喉の内側の粘膜が分厚くなっている気がした。それに喉の外側――首は湿っていた……お父さんの髭がぶつかっていたところだ。

「でも、どうやって……？」

答えるまで、少し間があった。

「お母さんはまだ……、ドアから出られるぐらい……痩せちゃいない。やるなら二階でやろう。そうすれば、お母さんは本と一緒に寝ていられるんだから。それがいいんじゃないか？」

私はうなずかなかった。

「それで干からびるの？」私は袋を見つめながら、恐る恐る尋ねた。

「ああ」

「それに小さくなる？」

「ああ、そのとおり」

「数週間で。お父さんが……」

「そう。樹脂を精製するのを手伝ってくれ。それに薬局の家の離れで大きなガラス瓶を探さなくては。集会所の近くのはずだ。時間ならある。リウ。時間はたっぷりあるんだ。最初に母さんを風呂に入れなくては。塩風呂に」

「でも、あの人は？」

「あいつには、少ししたらバスタブを二階に運ぶのを手伝ってもらうさ。父さんひとりじゃ運べないからな。

おまえは力持ちだが、それぐらいじゃ無理だ。あいつが来てくれて、本当によかった。どうしたらいいかと迷っていたんだ……」

お父さんはそれ以上、何も言わなかった。

「でもあの人は？　終わったら帰ってもらうの？」

お父さんは少し言いよどんだ。「ああ、終わったら帰ってもらう」お父さんの声は妙な響きだった。

「じゃあ砂利道で罠に掛からないよう気をつけなくちゃね」と私は言った。

「ああ」

「どこにあるか、教えてもいい？」

「ああ……いいよ」

私にはお父さんが続けて何か言おうとしているのがわかった。

「リウ、あいつが何のために来たかわかるか？」

「うん、犬を……探しにきたんでしょ……？」

急に私の喉が縮こまった。お父さんに聞かなくちゃならないことがあった。犬の足の奥深くまで食いこみ、犬を叫ばせ、金切り声を上げさせたあの罠のことだ。忌々しい歯を持つ罠について。

私にはできなかった。

私はもう一度、泣きだした。

「あいつはひとりだったのか？」

私はうなずいた。小さなふたつの滝のように、涙がひたすらこぼれ落ちた。

お父さんは私を抱き寄せた。

「悲しむんじゃない。お母さんは何も感じやしないんだから。薬を用意してあるんだ。母さんの痛みを一気に取ってくれる。効果は抜群。痛みなど感じやしないさ。お母さんには薬が必要なんじゃないか」

お父さんはまたお母さんをひとりにさせてあげたほうがいいと言った。

私はお母さんをひとりにさせたくなかった。お母さんと一緒にいたかった。

「お母さん、まるっきりひとりぼっちにならなくちゃいけないの?」

「いいや、準備ができたら、ここに降ろしてやるさ。泣くことも、病気になることも、お腹を空かせることも、痛みを感じることもない。おまえはまたお母さんに本を読んでやれる。それにな、リウ……」

お父さんは私の髪をなでた。

「……お母さんはおまえの声が聞きたいだろう。おまえはお母さんの宝物なんだから」

お父さんは棺の上に手を置くと、何か持ち上げた。

「それにまたお母さんに会えるんだ!」

人の手による絵のうちで、いちばん美しいその絵を見つめた。私のお母さんを見つめた。ほほ笑んでいる。

お父さんが突然立ち上がると、私は少しあとずさった。どうしたらいいかわからなかった。足が止まってしまった。カールはやって来たけど、また行ってしまった。

その場に立つお父さんは、急にそれまでないほど大きく見えた。

絵を描いたのは、お父さんだった。

罠を作ったのだって、お父さんだった。

私たちは今、お母さんを殺そうとしている。

「おいで、リウ」とお父さんに言われ、しぶしぶお父さんのほうへ歩み寄った。

私たちはまず男の人のいるあの白い部屋に向かった。男の人は手足を広げ、口を閉じ、静かに横たわっていた。手首足首と四本のベッドの脚のあいだにロープがぴんと張られていた。お父さんが足を踏み入れると、男の人はわずかに顔を上げ、見つめた。

お父さんは私をちらっと見た。私はふたたび外へ出ようとした。するとお父さんが後ろ手にドアを閉めた。

「ここにいて見張りをしておけ、リウ。あいつは自由に動くことはできないが、それでも見張っておけ。必要があれば弓を使うんだ。俺は家のなかに入って、バスタブを持ってこられるよう、物をどけておく」

「お母さんと話をさせて」私は泣きながら声を振り絞った。

お父さんは屈み、私の目を見た。顔がすごく近かったので、お父さんの髭と帽子がかすめた。

私の瞳の前のその瞳は、硬くて黒い石のようだった。もう泣いてはいなかった。潤んでさえいなかった。お父さんの瞳ではなかった。それはまさに石だった。

「いいや!」と彼は言った。「おまえはここにいるんだ。少ししたら戻ってくるから」

お父さんがどれぐらいのあいだいなかったかはわからない。わかるのは、太陽が母屋の煙突の高さまで昇っていったってことだけ。雲はひとつもなかった。あったのは広くて青い空だけ。

蛹《さなぎ》

イェンス・ホーダーが薬の入った瓶を彼女に見せたとき、キャンドルの光はイェンスの目に届いてはいなかった。もう一方の手にはグラスがあり、水が入っていた。

マリアには彼の手だけが見えていた。震えていた。

マリアはうなずき、ゆっくり口を開いた。口の端が切れていた。喉はからからで、体もくたくただった。

彼女は一瞬、彼の唇を額に感じた。

蝶みたいにぶるぶる震えていた。

その後、彼は体を離し、暗闇のなかにふたたび消えた。階段から足音が聞こえる。一階の床の上を重たい物が引きずられる音も。それにうめき声。
いや、泣き声か。
今、彼女は膝の上にメモ帳を見つけた。
最後の力を振り絞って。

人生ってこういうものなのね。

捕縛

口の端が布で切れてしまった。吐き気を抑えるため、ロアルは時折、鼻から深く息を吸いこまなくてはならなかった。だが部屋の空気が薄かったので、気休めにしかならなかった。集中しなければ。とりあえずにおいを無視し、吸える空気があることに感謝しなければならなかった。集中しないと、窒息の恐怖に負けてしまいそうだ。嘔吐したら終わりだ。最近治った風邪が彼の体にふたたび舞い戻り、鼻を詰まらせたらおしまいだ。くしゃみはどうだろう？　布の猿ぐつわを口にきつく巻かれた状態で、くしゃみなどできるのだろうか？　喉でくしゃみが暴発して、息苦しくなるのでは？　彼は脈を整えようと、深く息を吸いこんだ。それから考えようとした。

「三人とも助けて」とマリア・ホーダーは書いていた。

そうだ、そのとおりだ。

ロアルはマリアのことも、少女のことも心配していたが、今この瞬間、いちばん心配だったのは、イェンス・ホーダーだった。いったいどこまで行ったんだろう？　彼に人殺しができるのだろうか？

「あとであいつが必要なんだ」とは、どういう意味か？　そのことはロアルに少なくとも今すぐ殺されるわけじゃないのだろうという希望を抱かせた。だがその一方で……。必要って？

何に？

ロアルはまた、コーステッドのほかの連中のことも考えた。俺が〈頭《ホーエド》〉にいることを、誰か知っているだろうか？　いいや、誰にも何も言っていない。なぜ俺は何も言わずに来てしまったのだろう？　警官に話をし、シェフに伝言を残すべきだったのに。

今日、自分が戻らなかったら？　誰かが異変に気づくのは、いつごろだろう？　ある時点でのろまのラースはロアルが犬の散歩をするのを見かけないといぶかしがるだろう。そしてその晩、インに電話をかけるだろう。その気になれば、インに押しかけることだってできる。だがやつはそこまではしないだろう。それにおっかない嫁さんに、家の仕事を言いつけられていたら、翌日まで先延ばしにするだろう。そしてやつはシェフに声をかける。インに戻ったのにロアルがいないと、不思議がっているシェフに。

それで警察に行くことになるだろう。そのときにはじめて。早くても翌日になってから。その日の夕刻あたりになってからだろう。あまり早々から大げさに反応すると、ヒステリックと取られかねないから。

ロアルは自分の呼吸に意識を集中させた。イェンス・ホーダーはまた自分を自由にしてくれるに違いない！　いかれてるにもほどがある。

しかし彼らは本気で助けを必要としていた。三人とも！　ロアルはできる限り手助けしようと心に決めた。危害を加える気はまったくないということをわかってもらわなくてはならなかった。脅威でも何でもないのだと。

そうすればすべてうまくいく。

そのときはじめて、ひらめいた。

実は少女だった少年への罵詈《ばり》雑言《ぞうごん》と驚きと困惑で、あのとき気がつかなかったが、思い返してみると、イェンス・ホーダーはあのガキをリウと呼んでいた。リウ・ホーダー。死んだと通報されていたあの娘だ。

そして今、彼女の父親は真実があばかれたと気づいていた。

開いたドアの前にイェンス・ホーダーが立っている。ロアルの脈拍がふたたび上がった。俺を何に使うつもりだ？　そのあとどうする？

「ほどいてやるよ」

ホーダーは、ベッドの脚のひとつに這って進みながら言った。

飼料収穫機に出くわしたときにはすでに痛みがあった足首にロープが一瞬食いこみ、痛みが走った。ロープがゆるむと、足にふたたび血が巡るのを感じた。痙攣しないよう、そっと動かなくてはならなかった。やがて、もう一方の足も自由になった。

手をほどく前、ホーダーはナイフを取りだし、ロアルに見せた。「おかしな気を起こすんじゃないぞ」とホーダーは言うと、ベッドの上のロアルの手が届かないところにナイフを置いた。

ロアルは何かする気などなかった。

ホーダーの声は冷淡だったが、ロアルはやつから発する熱と、額に滴る汗に気づいた。その目もどこか遠くを見ていて、一見すると無感情そうだったが、よく見ると、きっと吊り上がり、充血していた……泣いたのだろうか？

今開いたドアの前に少女が立っている。右肩から矢筒の先の部分がのぞいている。手には大きな弓を握っていた。イェンス・ホーダーは彼女のほうをちらりと見ると、ふたたびロアルに話しかけた。

「うちの娘はなかなかの射手でね。間違った気を起こすんじゃないぞ。娘には、あんたにちょっとでも何かされたら、弓で射るよう言ってある。それにね、あの子の矢はよく当たるんだ」

ロアルはその言葉を信じた。手足がようやく自由になったが、いまだ仰向けのままだった。猿ぐつわのせいでまだひと言も発せてなかった。今は両手を使えるのだから、猿ぐつわをはずしてみようか？

ホーダーはナイフを手に、彼の前に立っている。

ロアルは慎重に彼の口とスカーフ――いや、もうずいぶん長いこと嚙んでいるこれは何なのだろう――を指差した。綿と牛舎が混じったような味とにおいがした。ホーダーは許すべきか決めかねている様子だった。

ロアルは咳きこみながら何か言おうとした。

「お父さん、それ取ってあげたら？」ドアのほうから少女が心配そうに言った。するとロアルはすかさずもう一度咳をした。本気で窒息しそうだったのだ。手で思わず猿ぐつわをつかんで下ろそうとしたが、きりきりと締めつけられてきつかった。目に涙がにじんだ。

ホーダーは彼の目を見て、本気だと悟ると、彼の頭の後ろの結び目を大急ぎでつかみ、ほどいた。それからベッドのまわりのがらくたの山に、スカーフを投げつけた。

ロアルは咳きこみ、少しあえいだあと、ふだんの呼吸を取り戻した。

「ありがとう」ようやく彼は言った。

「おまえは俺の言うとおりにするってことで、いいんだな？」イェンス・ホーダーはロアルの片方の手首にナイフを突きつけながら、がなり立てた。

「ああ」

「よし。おまえの力が必要なんだ。一緒に母屋の二階までバスタブを運ぶぞ」

「バスタブ？」思ってもいないセリフだった。

「ああ、かみさんが風呂に入りたがっていてね。さあ、立ち上がるんだ！」

リウが隠れていたバスタブまで決まったルートを進んだ。脚があるタイプのバスタブだった。

それはとてもバスタブには見えなかった。明らかに水ですすいだほうがよかった。黄色い染みや黒い汚れがこびりついてまだらになり、底にたまった水になめくじが浮いていたのだ。イェンス・ホーダーはバスタブの水を抜くよう、擦り切れた帽子で合図した。そしてふたたび帽子をかぶった。

バスタブは重く、運んでいる時間は忌まわしい一年にも感じられた。ロアルは前を行くよう命令された。

ドアのすぐそばの階段にたどり着く前にすでに汗が吹きだしていた。イェンス・ホーダーがなぜ上着を脱ぎ、どこかに投げ捨てていたか、意味がわかった。

射手は生きる影のように、そこにたたずんでいた。自分が今やるべきことが何なのかわかっているのは間違いなかった。彼女は彼から目を離さなかった。ロアルは哀れな子どもから脅されているような奇妙な感覚に襲われたが、明らかに脅しではなく、本気だった。しかも彼女の矢を見ると、おもちゃではなさそうだった。

リウがふたりのためにドアを開けると、父親は彼女に外で待っているよう命じた。弓を構えて。

ロアルはバスタブを持って玄関を通り抜け、二階まで上がっていくのは無理だとすでに気がついていた。この家でいちばん通りやすいルートを使っても、なお、物があふれかえっているからだ。彼は暗闇に足を踏み入れると、ホーダーがさっきと同じように汗だくになっていることに気がついた。物がいつの間にか横にどけられ、並べ直され、通路が広くなっていた。これなら二階にバスタブを上げられそうだ。

イェンス・ホーダーはほかにも必要な箇所をもうちょっと片づけてもよかった。しかし哀れな巨体の妻を風呂に入れることがあくまで目的だった。

完全に馬鹿げたことに思えた。イェンスの妻は二階で死にかけているのだ。風呂なんかじゃなく、助けが必要だった。

簡単なことではなかった。実際、誰にとっても、どんなやり方であろうと、簡単なことではなかった。ロアルはそんな重いものを運んだことはなかったが、誰もやめさせてくれないということを受け入れ、恐怖することで力を振り絞った。

いちばんのネックは、バスタブがベッドルームに入るよう、正しい方向に向けることだったのだが、イェンス・ホーダーはそれをどうやるべきか正確には把握していなかった。バスタブを運び入れながらドアを開けるのにも、もちろんある程度の経験が必要だった。

ベッドの脇にスペースが確保されていた。少なくとも以前ほどは、物があふれかえってはいなかった。バケツはなくなっていたが、嫌なにおいはまだ残っていた。

ロアルはベッドの上で物に埋もれ、横たわっている大きな人間を一瞥《いちべつ》した。ベッドサイドのテーブルの炎が揺れ、はじめロアルは彼女の視線をとらえることができなかった。代わりに彼は布団のかけ方が変わっていることに気がついた。赤ちゃんのおくるみみたいに、丁寧に包まれているように見えた。

イェンス・ホーダーは冷淡に指示を出した。バスタブはベッドのすぐ横に置かなくてはならなかった。なぜか？　彼女をそこまで引きずっていくためだろうか？　その哀れな大女がバスタブにすっぽりはまってしまったら、また起き上がらせるには、いったいどうしたらいいのだろう？　気を抜くにはまだ早い。

少なくとも彼が屈んで、マリアの顔をのぞきこみ、死んでいるのか確かめるまでは。

彼女は死んでいるに違いなかった。でなければ、こんなふうに目をむき、口を半開きにしているわけがない！

かすかにほほ笑んでいるようにも見えた。

ロアルは慌てて目をそらし、空っぽの大きな薬瓶を見つめた。自分で飲んだのだろうか、それとも……？

「バスタブの脚が何かにつかえているぞ。どかせ」向こう端から飛ぶ声。

ロアルは言われたとおり、バスタブの脚に引っかかっているものをどかそうと、ヘッドボードの横でひざまずいた。端の折れたリングノートの紙片と、真っ白な小さなノートとともに床に置いてあった本を移動させると、ベッドから落ちかかって邪魔なウールの毛布を引っ張った。くるまれた人間の背から毛布を引き抜くには力が必要だった。引っ張っている途中でマリアの左の手が布団からこぼれ出てしまった。ロアルは開いた手を見て、一瞬、体をこわばらせた。手には、鉛筆があった。

ドアのそばに背中を向けて立っているイェンス・ホーダーに、ロアルはちらっと目をやった。マリアの手首に二本の指を置く。いや、脈拍は少しも感じられなかった。それからロアルはマリアの手を慎重に布団の下に押し戻した。

そしてそれを発見した。ウールの毛布が置いてあったベッドの端とマットレスのあいだに、何かが突っこまれていたのだ。薄緑色のファイルが。彼はまたドアのほうに視線をやった。イェンス・ホーダーはバスタブが引っかかった、やけにばかでかい段ボール箱をどかすのに忙しかった。

ロアルはファイルを慎重に手に取った。表紙に歪んだ文字で「リウへ」と書かれていた。ファイルを開けてなかをのぞき、直筆の手紙といくつかの小さな紙が無造作に入れられているのを見て取る時間は充分あった。メモ帳の一枚の紙は端が明らかに焼け焦げていた。マットレスとベッドのあいだに押しこめられていたそれは、読みづらいブロック体が並んでいたので、何が書いてあるのかうまく解読できなかった。

彼は自分でもどうしてそうしたのかわからないまま、紙切れをほかの紙の下に素早く入れると、ファイルを自分の下着の胸元に隠した。どうにかなりそうなぐらい心臓がばくばくいっていた。

心を落ち着かせようと、数秒間バスタブの陰にひざまずいた。やがて立ち上がり、指示どおりバスタブをベッドのほうに押しやった。イェンス・ホーダーは相変わらず背を向けて立っていた。ナイフはベルトの後ろ側にぶら下げられていた。

横をすり抜けられさえすれば。でも、どうやって？　ロアルは一瞬、ベッドの上の女を見た。そして勝負に出た。

「あんたの奥さん、何か言おうとしているぞ」

イェンス・ホーダーはすぐさま振り返り、マリアを見つめた。そしてヘッドボードの脇で数秒間、立ちつくした。ロアルは少し横に移動した。

「あんたの奥さんがさっき何か言おうとしていたぞ」

ふたたび嘘をついた。

ホーダーは死人の髪に手ぐしを通し、顔を寄せた。

「愛しのマリアよ」とささやいて。「まだ起きてるのか？」

その瞬間、ロアルは走りだした。バスタブの横を通り、ドアのほうへと駆けていった。ホーダーが苦労してどけた例の箱はまだ外にあって、ロアルは新たに湧いてきた力で、その箱を後ろに押しやった。パンと大きな音を立てて床にぶつかり、何かが砕ける音がした。

彼は廊下でぶつかったものは何でも引っ張り倒し、イェンス・ホーダーの通路をふさいだ。しめたことに、大きな額縁がいくつか通路に落ちてきた。フロアランプと一緒に布も。フラワースタンドも倒れ、機械の部品や、缶詰、灯油缶、おもちゃなどとともに、階段をごろごろころがり落ちた。床の上にくさい中身がこぼれ、虫の喰った空の袋に何かが当たった。

ロアルは階段にたどり着くと、振り返らずに玄関ホールを駆け抜けた。前と同じだが今回は別の恐怖を胸に。重い玄関のドアをこじ開けた。においと音と暗闇とともに、背後から雷鳴のごとく迫りくる死の恐怖。外に出るとすぐに、ドアをふたたび閉めた。

光が射してはいたが、まぶしくはなかった。南西からの日の光が庭に降り注いでいる。お日さまは彼の味方だった。しかし少し行った先で射手が膝をつき、彼に狙いを定めていた。

ロアルはその子と弓のほうに向かって玄関前の階段を駆け下りた。「リウ、弓を引くな！」と彼は叫んだ。「きみを助けると、お母さんに約束したんだ。それに俺は……」

リウが突然立ち上がって指差すと、ロアルは速度を少しゆるめた。「ストップ！」と彼女が叫んでいる。「ストーブの横の道を通って！」

ロアルは無意識に反応した。彼はすぐさま足を止め、がらくたの山からのぞくストーブの横の道を通ろうと、一歩下がった。その瞬間、ストーブがドンと道に倒れた。

少女は弓を投げ捨てると、両手で顔を覆った。

ロアルは彼女に駆け寄った。ロアルの頭に浮かんだのは、かわいそうな子、という言葉だけだった。何てかわいそうな子なんだ。

彼が近づくと、少女は彼の前にくずれおちた。そしてふいに彼女が自分のほうを見てはいないことに気づいた。彼女が見ていたのは、彼の後ろにある何かだった。

地獄《インフェルノ》

ロアルはリウが何を見ているのか確かめようと振り返った。イェンス・ホーダーがナイフを振り上げ、玄関のドアから駆けだしてくる——そんな光景が一瞬頭をよぎったが、そうではなかった。

とどめを刺されたのは、イェンス・ホーダーの家だった。

最後の息を吸いこむかのように、まずは屋根のタイルが崩れ落ちた。その後、耳をつんざくような音を吐いて、大きな母屋全体が暗闇と埃と病に呑まれ、息を引き取った。風圧で庭に飛ばされた玄関のドア以外のすべてのものが、内側で崩れ落ちた。

次の瞬間、炎が二階から上がると、ロアルはリウをぎゅっと抱きしめた。ふたりの目の前の玄関からは血が噴きだしていた。

なかは真っ赤だった。暗闇が燃えていた。

騒音のなか、リウが泣いていた。声を押し殺し、さめざめと。ロアルはしゃがんで泣きじゃくるリウの体に腕を回し、彼女の華奢《きゃしゃ》な肩に頭を乗せた。矢の先の柔らかな羽毛が、彼の喉元をくすぐった。

「お母さん」彼女がそう言うのを彼は聞いた。「お父さん」

「きみのお母さんは、俺たちがあそこに行ったときにはすでに亡くなっていたんだ」ロアルはできるだけ穏やかに言った。「深い眠りについていて、何も感じなかったはずだ。それにきみのお父さんはお母さんの隣に寄り添っていた。最後に目にしたのは、きみのお父さんがお母さんにキスするところだったよ」

一瞬ロアルは義務的に、イェンス・ホーダーを家から救いだすチャンスはあっただろうか、と考えた。しかし炎と煙が織りなすまさに地獄《インフェルノ》からは、何人《なんぴと》たりとも生きて出られそうになかった。

「一瞬のことだった」と彼は言った。「きみのご両親は何も感じなかったはずさ」

「よかった」リウはすすり泣いた。

ロアルはリウの体の向きをそっと変え、立ち上がるのに手を貸した。彼女の肩に手を置いていた。

「ここを出よう！」と彼は言った。「手当てはあとでするから、まずはここから立ち去るんだ。炎がすぐに燃え広がるだろう」

リウはまたうなずくと、弓を拾った。矢筒を背負い、弓を握りしめるその姿は、勇敢な小さな兵隊のようだった。

それからロアルを見上げた。ロアルは急に何を言ったらいいかわからなくなった。彼女の瞳には涙がいっぱいたまっていたが、こちらを見つめる彼女の視線はこれまで注がれたうちでも最も強烈なものだった。

リウは彼の目を探った。何かを求めて。ロアルは頬に涙が伝うのを感じてはじめて、自分が泣いていることに気づいた。

それからリウは素早く何かを心に決めたのか、矢をふたたび置き、毅然《きぜん》と矢筒を肩からはずし、武器の隣に弾薬をほとんど見ずに置いた。兵隊は戦争の終わりを悟ったようだった。

「いいだろう、そうしたら……」そう言うロアルをリウがさえぎった。

「罠がある。走っちゃ駄目」小さな声ながら賞賛に値《あたい》するほど、きっぱりと言った。「二秒で戻ってくる。ここにいて！」

ロアルが止める間もなく、茶とオレンジ色のセーターを着た彼女ががらくたの山のあいだの道なき道の先に消えた。家畜小屋のある方角だ。

ロアルはまた母屋を見つめた。少しのあいだ。そう長くは見られなかった。熱風に煽《あお》られ、目に汗が入った。

ふと彼はいちばんそばのがらくたの山にある樽の向こうに、イェンス・ホーダーの上着があることに気づいた。ロアルは上着を手に取った。ちょっぴり重くて、引き裂けそうになっており、スエードの部分はこすれて、てかてかになっていた。ぼろ布からところどころ裏地がのぞいていた。大きな胸ポケットのひとつに、分厚くて茶色い封筒が入っていた。彼はその封筒を自身の胸ポケットに突っこみ、心配そうにリウが去ったほうをちらっと見てから、ホーダーの上着の残りを素早く調べた。

内ポケットには折りたたんだ手紙が入っていた。

ロアルは一瞬たじろいだ。彼はいつだって手紙の内容を誰にも漏らさなかったし、自分宛てでない手紙を読んだことは一度だってなかった。しかし今回の状況は……。


彼は手紙を広げ、読みはじめた。

イェンスへ

途方もなく長いときが経ってしまったな。全部、俺のせいだ。だからこの手紙を書くのも簡単なことじゃなかった……


次の瞬間、リウが家畜小屋から走って戻ってくると、彼はまた手紙を素早く折り、内ポケットに入れた。少女のかたわらには疲れ切った白馬がいた。またそれより小さな影がいくつか、森のほうへ消えていくのが見えた。

「来て」と彼女は叫び、彼の脇を駆け抜けた。ロアルはホーダーの上着を置きざりにして、山のあいだを進み、庭を行く彼女のあとを追いかけた。彼は母屋を見た。火はまだそこから燃え広がっていなかったが、外壁には火が移っており、ほかの物や建物が火に呑まれるのも時間の問題に思えた。

奇妙な火事だった。家から悲鳴やうなり声、地響きもした。分厚い黒い煙が建物を守ろうとするかのように立ちこめていた。そんななか、空は動じることなく、青く晴れ渡っていた。繰り広げられる惨劇など気にも留めずに。煙などものともしていない。何もかもから解き放たれ、ふたたび広がるのを許されるよう忍耐強く待っているみたいだった。

「あっちで待ってて！」リウがまた叫ぶと、ロアルは別の意味に受け取った。彼女は今この場を仕切ろうとしているのだ。彼はリウを助けようとしたが、いざとなると結局、彼女の指示や判断が頼りだった。ロアルは飼料収穫機を一瞥した。いつだってあらゆる種類の農業機械のうちでも最も無害なものと思っていた畑にたたずむその機械は、去りゆく時代のなかで穏やかに草を食《は》む草食動物のようだった。彼は機械に宿る悪魔を追いだせるか自信が持てなかった。

ロアルはリウが木造建築のドアの向こうに走りこむのを見た。あれが例の作業場か。ロアルはリウに向かって叫んだが、彼女の耳に自分の声が届かないことは承知していた。怪物たちめ。くそったれ！　彼女を助けださなくてはならなかった。

ところが気づくと、彼女は建物の外に立っていた。「あった」と彼女は叫んだ。「来て！」

ロアルは見えないロープをたどるように、あとを追いかけた。彼女は手に何か持っていた――小さな額縁だろうか、何か小さなもの、何かよく見えないものを。

彼女は砂利道のほうへと走っていったが、燃えさかる母屋の火にかすりそうだった。

「別の道を通ったほうがいいんじゃないか？」ロアルは心配して叫んだ。そう言いながらも彼は、リウのあとを追いかけた。彼女は答えず、彼を手招きした。

「外壁に沿って走ってきて」彼女は叫ぶと、作業場の外壁に近づいた。彼は彼女のすぐ後ろを走った。彼女がまだ短剣を持っていることに気づいた。ベルトの短剣がぶらぶら揺れ、膝に軽くぶつかっていた。

ふたりの右手の砂利道の向こうで、母屋の外壁の横に立つ木に火が燃え移った。小さな窓から炎が赤みを帯びた黄色の舌のように飛びだした。屋根のタイルが右手の砂利道に落ち、巨大な枝が突然勢いよく道に吹き飛ばされた。モミの枝が胸の高さで横を通り過ぎると、ロアルはぎょっとした。炎か屋根タイルのいずれかによって呼び覚まされた罠だろう。リウの指示に従っていなかったら、枝が直撃していたところだった。追い立てられているようなのに、この場所から素早く去ることができないように感じた。

道が途切れ、リウがコンテナの前で立ち止まると、ロアルは絶望に大声で叫びだしそうになった。

「今すぐ行くわ」と彼女は叫んだ。「これを持っていて！」

彼女は古い額縁に入れられた小さな絵を渡した。それに砂時計も。

それからコンテナの横を走り、トラクターのタイヤによじ上った。

「リウ、すぐやめなさい！　これ以上は……ここを離れなくちゃ！」

ところが扉をあっさり開けると、リウはコンテナにあっという間に消えてしまった。ロアルは仰天してその様子を見つめ、心配して建物のほうを振り返った。

炎がまだ届いていない暗い木造建築と燃えさかる母屋の壁のあいだに、わずかに中庭がのぞいていた。キッチンの窓の下の壁に立てかけてある古い糸車は、ある種、新しい命を手に入れていた。下で炎が踊るなか、車輪がまわった。コンロの炎がそばのがらくたの山に燃え移った。二階の全部の窓から炎が出ていた。

ロアルは小さな娘がメタルブルーのコンテナ内のゴミの山をかき分けて出てくるのを待ちながら、今自分か？　俺に手紙をくれよ。それかよければ、電話をしてくれ（下にうちの住所と電話番号を書いておいたから）。

愛をこめて
おまえの献身的な兄
モーエンス

その瞬間、コンテナの扉が閉められ、彼は追伸を読み終えることができなかった。立っていたその場所でも金属の反響音を感じることができた。

ロアルは手紙をたたみ、やって来る少女を見つめながら、内ポケットにしまった。彼女は片方の手に本を、もう一方の手にテディベアを握っていた。テディベア！　彼女はまだ子ども、ほんの子どもだった。すぐに、彼女とテディベアで武装した勇敢なちびすけ。短剣

女の面倒を見る必要があった。

リウが戻ってくると、ロアルは試みに彼女に手を差

は彼女の両親の燃えさかる家を見つめているのだと気づいた。彼は現実的なあらゆる感覚を失っていた。時間の感覚も。

彼は額縁に入れられた絵を見つめた。それは女の人――きれいな女の人の肖像画だった。もしかして、マリア？　ロはそうだ。彼はモナリザの絵を思い出した。右の角に『イェンス』というサインが控え目に入れられていた。

ロアルはふと肖像画と砂時計の両方を、上着の大きな前ポケットに突っこんだ。それから、内ポケットの手紙をつかみ、素早く広げた。彼は視線を走らせたが、字面をただ散漫になぞるだけだった。最後の一行にさしかかるころはじめて、彼は文章の中身に注意を向けることができた。

まずはおまえたち一家を訪ねてみるのもいいかもしれない。おまえさえよければ、もう一度やり直さない

しだした。彼女は一瞬、その手を見つめた。それから左脇にテディベアを挟むと、片方の手が自由になった。その手で慎重にロアルの手を握った。

「走れる？」と彼は聞いた。「海藻の茂る海岸まで」

彼女はうなずいた。「うん、でもこの先に罠がふたつあるから避けてね」

「わかった。先を進んで！」

彼女がもう一度うなずくと、ふたりは走りだした。

砂利道の上を行くロアルの足音は重たかった。リウの足音はしなかった。彼女はまったく音を立てずに走っていたので、足が地面に触れていないのではないかと、見下ろして確かめなくてはならなかった。彼女は道からそれて、高いモミの木のところのまわりを通って、ふたたび道に戻ると、柵の右手に連れていった。ふたりとも身を少し縮こまらせ、すり抜けなくてはならなかった。リウの小さな手は今、ロアルの手をぎゅっと握っている。ロアルは妙に落ち着いていた。

柵の向こう側で、ふたりは申し合わせていたかのように同時に立ち止まった。柵がふたりを守ってくれるもの――炎と死と不幸を妨げるものであるかのように。ふたりが安全な場所にいるかのように。

「ほかに罠はないのかい？」とロアルは優秀なガイドに尋ねた。

彼女は首を横に振ると、燃えさかるわが家を見上げた。今、炎は作業場の屋根に襲いかかった。その前にはコンテナが細長い影のように伸び、みずからの運命を待っていた。たくさんの木がごうごうと燃えるまわりで、草が小さな焚き火のように燃えていた。

ロアルはそれを目にする心情を思い、いたたまれなかった。

「その本は何？」と彼が尋ねた。

「ロビン・フッド」と彼女は答えると、本を見下ろした。

ってるの」

「そうか」とロアルは言った。「俺の家に行ったら、見てみよう」

彼女はうなずくと、彼のポケットに琥珀の欠片を入れた。

「テディベアは自分で持っていたいのかい？」

「うん」と彼女はささやくと、テディベアを抱きしめた。

彼は切り株の上に小包が置きっぱなしにされていることに気づいた。

「その包み……何かわかる？」

リウは首を横に振った。

「持っていきたい？」ロアルは迫りくる火を心配そうに見上げた。今、尋ねるべきではなかった。すぐにそこから立ち去らなければならなかった。

「ううん、行かなくちゃ」と彼女は言うと、彼の手を取った。

「俺が持つよ。こっちにくれ」

彼女はうなずくと、彼にその本を渡した。彼は上着のポケットにそれをしまった。シャツとウェストバンドの下のお腹に緑色のファイルが触れ、ぺたぺたいった。

「犬が苦しんでいたから、心臓を射抜いたんだな？そうだろ？」

彼女がまたうなずいて、彼を悲しそうに見つめた。

「見事命中だな。よくやった。ありがとう」

涙が頰をこぼれ落ちてはいたけれど、小さな顔がわずかに晴れた。

「きみが泣くのもよくわかるよ」ロアルがささやいた。

するとリウが本を持っていたほうの手にまだ何か握っていることに気づいた。

「ほかに持ってきたものは？」

彼女は慎重に手を開くと、小さな琥珀を彼に見せた。

「これは私のお父さんのなの。なかに古代のアリが入それからふたりはふたたび走った。南にカーブしたモミの木の立ち並ぶ砂利道を走り、白樺の木立を抜け、小さな空き地を横切り、さらに低いトウヒの木やずいぶん前に散ってしまった野生の薔薇の茂みを通り過ぎた。そしてようやく〈首《ハルセン》〉に走りでた。ロアルは感じたことのない安心感を覚えはじめていた。彼の足は足元で一定のリズムでダンスを踊り、ふたりの足音が重なり合って、しっかりしたリズムを刻んでいる。

〈首《ハルセン》〉の先端にたどり着いたふたりは立ち止まり、振り返った。分厚い黒い雲が〈頭《ホーエド》〉の真ん中に漂い、南の木の陰に赤い光をはっきりと見て取ることができた。ひょっとしたら〈頭《ホーエド》〉中が焼け野原と化してしまうかもしれない。だがそれでいいのだろう。

ロアルは少女の肩に手を置いた。彼女の呼吸と肩が上下するのを感じた。彼女は完全に別世界にいた。彼女はどこかに飛んでいたが、息はしていた。

「きみの伯父さんを探そう。素敵な人だね。でもきみのことは俺が守るから、怖がらないで」

「怖がってなんかいない」と少女は言った。「あなたは？」

リウは彼に顔を近づけ、見上げた。

ロアルは彼女の髪をなでた。

「いいや。もう怖くないよ」

「あなたの名前は？」

「ロアル」

「私はリウ。私、死んでなんかないよ」

「わかってる」と彼はほほ笑んだ。「どっちでもいいさ」

「どこに住んでるの？」

「インだよ」

「そこなら行ったことある」

物事と時間

白のネームプレートをつけたその女性は、これには時間が必要だと言った。その人はお母さんが私に宛てて書いた手紙をすべて読んでいた。私たちには話すべきことがいっぱいあるわね、と女の人は言っていた。

その人は私が同い歳のほかの子たちが学んでいることを学んでいない、と言った。でもその代わり私には、ほかの子にできないことができた。誰かが殺されるのを見たことだってあるし。

女の人は私の人生がひっくり返ってしまった、と言った。それがどういう意味か、完全にはわからなかった。それにはある意味、私が子どもでも大人でもないことに関係していた――子どものように考えることもあれば、大人のように考えることもあり、時々誰もやるべきでないことをする場合もあるんだそうだ。大人たちは今、私にどう考えるべきか、何をすべきか教えようとしているみたい。

私は自分の部屋のドアに鍵を掛けたり、何かでふさいだりしてはいけないと言われた。でもクッキーを割って振るのは自由だし、思い出したことを何でも書きとめるのはいいことなんだって。それに同じことを何度も言うのもいいらしい。女の人は、書くのも話すのも上手だし、時間や物がちょっとごっちゃになっても、大した問題じゃないと言ってくれた。

女の人はあなたのせいじゃないのよ、と言っていた。

それは私にもわかっていた。

私は時々、お父さんの夢を見た。いつも同じ夢。燃えさかる家のドアのところに立っていて、心臓に矢が突き刺さっていた。それが私の矢だと、私の最高の矢だと知っていた。それにお父さんが死につつあるってことも。

でもお父さんはすぐには倒れなかった。お父さんは私のほうに数歩近づき、目の前で砂利道に倒れた。お父さんの髪と髭はそれまでにないほどもじゃもじゃだった。お父さんの帽子が落ちたとき、頭のてっぺんが禿げていることに気づいた。お父さんの動きはゆっくりで、完全に落ち着いているようだった。月明かりの下のヤギみたいに。お父さんは私の目を見ていたし、怒ってなんかないとはっきりわかった。私のせいじゃないんだって。

それからお父さんは目を閉じた。

そして私は目を覚ました。

ある意味、それはいい夢だった。たとえそのことで私が涙したとしても。ひょっとしたら私は女の人にいつかその夢のことを話すかもしれない。でも今じゃなかった。もう少しひとりで夢を見ていたかった。


窓の外の庭はとても静かで、芝生に覆われていた。芝生には何も置かれていなかった――何も――でも庭のいちばん奥に、私が毎日挨拶をしにいく木が立っている。今は葉っぱが散ってしまっているけど、じきにまた元どおりになるだろう。お父さんがすべて元どおりになるって言っていたもの。

庭の向こうには畑があった。私はそこのかかしとも時々話をした。かかしは何も言わなかったけれど、私の話を聞いてないわけじゃなかった。農家のおじさんがあるとき、かかしを撤去しようとしたけれど、私が残しておいてと言うと、そのままにしてくれた。おじさんはパイプを吸っていた。私はパイプが好きだった。次に様子を見にいくと、かかしがパイプをくわえていた。

じきに雪が降りだすだろう。

ここにはクリスマスツリーもあるけど、床に立っていたし、色とりどりの飾りがついていて、〈頭《ホーエド》〉の家とはそっくり同じじゃなかった。慣れなくちゃ。

ここが広々としていることにも。女の人と話をし、書くのを終えると、私はいつも自室に戻った。本を読むのもお裁縫をするのも、琥珀のなかのアリを見つめるのも、楽しかった。

砂時計をひっくり返して眺めるのも好きだ。ずっと待っていると、狭い穴を信じられないほどたくさんの砂が落ちていく。

「物事には常に時間が必要なものなのよ」と女の人は言っていた。

私は時々、時間のほうがむしろ物事が必要なんじゃないかって思う。私には今、時間がたくさんあるけど、物はもうあんまりない。

モミのわずかな樹脂が、古代のアリが封じこめられた琥珀の欠片になるまでに、砂時計をいったい何回ひっくり返したらいいのか、知りたかった。アリはたしかに存在している。私はしかとそれを見た。人は死んでも、まだ存在するのかな？　きっとそうだ。私だって死んだのに、存在している。

お母さんにも会えた。お母さんは私のベッドの上の壁に掛かっていた。

私は短剣を奪われたのを怒るのはもうやめた。ロビン・フッドは手放さずに済んだんだし。それに運よくテディベアも。まわりの人からは、あんまりいいにおいじゃないと言われているけど。でも私にはいいにおいだ。森の香りみたいな。

ロアルがモナリザの絵を持って来てくれた。私が知る限りでは、その絵はほかの国にある、すごく有名な絵のはず。でも今はここに飾られている。たしかにモナリザのほほ笑みはお母さんみたいだ。私のお母さんとモナリザは並んで掛かっていた。お母さんのほうがきれいだと思う。お母さんがすごい巨体の持ち主だということはほとんど忘れてしまっていた。

ほとんど。

お母さんに会いたい。緑のファイルから時々、手紙を取りだして、お母さんが私に宛てた手紙を読んでいると、お母さんと話をしているみたいな気分になった。私は精一杯の返事をして、ファイルに手紙を戻す。全部読み終わってしまっても、読みつづけよう。そうすれば、ずっと話していられるから。お母さんと話したいことは山ほどある。

リビングから本を持ってきて、お母さんとモナリザに読み聞かせることもある。モナリザが聞いているかは怪しかったけど、たしかに私のほうを見ていた。

〈頭《ホーエド》〉は焼け野原になってしまったそうだ。でもそんなに悲しくなかった。もうじき新しい小さな木が芽生えるだろうし――新しい草も、新しい花も。全部がきっと元どおりになる。動物だって。モーエンス伯父さんは、いつかそこに新しい家を建てるそうだ。ここを出たら、伯父さん一家と住むことになる。だからいつか私もそこに帰るってことだ。

モーエンスはお父さんのお兄さん。私の伯父さんだ。お父さんと伯父さんはあんまり似ていないけれど、今では伯父さんのことが好きになった。だって伯父さんがお父さんのことを好きなのが伝わってくるから。伯父さんはいい人だけど、ちょっと変わってる。たとえば伯父さんは、今では巷《ちまた》でよく売られている便利なクリスマスツリー・スタンドをどうやって発明したかをこと細かに話してくれる。私は伯父さんにクリスマスツリーは天井からぶら下げたほうがいいし、お金も全然かからないのにとは口が裂けても言えない。

白いネームプレートをつけている女の人も、いい人だった。私が放っておいてほしいと言えば、そうしてくれたし、テディベアと一緒に座るのも許してくれた。女の人に近寄りすぎていなければだけど。その女の人おばあちゃんにネームプレートがあったら、同じくエルセと書いてあったはず。そのうちその人をエルセって呼ぶのに慣れなくちゃ。本人は別にかまわないって言ってくれているけど。物事には常に時間が必要なのだから。カールはこの家に来たときほど、今は悲しんでいなかった。

ああ、そうだ、コンテナは家と一緒に焼けてしまった。つまり私の妹の棺も、一切合財燃えてしまったってこと。でも別にいいの。いちばん大事なものは全部持ってきたから。とっても大切なもの。今、ここにあるもの。絵と砂時計とロビン・フッドとテディベアと琥珀のなかのアリ。

それにカール。

妹も。そう、あの火事が起きた日、ちょうど妹をなかに入れたテディベアをかがり終わったところだった。

だからテディベアからは樹脂の香りがする。いい香り！

でもそれは、誰にも内緒。

訳者あとがき

クリスマスイブの日、七歳の少女リウが、ツリーを天井から吊り下げなくてはならないほど、ものであふれかえったゴミ屋敷で、父イェンス・ホーダーとおばあちゃんの死体と一緒に、クリスマスのお祝いをする奇妙な場面で本作ははじまる。さらに恐ろしいことに、リウたちはおばあちゃんの死体を棺に移し、マッチで火をつけた。

父イェンスはリウと夜中、本島へ行き、他人の家に忍びこみ、ものを盗んでばかりいる。家がゴミ屋敷と化してしまったのは、そんな父親の病んだ収集癖ゆえだった。また父は、リウに闇は痛みを取り去ると言って、夜中に弓矢でうさぎなどの動物を仕留める術《すべ》も教えていた。

作者は三人称による描写と、リウ自身による一人称の語り、リウに宛てた手紙のなかでの母親による一人称の語りとを見事に書き分けながら、さらに父親のショッキングな行動を読者に突きつける。古いコンテナのなかに閉じこめられながらも、父親からの愛を疑ってやまないリウのけなげな姿を描くことで、作者は読者の心になぜこのような事態に陥ったのかという疑問と、一家のことを知りたいという好奇心の種を植えつける。

不気味さ、恐ろしさのなかに時折光るユーモアのエッセンスを散りばめながら、怪しく、危なげで、メランコリックかつメロディアス、奇妙で、切ないほどに美しい文章を織りなす言葉の魔術師、エーネ・リールは、私たち読者をその掌《てのひら》の上で踊らせながら、リウの父、イェンスもまた病んだ家庭で育ったこと、イェンスの兄モーエンスが姿を消したこと、イェンスと母マリアのなれそめ、イェンスの母親とマリアの嫁姑関係、失われた複数の命についても明らかにしていく。行き過ぎた収集癖に苦しみ、ついにはものだけでなく人をも手放したくないともがくようになる父親と、そんな父親の思いに懸命に応えようとする少女リウの姿が描かれた本作は、愛と忠誠心と慈愛についての物語であると同時に、喪失への恐怖と、ものと人への執着と、愛情から生まれた狂気を描いた物語でもある。

著者エーネ・リールは一九七一年、デンマークのオーフス生まれ。イラストレーターの母親の影響で、子どものころは自分も絵を描く仕事に就くものと思っていた。一九九一～九四年、オーフス大学で芸術史を学び、九五年、デンマークを代表する漫画家の名を冠するストーム・P漫画博物館に勤務。九八年にはストーム・Pについてのノンフィクションも発表。翌年彼の作品を集めて展覧会も開催している。

一九九五年の『絵画のなかで』（*Inde i maleriet*）を皮切りに『お父さんとお義母さんが離婚したとき』（*Da mor og far blev skilt*）など、たくさんのノンフィクション、教本や子ども向けの読み物を、エーネ・ブラーム・ラウリッツェンの名で発表し、安定的な人気を獲得してきた。

ジャズ・バーでジャズを聴くのが趣味だった彼女は、ジャズ・ドラマーの男性と結婚。姓がリールに変わった。

二〇一三年『リーセライエの肉屋』（*Slagtern i Liseleje*）（リーセライエはデンマークのシェラン島の北部にある漁村でリゾート地。作者自身、二〇〇五年にその地に転居）という長篇小説で、小説家デビュー。グロテスクななかにユーモアをも感じさせるその作品で、同年、デンマーク推理作家アカデミーの新人賞を受賞。ノルウェー語やドイツ語などにも翻訳された。また二〇一五年、ハンガリーのブダペストの国際ブックフェスティバルにデンマーク代表として招待された。

そしていよいよ二〇一五年に本作『樹脂』（原題の*Harpiks*も樹脂の意）を発表。ポリティケン紙、ベアリングスケ・ティーデネ紙、エクストラ・ブレーデ紙で軒並み五つ星の評価を得、ウィークエンド紙では「ここ数年で読んだデンマーク文学で最高の作品」と、デンマークの図書館司書たちにより運営されるLitteratursidenという文学サイトでは「この上なく秀逸な作品」と讃えられた。その評判はまたたく間に一般の読者にも広まり、デンマークに一大センセーションを巻き起こした。

これだけ評判の作品だから、二〇一六年三月にデンマークのホーセンスの刑務所で開かれたミステリ・フェスティバルで、デンマーク推理作家アカデミー賞（ハラルド・モーゲンセン賞）に選ばれたことに驚く人はいなかっただろう。さらに同年DR（デンマーク放送局）小説賞、新聞社ベアリングスケ・ティーデネ社とデンマーク最大のネット書店Saxo、デンマーク図書館協会による読者の本賞にノミネートされた。また作者は二〇一六年、元文化大臣の名を冠したニルス賞も受賞した。

そして二〇一六年十月には、本作でその年北欧で出された最高のミステリ／スリラー作品に与えられる「ガラスの鍵」賞に輝いた。

ちなみに「ガラスの鍵」賞の初代受賞作は一九九二年のヘニング・マンケルの『殺人者の顔』。近年の受賞作には二〇〇六年スティーグ・ラーソン『ミレニアム1 ドラゴン・タトゥーの女』（ハヤカワ文庫／スウェーデン）、二〇〇七年マッティ・ロンカ『殺人者の顔をした男』（フィンランド）、二〇〇八年スティーグ・ラーソン『ミレニアム3 眠れる女と狂卓の騎士』（ハヤカワ文庫／スウェーデン）、二〇〇九年ヨハン・テオリン『冬の灯台が語るとき』（ハヤカワ文庫／スウェーデン）、二〇一〇年ユッシ・エーズラ・オールスン『特捜部Q —Pからのメッセージ—』（ハヤカワ文庫／デンマーク）、二〇一一年Leif G. W. Persson, *Den döende detektiven*（未邦訳／スウェーデン）、二〇一二年エーリク・ヴァレア『七人目の子』（ハヤカワ文庫／デンマーク）、二〇一三年ヨルン・リーエル・ホルスト『猟犬』（早川書房／デンマーク）、二〇一四年Gard Sveen, *Den siste pilgrimmen*（未邦訳／ノルウェー）、二〇一五年トーマス・リュダール『楽園の世捨て人』（早川書房／デンマーク）、二〇一七年Malin Persson Giolito, *Störst av allt*（未邦訳／スウェーデン）など、日本でも話題になった作品が多い。

本作の評判は国内に留まらず、国外の多くの国に版権が売れている（ノルウェー、フィンランド、スウェーデン、チェコ共和国、スロヴァキア、エストニア、ドイツ他）。

作者はインタビューのなかで今回の作品について、それまで自分が読んだことがないような、何にも似ていない物語を描くよう心がけた、ミステリを書こうと思って書いてはいない、ミステリの賞を受賞したことに驚いていると述べている。本作にはベッドでいつも寝ている母親マリアの背中にその重みから大きな穴が開いてしまうところをはじめ、グロテスクな描写も散見される。作者はミステリというより、どちらかといえばスリラーと考えているようだ。

読者もこの本を読んで、ジャンルを超えたなんとも不思議でつかみどころのない作品だと思うかもしれない。実はデンマークでも同じ声が上がっている。例えばベアリングスケ・ティーゼネ紙では「狂気に満ちた小さな世界で織りなされる本作に、最終的結論、答えは用意されていない。それなりに作品の特異な世界と空気感が骨の髄《ずい》まで染み入り、読んだあとしばらく、あれはこういう意味だったのだろうか、とあれこれ解釈し、反芻《はんすう》せずにはいられなかった」と、ホラー専門サイトGyseren.dkでは「理解不能で卓越した物語。読んでいる途中、私は不思議に思ったり、ぞっとしたりした。また時折つーと頬に涙がつたうのを感じた」と評されている。

現在、作者は三冊目の長篇小説を執筆中のようだ。

最後に、訳者も思わず舌を巻くほどの語学力と冴え渡るセンス、文学への情熱で最後まで舵《かじ》を取ってくださった早川書房編集部、校正者さん、この素晴らしい作品に携わってくださったすべての人たちにこの場を借りて感謝を贈りたい。

二〇一七年八月十八日

HAYAKAWA POCKET MYSTERY BOOKS No. 1923

枇《ひ》谷《だに》玲《れい》子《こ》

大阪外国語大学卒，北欧文学翻訳家
訳書
『凍える街』『ホテル1222』アンネ・ホルト
他多数

この本の型は，縦18.4センチ，横10.6センチのポケット・ブック判です．

〔樹《じゅ》　脂《し》〕

2017年9月10日印刷　　2017年9月15日発行

著者	エーネ・リール
訳者	枇谷玲子
発行者	早川浩
印刷所	星野精版印刷株式会社
表紙印刷	株式会社文化カラー印刷
製本所	株式会社川島製本所

発行所　株式会社　早川書房
東京都千代田区神田多町2－2
電話　03-3252-3111（大代表）
振替　00160-3-47799
http://www.hayakawa-online.co.jp

（乱丁・落丁本は小社制作部宛お送り下さい
送料小社負担にてお取りかえいたします）

ISBN978-4-15-001923-5 C0297
Printed and bound in Japan

ハヤカワ・ミステリ〈話題作〉

1898
街への鍵
ルース・レンデル
山本やよい訳

骨髄の提供相手の男性に惹かれるメアリ。しかし、それが悲劇のはじまりだった――そのころ、街では路上生活者を狙った殺人が……

1899
カルニヴィア3 密謀
ジョナサン・ホルト
奥村章子訳

喉を切られ舌を抜かれた遺体の謎。世界的SNSの運営問題。軍人を陥れた陰謀の真相。三つの闘いの末に待つのは？　三部作最終巻

1900
アルファベット・ハウス
ユッシ・エーズラ・オールスン
鈴木　恵訳

【ポケミス1900番記念作品】撃墜された英国軍パイロットの二人が搬送された先。そこは人体実験を施す〈アルファベット・ハウス〉。

1901
特捜部Q ―吊された少女―
ユッシ・エーズラ・オールスン
吉田奈保子訳

未解決事件の専門部署に舞いこんだのは、十七年前の轢き逃げ事件。少女は撥ね飛ばされ、木に逆さ吊りで絶命し……シリーズ第六弾。

1902
世界の終わりの七日間
ベン・H・ウィンタース
上野元美訳

小惑星が地球に衝突するとされる日まであと一週間。元刑事パレスは、地下活動グループと行動をともにする妹を捜す。三部作完結篇

ハヤカワ・ミステリ〈話題作〉

1908 ささやかな手記 サンドリーヌ・コレット 加藤かおり訳
〈フランス推理小説大賞、813賞受賞作〉農家の老兄弟に囚われた男は、奴隷のような生活を強いられ……。緊迫の監禁サスペンス

1909 アメリカン・ブラッド ベン・サンダース 黒原敏行訳
政府保護下で暮らす元潜入捜査官。地元で発生した失踪事件をきっかけに、彼に麻薬組織の魔手が迫る。大型新人による傑作スリラー

1910 終わりなき道 ジョン・ハート 東野さやか訳
監禁犯を射殺したと世間から激しく批判される女性刑事。彼女には真実を明かせない理由が……。エドガー賞二冠作家の大作警察小説

1911 生か、死か マイケル・ロボサム 越前敏弥訳
〈英国推理作家協会賞ゴールドダガー賞受賞作〉なぜその受刑者は出所一日前に脱獄を？強盗事件の大金をめぐるクライム・ノベル

1912 その雪と血を ジョー・ネスボ 鈴木　恵訳
ボスの妻を始末するように命じられた殺し屋オーラヴ。だが彼は標的に恋をしてしまい……。北欧ミステリの重鎮が描く血と愛の物語

ハヤカワ・ミステリ〈話題作〉

1913
虎狼
モー・ヘイダー
北野寿美枝訳
突如侵入してきた男たちによって拘禁された一家。キャフェリー警部は彼らを絶望の淵から救うことが出来るのか？　シリーズ最新作

1914
バサジャウンの影
ドロレス・レドンド
白川貴子訳
バスク地方で連続少女殺人が発生。捜査に派遣された女性警察官が見たものは？　スペインでベストセラーとなった大型警察小説登場

1915
楽園の世捨て人
トーマス・リュダール
木村由利子訳
〈「ガラスの鍵」賞受賞作〉大西洋の島で怠惰に暮らすエアハートは、赤児の死体の話を聞き……。老境の素人探偵の活躍を描く巨篇！

1916
凍てつく街角
ミケール・カッツ・クレフェルト
長谷川圭訳
酒浸りの捜査官が引き受けた失踪人探し。若い女性が狙われる猟奇殺人。二つの事件を繋ぐものとは？　デンマークの人気サスペンス

1917
地中の記憶
ローリー・ロイ
佐々田雅子訳
〈アメリカ探偵作家クラブ賞最優秀長篇賞受賞〉少女が発見した死体は、町の忌まわしい過去を呼び覚ます……巧緻なる傑作ミステリ